NARRATORI MODERNI

Della stessa autrice in edizione Garzanti:
Il profumo delle foglie di limone
La voce invisibile del vento
Entra nella mia vita
Le cose che sai di me

CLARA SÁNCHEZ

LE MILLE LUCI DEL MATTINO

Traduzione di
ENRICA BUDETTA

Garzanti

Prima edizione: febbraio 2015

Per essere informato sulle novità del Gruppo editoriale Mauri Spagnol visita:
www.illibraio.it

Traduzione dallo spagnolo di
Enrica Budetta

Titolo originale dell'opera:
Un millón de luces

ISBN 978-88-11-68298-1

Printed in Italy

www.garzantilibri.it

LE MILLE LUCI DEL MATTINO

Nel mondo del lavoro ho conosciuto le più grandi miserie e grandezze. Dedico questo romanzo a chi è riuscito a sopravvivere a entrambe.

Se quel giorno non fossi entrata nella Torre di Vetro, probabilmente non sarebbe successo niente di tutto questo. Nessuno sarebbe morto, nessuno avrebbe perso la testa e i segreti sarebbero rimasti sotto chiave nei loro scrigni. Ma a volte si sente che è necessario intervenire nella vita degli altri e altre volte, per quanto non lo si voglia, si interviene comunque.

La Torre di Vetro assomiglia molto a un edificio che, per circa due anni, è stato in costruzione di fronte a casa mia. Ho passato così tante ore contemplando le gigantesche gru e le pale degli escavatori, che conosco la profondità delle sue fondamenta e tutti i tipi di travi. Potrei descrivere uno per uno gli operai neri che intrecciavano laboriosamente i ferri con cui coprivano il suolo prima di riempirli di cemento. E quelli che, vestiti di color cachi e con i caschi bianchi, davano l'impressione di essere a un safari. E le assistenti dell'architetto, tanto magre e flessuose che, quando il vento faceva svolazzare le grandi planimetrie che avevano tra le mani, sembravano sollevarsi di qualche centimetro sui ferri intrecciati.

Non ho mai più rivisto gru come quelle. Giravano sopra i palazzi e gli alberi dei dintorni con i bracci tesi, immergendo le proprie terminazioni nei raggi del sole, e per questo finivano per essere le braccia più lunghe e indistruttibili che si fossero mai aperte davanti a me. E mentre perdevo pateticamente tempo pensando a questo e al fatto che avrei dovuto scrivere un romanzo, il risultato era che, in un certo senso, lo stavo già facendo.

Tuttavia, la vera Torre di Vetro di questa storia non è di fronte a casa mia, ma in una zona di uffici e grandi banche che si trova sul Paseo de la Castellana, tra altre facciate ugualmente coperte di vetri, cosicché le une si riflettono nelle altre con impressa l'immagine di macchine che passano, alberi che si muovono, uccelli che volano e aerei che bucano le nuvole, producendo nell'insieme una grande sensazione di irrealtà.

Questo è il posto dove lavorerò da oggi in poi, all'inizio per mero bisogno di soldi e poi perché questa necessità si fonderà con altre e con gli avvenimenti e le persone che conoscerò, proprio come si fondono il rame e lo stagno o l'ossigeno e l'idrogeno, e resterò qui senza sapere perché. Tutto è iniziato quando io e Raúl ci siamo separati dopo otto anni di convivenza. In quel periodo mi ero dedicata a pubblicare articoli qui e là e a cercare di scrivere il romanzo, così ambizioso che non riuscivo mai a iniziarlo. In realtà non ho mai pensato che scrivere fosse un lavoro vero, poiché non aveva stipendio fisso né orari, né capi né colleghi, e per questo vivevo in una condizione perenne di insicurezza e sradicamento, con l'idea di non appartenere a niente e a nessuno. E adesso, finalmente, avrei avuto un posto in cui andare tutte le mattine e persone con cui parlare tutti i giorni e avrei ricevuto del denaro tutti i mesi.

È stato Raúl, che non sopportava l'idea di vedermi nei guai, ma che non era neppure disposto a tornare sulla sua decisione di andarsene di casa, a indirizzarmi alla Torre di Vetro e a scrivermi una lettera di presentazione per Emilio Ríos, il presidente e padrone dell'azienda Ríos, meglio nota come la Torre di Vetro. E si potrebbe dire che è a partire da quel momento che i bracci infiniti delle gru iniziano a contrarsi in braccia più piccole e umane.

A tutt'oggi non saprei spiegare con esattezza di cosa si occupa la ditta. A grandi linee il suo successo consiste nell'apportare una metodologia specifica per migliorare la qualità e la reputazione di altre aziende e fornire loro basi sulle quali crescere. Per esempio, l'idea di accostare i prodotti sulle grandi superfici non per marche o tipologie come si faceva finora – paste da una parte, salsa di pomodoro dall'altra – ma per categorie complementari – come tutto ciò che ha a che fare con la colazione: latte, caffè, zucchero, cereali, biscotti –

è nata qui e ha apportato enormi benefici perché ha trasformato i rapporti tra fabbricante, distributore e consumatore; è pertanto diventata una necessità ideare nuovi raggruppamenti che generino più vendite.

Perciò un mattino di primavera, indossando gli abiti più classici che ho, un po' vecchi visto che finora me la sono cavata con i jeans praticamente per tutto, e con la lettera di presentazione che Raúl ha scritto per me, attraverso la città per arrivare in questo posto creato dalla Spagna emergente e moderna degli anni Settanta, decisa ad avere un colloquio con Emilio Ríos. Devo passare, con l'intensità emotiva che comporta il dover chiedere qualcosa, dalla porta girevole, la cui funzionalità, come quella di tutte le porte girevoli del mondo, non riesco a capire, se non come strumento di tortura per la claustrofobia e l'angoscia che provoca. Respiro quando la porta mi sputa in un vestibolo piuttosto ampio, dove perlomeno non soffoco, con vetrate liberty e un lungo bancone-reception come quelli degli alberghi. Dietro c'è un impiegato che, vedendomi arrivare, alza lo sguardo da ciò che sta facendo intenzionato a prestarmi attenzione, che mi viene strappata a metà della frase da qualcuno che passa.

«Come va?» chiede un uomo sui cinquantacinque anni con la voce da trentenne e occhi vivacissimi che scoprono subito la lettera che tengo tra le dita sul bancone.

«È per me?» chiede.

Da questo momento in poi si susseguono varie frasi identificative da parte di entrambi, grazie alle quali risulta chiaro che lui è Emilio Ríos e che io ho una lettera di presentazione per lui. Mi sembra un buon segno che le cose non stiano andando nel modo formale che mi aspettavo.

«Accompagnami», dice. «Ho una riunione urgente, ma possiamo parlare in macchina.»

Mi sembra un buon segno anche non dover varcare la soglia di un ufficio imponente, nel quale mi sentirei l'essere più insignificante e strano del mondo. In risposta alla sua offerta non dico niente ed esco dietro di lui dalla maledetta porta girevole, dove si potrebbe rimanere intrappolati continuando a girare senza sosta, senza respirare né muoversi, fino a morire.

Uno chauffeur alto, dalle caratteristiche che rientrano più nella definizione di elegante che in quella di affascinante o bello, mi apre lo sportello nero dell'auto. Ci salgo come entrando in un salottino con divano in pelle e televisore, per quanto sia migliore di un salottino tradizionale perché questo si muove e il paesaggio non è fisso. Al posto mio chiunque saprebbe su che tipo di macchina mi trovo, ma io non capisco niente di automobili. Non solo non guido, ma sono anche incapace di distinguere una Renault da una Peugeot o da una Citroën e ancor meno i diversi modelli di una stessa marca. Anche se non me lo ha mai confessato, credo che questa mancanza, insieme al mio scarso senso dell'orientamento, mi facesse sembrare piuttosto debole agli occhi di Raúl. Di solito non faccio caso neppure al fatto che la vettura abbia due o quattro porte, che invece è un dettaglio basilare; piuttosto mi lascio impressionare dalla carrozzeria – tutte le auto metallizzate mi sembrano belle. E dalla tappezzeria. Se la tappezzeria è di vera pelle, necessariamente la macchina non deve essere così a buon mercato. Perciò me ne sto zitta per non fare gaffe e non faccio commenti sull'auto.

Per alcuni il grande mistero della vita è come colpire nel segno con gli altri, come farsi apprezzare. Ci sono persone con il dono innato di piacere: è come nascere alti o con un udito molto fino, non devono sforzarsi. Altri, invece, si torturano cercando le parole adeguate o l'espressione più giusta, leggono libri di autoaiuto, frequentano corsi per poter parlare in pubblico, si disperano. Io potrei essere stata sul punto di fare tutto questo, ma non lo farò mai perché sono appena entrata nel gruppo di coloro che non devono fare altro che essere sé stessi. Solo per non aver aperto la bocca, per non essermi complimentata per la sua auto, risulto simpatica a Emilio Ríos.

«Sei l'unica persona che, salendo, non si è messa a parlare della macchina, vero, Jorge?» dice.

E Jorge, vale a dire lo chauffeur, si mostra d'accordo inclinando un po' il viso verso di noi. Io ho appena finito di leggere *Un uomo da affittare*, un romanzo inglese, la cui trama si sviluppa su una macchina come questa tra una signora e un autista identico a Jorge, che non avrei mai pensato potesse esistere fuori da quel libro.

Per uscire nel mondo e smettere di cercare di scrivere, sono passata in un attimo da un palazzo di vetro di una città qualsiasi a una lussuosa automobile nera guidata da uno chauffeur da romanzo. Detto così sembra irreale, anche se il mondo è pieno di palazzi di vetro e automobili nere. Ma non mi importa, non ho interesse a vivere nel mondo reale, perché nel mondo reale non si può avere tutto.

Emilio Ríos strappa la busta e tira fuori la lettera. Estrae anche un paio di occhiali dalla tasca interna della giacca. In generale, l'uso momentaneo a cui sono condannati gli occhiali da lettura produce un effetto di concentrazione e intensità tali nelle persone che li indossano che, quando se li tolgono, devono chiudere gli occhi per un istante o allontanarseli lentamente dal viso, si direbbe prendendo tempo per tornare al loro stato precedente. Emilio Ríos è fra i primi e ci mette più del dovuto ad aprire gli occhi. Quando lo fa, il suo sguardo è cambiato, è più lontano, come se lo avesse lanciato a mille chilometri di distanza.

«E quindi vuoi lavorare con noi.»

Non dico niente, lascio che i miei occhi castani circondati di folte ciglia nere, che era quello che di me piaceva di più a Raúl, rispondano al posto mio.

«Va bene, cosa sai fare?» chiede mentre segue le pieghe della lettera con le unghie, il che mi costringe a fare caso al fatto che sono grandi e lisce, lune bianche in mezzo a una pelle piuttosto pigmentata.

Gli parlo dei miei studi, della mia scarsa esperienza lavorativa e gli dico che mi considero pronta a imparare qualunque cosa.

Gli sembra vago tanto quanto a me. Rimane attento, aspettando che aggiunga qualcos'altro. I capelli castani gli scendono un po' sulla fronte, le labbra non sono grosse né sottili, le orecchie né grandi né piccole, così come il naso. Se commettesse un crimine, sarebbe molto difficile fare il suo identikit. Mentre cerco di trovare qualcosa da dire, percepisco che è il genere d'uomo che invecchia senza cambiamenti bruschi, così che nei suoi lineamenti maturi si colgono simultaneamente i tratti della giovinezza e persino dell'infanzia. Nella sua persona non pare neppure mancare niente, sta bene come sta.

«Vedrò cosa posso fare, Emma», dice mettendo la lettera nella busta. «Nella nostra azienda abbiamo economisti, psicologi, pubblicitari, biologi, avvocati, informatici, chimici, consulenti per la comunicazione. Sicuramente il tuo apporto sarà prezioso. Perché non mandi il tuo curriculum alla mia segretaria?»

La sua richiesta mi confonde, mi abbatte, perché credo che si sia già fatto un'opinione e che un curriculum insignificante come il mio non la migliorerà. Capisco che è un modo per sbarazzarsi di me e dare per concluso il colloquio, perciò la magnifica sensazione che ho avuto fino a un momento fa di essere un'eletta, adesso diventa sgradevole, amara. Non è la prima volta che mi respingono senza che sembri che lo stiano facendo. Non è la prima volta che mi piacerebbe uscire da me stessa e lasciare dietro di me il mio corpo e tutto quello che gli altri hanno rifiutato.

La macchina si ferma davanti a un edificio dello stesso tipo della Torre di Vetro, ma bianco e spoglio come un osso spolpato.

«Jorge ti porterà dove vuoi», dice prendendo una valigetta e mettendo in movimento per scendere tutta la trama del completo che indossa.

Jorge inclina metà del viso in attesa di istruzioni e io gli do l'indirizzo di casa mia, non me ne viene in mente un altro. Mi accomodo sul sedile, stiro le gambe, mi lascio inghiottire dalla tappezzeria di pelle, chiudo gli occhi e poi li apro per contemplare dai vetri fumé la vita che passa, ma cerco di non esagerare perché non voglio che Jorge pensi che me la sto spassando dopo che mi sono lasciata sfuggire quella che avrebbe potuto essere una grande opportunità.

Entrando in casa, mi spoglio dei miei indumenti da colloquio e accendo il televisore. Mi concentro tanto sullo schermo che, quando chiudo gli occhi, vedo le luci colorate. Mi alzo solo per bere una birra e mangiare qualcosa, qualcosa che non debba essere cucinato perché nel frattempo potrebbero venirmi alla mente pensieri, pensieri oscuri, pensieri premonitori su un futuro pieno di fallimenti o, che è peggio, tutta la conversazione, parola per parola, che ho avuto con Emilio Ríos. Ho il dono di ricordare fedelmente conversazioni intere di gente seduta in autobus, al tavolo accanto al ristorante, i loro gesti, le loro reticenze, il loro tono di voce, e di me stessa con chiunque, sempre che non si tratti di qualcosa cui si debba prestare autentica attenzione come date e nomi. In qualche posto deve andare a finire il materiale di scarto, gli avanzi, il residuo delle informazioni, ciò che non serve a niente, e quel posto sono io.

E questo senza dubbio mi aiuta a sbagliarmi nelle mie valutazioni su di me e sulla vita in generale, tanto che a volte, quando mi sembra che le cose vadano bene, in realtà vanno male e, quando mi sembra che vadano male, vanno alla grande, come dimostra il fatto che, cinque giorni dopo aver inviato di malavoglia, addirittura con disgusto, il benedetto curriculum, mi chiamano dalla direzione delle Risorse Umane della Torre di Vetro e mi danno appuntamento per una mattina di maggio. Attraverso di nuovo la città fino alla sua zona più nuova e moderna, che nelle guide turistiche chiamano il quartiere finanziario. Sull'edificio la luce rimbalza con tanta forza che quasi la sua sagoma scompare tra i propri riflessi. Si vede meglio la sua ombra, allungata e perfettamente definita sulla strada come un tappeto, che devo calpestare per entrare.

La Torre di Vetro ha trenta piani, altezza sufficiente perché dall'ultimo si scorga gran parte di Madrid. Mi destinano al piano zero, l'atrio, il bancone-reception, dove sono approdata la prima volta che sono venuta. All'impiegato che mi ha grossomodo accolto in quell'occasione è scaduto il contratto e lo hanno sostituito con me, una cosa che risulta molto strana se ci penso, perché allora lui era dietro il bancone e io davanti, lui veniva pagato per stare qui e io no e adesso è il contrario. Si potrebbe dire che da qui vedo la vita da sotto in su e pertanto devo provare il contrario rispetto a coloro che la vedono dagli ampi finestroni degli uffici all'altezza degli uccelli e vicino alle nuvole. Invece io ho la possibilità di vedere altre cose.

Vedo, per esempio, che Emilio Ríos ha una signora Ríos. Si tratta di una sposa tardiva con cui, a quanto pare, è convolato a nozze solo tre anni fa. È bionda naturale, minuta e molto più giovane di lui. Senza essere una bellezza, ha qualcosa del gioiello antico, della fata piccola e spettinata. In ogni caso, tendo a vedere le donne più eteree di quanto sono in realtà per colpa di quelle della mia famiglia, affezionate al nero corvino che fa risaltare e indurisce i lineamenti e ai tacchi altissimi che le innalzano al di sopra dei loro mariti. Ricordo ancora la sensazione di vertigine quando da bambina mi sollevavano fino ai loro visi per darmi un bacio. Vertigine e sicurezza allo stesso tempo: è sempre stata più o meno questa la sensazione che mi ispiravano mia madre e la maternità in generale. E che pertanto non potrà mai ispirarmi la signora Ríos. Lei mi suggerisce altre cose, soprattutto quando nei paraggi c'è Jorge, fatto piuttosto abituale visto che, quando non fa da chauffeur per il presidente, fa da chauffeur per sua moglie.

Forse perché ho letto *Un uomo da affittare*, l'immagine della signora Ríos e dello chauffeur insieme, anche se solo per un attimo, mi risulta inquietante e peccaminosa, erotica e pornografica. Solo vedendoli sotto lo stesso tetto o chiusi nella porta girevole, per non dire seduti nell'abitacolo della macchina, al cui ritmo si muovono i loro respiri e le loro parole, solo vedendo lui davanti e lei dietro con gli occhi fissi sulla sua nuca forte, la testa mi si riempie di immagini.

Me li figuro sui sedili posteriori che, per quanto siano ampi, non arrivano ad avere le dimensioni di un letto singolo. Le gambe lunghe di Jorge che cercano un punto d'appoggio per non schiacciare la sottile ed eccitata signora Ríos. Solo pensare a loro mi fa perdere il filo di quello che sto facendo, mi fa perdere interesse per le chiamate che arrivano al mio centralino, per i documenti e persino per la mia carriera in questa azienda, e mi spinge a fantasticare su Jorge che parcheggia in una cunetta e si gira a guardare la signora Ríos, non come un impiegato, cioè come un essere neutro, ma come un uomo di nome Jorge.

Vedo la signora Ríos aprire la porta e uscire in tutta fretta spiegando le sue ali di farfalla. Vedo la divisa grande e scura di lui che cerca di catturarla lentamente e infine vedo il suo pene in erezione che si introduce nella morbida stoffa a fiori della signora Ríos. Strano è che nessuno sembra rendersi conto di una cosa così evidente, neanche Emilio Ríos. Avrei dovuto scrivere «il povero Emilio Ríos», ma siccome è così ricco, mi è sembrata un'incongruenza, perché se è povero in qualcosa lo sarà per puro capriccio. E, anche se probabilmente sta vivendo una tensione terribile, non mi fa molta pena neanche lei, mi è impossibile provare compassione per una donna che non deve mai prendere la metro o l'autobus. È tedesca e parla spagnolo con una voce un po' impastata e oscura, e questo la rende più strana. Eppure non ha un cognome suo. Quando si è sposata, seguendo la tradizione del suo paese, ha preso quello del marito, come fece Jackie, che passò dal chiamarsi Jackie Kennedy prima a Jackie Onassis poi, tanto che si ha la sensazione che la povera Jackie sia passata di mano in mano.

E in più le resta appena una reminiscenza, un soffio del suo nome proprio, Hanna, perché nessuno, almeno in azienda, la chiama così, solo alcuni soci del marito. Non riesco a immaginare come si debba comportare Hanna quando resta in casa da sola con il marito dopo essere stata con Jorge. Una donna normale si metterebbe a guardare appassionatamente la televisione mentre continua a godersi le sensazioni della macchina nella cunetta. Ma ho i miei dubbi che Hanna si comporti come una donna normale.

E allora cosa fa Hanna quando è a casa? Questa è una delle mille domande costantemente sparate nel vuoto, navi senza rotta nello spazio infinito, che si dimenticano nell'attimo stesso in cui si formano nella testa; per questo lo spazio infinito deve essere come una pattumiera. Nel corso della giornata, e a volte anche quando si dorme, le menti si vanno riempiendo di domande come gli alberi di uccelli, l'aria d'insetti e l'acqua di batteri, e alla fine abbiamo la testa tanto piena di domande quanto il corpo di cellule. Con la differenza che, mentre le cellule sono imprescindibili per vivere, per avere ossa, capelli e occhi, si potrebbe prescindere da quasi tutte le domande e soprattutto dalle risposte.

Eppure non posso impedirmi di colmare la pattumiera di altre domande: se Jorge si azzarderà a chiamarla Hanna nell'intimità, in quella fragile intimità fatta di sottili pareti di lamiera e vetri fumé o di alberi e distanza in qualche strada sperduta. Non bisogna dimenticare che la posizione di Jorge in questo rapporto è estremamente delicata. In macchina lui va davanti e lei dietro. Lui indossa la divisa e lei quello che vuole. Lui guadagna e lei, indirettamente, lo paga.

Anche se scrivo divisa, non bisogna immaginarsi una giacca con una doppia fila di bottoni e berretto con la visiera, che ormai non si portano più. La stessa parola «chauffeur» è caduta in disuso, così come «conducente», che soleva usare la gente danarosa; ora tendono a essere sostituite da «autista», che ha un significato molto più generico. L'abito regolamentare di Jorge è scuro, con camicia azzurro chiaro perfettamente pulita e stirata, cravatta discreta e scarpe preferibilmente nere e lucide. Per questo, quando accompagna la signora Ríos alla porta girevole o attraversano insieme il vestibolo, non c'è nessun segno visibile che impedisca di prenderli per una coppia.

Continuo a non capire come sia possibile che nessuno dei miei colleghi si accorga della tensione prodotta dalla figura di Hanna che esce dall'ascensore nei muscoli di Jorge, la rigidità che lo assale, soprattutto sulla nuca, dove è solito mettere la mano ogni volta che la vede camminare verso di lui. Normalmente la aspetta appoggiato al bancone chiacchierando con me di macchine, telecamere, degli ultimi modelli di DVD e di qualunque aggeggio meccanico.

Sembra che lo attragga ciò che è concreto e inanimato. L'esistenza di cose che si possono montare, smontare e programmare lo ritempra, fa sì che gli brilli lo sguardo e sembri un uomo innamorato. E a me, che non interessa quasi nulla di ciò di cui parla, piace ascoltarlo, piace la sua voce, che è un po' aspra e remota come le sabbie del deserto, e in qualche occasione ho provato una momentanea invidia per l'avventura della signora Ríos. A volte si presenta con una cravatta nuova più cara dell'abito, probabile regalo di Hanna, e malinconiche occhiaie, possibile regalo sempre di Hanna. Appoggia i gomiti sul bancone e inizia a sfogliare le pagine del giornale quasi senza toccarle, con una delicatezza che mi innervosisce. Perciò, per farlo smettere, gli chiedo se non pensa di abbandonare prima o poi il lavoro di chauffeur per dedicarsi alla meccanica. E allora mi racconta del magazzino in una zona industriale nei pressi di casa sua su cui ha messo gli occhi per installare un'officina.

Hanna la sento lontana anche quando è accanto a me, si direbbe che quando la sua immagine riesce ad arrivare fino a me l'hanno già trascinata via le onde, l'ha scolorita il sole e l'ha scossa il vento. La cosa più solida della sua persona è il cellulare che usa in continuazione. Se non fosse per quel contrappeso, si innalzerebbe fino alle vetrate e da lì continuerebbe a parlare nei secoli dei secoli. Anche il solido Jorge per lei fa da roccia magnetica, da grande ombra, da muro dietro il quale svolazza l'universo, tanto che al suo fianco Hanna sembra un fiorellino attaccato a un tronco o a una roccia.

Con la sua leggerezza Hanna si comporta come un fluido, come un gas che intontisce, il cui principale effetto è non lasciar pensare né decidere né avere coscienza di essere in suo potere. In nessun altro modo si capisce perché Jorge rischi così il suo lavoro. Perché un giorno, quando lo scandalo scoppierà o quando lei si stancherà di lui e non riuscirà più a sopportare la sua presenza, dato che le ricorderà tutto quello che non avrebbe dovuto fare e ha fatto e che adesso le provoca disgusto fare, lo licenzieranno, e a me dispiacerà profondamente poiché rispetto la sua passione per la meccanica e forse un giorno dovrò a lui la mia ascesa ai piani superiori.

Emilio Ríos è un po' più alto di Hanna. E ha la robustezza che ogni uomo, per quanto fragile sia, ostenta al fianco di una donna, tranne che al fianco di mia madre e delle mie zie, ovviamente. Ma non è un centro di gravità come Jorge né getta la sua ombra di cattedrale o di montagna su di lei, perché la sua sola presenza non basta a far sì che Hanna si senta sicura; perciò deve reggerla per il gomito quando camminano per l'atrio o lungo il marciapiede fino all'automobile, dando l'impressione che stia guidando una cieca. La personalità di Ríos non risiede in nessun tratto fisico ma nel suo modo di camminare, di guardare e di parlare. Cammina trascinando i piedi, lasciando il suo marchio su ogni millimetro del suolo. Ha una voce sottile, ma fredda e tagliente come un vetro rotto, che lascia intendere chiaramente che è il signore di questo castello. Non trovo nessun paragone migliore di quello con il castello per queste torri di vetro incaricate di proteggere i propri abitanti dall'eccessiva realtà della strada.

A volte il presidente di questo castello si rivolge a me per domandarmi se mi sono ambientata, se mi trovo bene, e questo mi provoca un'allegria inusitata, mai sperimentata. Altre volte, invece, passa trascinando leggermente i piedi e con lo sguardo basso, assorto nei suoi pensieri e ignorando la mia presenza, e ciò mi provoca un dispiacere doloroso. All'inizio, siccome mi infastidiva che influisse tanto sui miei stati d'animo, preferivo non vederlo e ogni volta che sentivo trascinare i piedi facevo finta di cercare qualcosa sotto il bancone o mi giravo verso i miei archivi, dove custodivo tutto ciò che una receptionist deve sapere sulla sua azienda e i suoi impiegati. Fin quando non mi sono resa conto che grossomodo a tutto il personale capitava la stessa cosa. Ci sono consiglieri che si animano straordinariamente quando, incontrandoli nell'atrio, dà loro una pacca sulle spalle e ci scherza, o che si sconfortano quando li ignora del tutto. E lo stesso succede ai portieri, agli addetti alle pulizie e a tutti noi che ci troviamo sotto la sua influenza. Mi sono sbagliata quel primo giorno nella sua macchina quando ho pensato che piacergli o no dipendesse da me.

Perciò non capisco la relazione di sua moglie con Jorge. Forse perde parte del suo potere uscendo dal castello, come quelli che perdono il loro fascino scendendo da una macchina decappottabile e togliendosi gli occhiali da sole. Chiaramente al momento, finché tra cinque mesi non salirò il gradino successivo della mia carriera, li vedo solo nella parentesi dell'atrio e non so come si comportano prima di entrare e dopo che sono usciti. L'atrio è un luogo di passaggio, se ci si pensa bene, di passaggio come la stessa vita. Perciò sono abituata a vedere le persone una sola volta. E sono abituata a dimenticarle non appena escono dalla porta girevole, anche se non si tratta esattamente di dimenticare, visto che non arrivo neppure a ricordarle. È incredibile la facilità con cui si cancellano gli occhi, la bocca, i gesti. Un momento ci sono e quello dopo non ci sono più, appaiono e scompaiono, non sono reali. Sono visioni, si disfano, non so come vivono né se arrivano a morire perché si disfano prima. Solo quelli che passano molte volte, che si ripetono in continuazione, restano impressi nell'aria dell'atrio.

Una di queste persone è Teresa, il braccio destro di Emilio Ríos. È quella che percorre più in fretta il piano zero, sprigionando un'aura di efficacia e fiducia in sé stessa che mette paura. Per il suo modo di parlare e di comportarsi dà l'impressione di considerarci tutti stupidi. Ha più o meno la mia età, io ho trentadue anni e lei trentacinque, e passa sempre armata di telefonino, computer portatile e agenda voluminosa. Ha un paio di gambe impressionanti attaccate a un busto e a un viso assolutamente insignificanti, perciò in lei le gambe risultano un particolare mostruoso.

I particolari mostruosi sono tali non perché siano brutti, ma perché stanno nel corpo sbagliato. Mani delicate su braccia tozze, colli grossi e forti che sostengono visi piccoli, voci profonde che emergono da corpi minuti, occhi spettacolari su visi insignificanti. Quasi tutti hanno un particolare mostruoso, si tratta solo di farvi attenzione. Anche se, nel caso di Teresa, non è necessario perché le sue gambe risaltano: nessuno può evitare di guardarle, neppure il presidente. Eppure, si capisce subito che è impossibile che lei e Ríos vadano a letto insieme o che abbiano o abbiano mai avuto anche il minimo contatto fisico. Il loro rapporto è di tipo militare, da generale a sergente, o qualcosa del genere. Il che non mi impedisce di riconoscere che Teresa nutre una profonda ammirazione per lui. Altrimenti non si spiegherebbe perché arrivi ogni mattina, senza assentarsi neanche un giorno, tutta agghindata e in perfetta forma, come se ciò che esiste fuori dalla Torre di Vetro servisse soltanto a preparare di nuovo l'ingresso qui, l'ingresso nel tempo vero e nella vita vera. Di solito porta i capelli raccolti in uno chignon o in una treccia e orecchini con globi argentati, camicette di seta e molto mascara su ciglia che si aprono e si chiudono su occhi funzionali, fatti solo per vedere, non per essere guardati, per cui fino alla vita risulta piuttosto tradizionale e addirittura vestita all'antica e, invece, dalla vita in giù fa pensare a quelle contorsioniste che si avvolgono intorno a un palo di metallo.

A volte Teresa accompagna Emilio Ríos nei suoi viaggi, e allora è come se l'edificio perdesse forza, si direbbe che questo organismo gigante accusi l'assenza del suo padrone, la somatizzi, e si debiliti al punto che persino le sue luci brillano meno del solito. La porta gira il minimo indispensabile e tutto resta sommerso in un silenzio quasi immobile, perciò non è strano che tutti, chi più chi meno, si rilassino, non perché non vogliano lavorare, ma perché manca loro l'impulso.

E se ogni tanto il presidente torna prima del previsto, come quando non si è potuto neppure imbarcare a causa dell'attentato alle Torri Gemelle, avviso di corsa Jorge perché mi fa orrore l'idea che Ríos lo sorprenda con sua moglie, ma lo faccio con un pretesto qualsiasi, perché Jorge non deve sapere che sospetto della sua relazione con Hanna. Nonostante questo noto che si è creato un forte vincolo di solidarietà tra di noi e che, quando durante una delle nostre chiacchierate gli racconto che ho fatto domanda perché mi piacerebbe avere un incarico di maggiore responsabilità rispetto a quello che ho attualmente perché qui credo di essere un po' sprecata, potrei giurare che Jorge lo dica a Hanna e Hanna parli con il marito e che il marito parli con il direttore delle Risorse Umane. Altrimenti non si capisce perché dopo quindici giorni il direttore delle Risorse Umane mi chiami per farmi salire da lui.

Mia madre mi diceva sempre che bisogna comportarsi bene con tutti perché non si sa mai da chi ci può venire un aiuto. Magari aveva ragione.

Non c'è nessun altro posto come il luogo di lavoro per conoscere sé stessi né altro posto dove i difetti degli altri crescano come fiori giganti.

Il direttore delle Risorse Umane ha i capelli ondulati e pettinati all'indietro e un'inquietudine nello sguardo che fa sì che le pupille gli si muovano costantemente da una parte all'altra. E sembra che non gli piaccia la gente ambiziosa come me, che cinque mesi dopo essere entrata in una torre di vetro vuole già qualcosa di meglio.

Prendo l'ascensore numero due che sale al decimo piano e le porte si aprono davanti a una struttura di pannelli a mezza altezza sui quali passano l'aria e la luce e che da sopra deve assomigliare a un labirinto con caselle chiuse per metà. In ogni casella c'è qualcuno con un computer e un telefono. Sono così assorti in quello che stanno facendo che non mi vedono neppure passare. E in questo modo, evitando gambe e cestini per le cartacce, sentendomi un'intrusa verso la quale qualche volta si leva uno sguardo indifferente, arrivo a una porta di vetro smerigliato spalancata.

Il direttore delle Risorse Umane distoglie lo sguardo dal computer e mi invita a sedermi con un cenno, senza neppure darmi la mano. Le poltrone sono funzionali proprio come il resto, leggere come i pannelli e le porte di vetro, evanescenti come le informazioni che scivolano lungo gli schermi dei computer. Lui cerca di fissare su di me le pupille, che si muovono lentamente a destra e a sinistra al punto da ipnotizzarmi. Da qui il decimo piano dà l'impressione di essere un luogo pieno di misteri che il suo direttore esamina senza sosta con lo sguardo.

«Abbiamo ricevuto la tua domanda, Emma», dice. «Non ti trovi bene alla reception?»

"Non ti trovi bene alla reception?" ripetono le pupille, che sembrano mosse da dietro le orbite con un dito.

«Ti trovi bene ma vuoi migliorare, vero? Sei ambiziosa», aggiunge senza aspettare che io risponda.

"Sei ambiziosa", ripetono le pupille.

«È naturale», continua. «È umano. Ho visto molta ambizione tra queste quattro mura.»

E le pupille ripetono: "tra queste quattro mura".

Io annuisco, anche se solo lui può sapere se l'ha vista o no.

«Insomma, se è quello che vuoi, non posso rifiutarmi. Sarai la segretaria personale di Sebastián Trenas, il vicepresidente. Ti sta bene?» chiede.

"Ti sta bene? Ti sta bene?" ripetono le pupille a un ritmo più serrato di prima, come se fossero nella fase finale di un orgasmo.

Annuisco di nuovo varie volte.

«Inizierai domani stesso. La vicepresidenza si trova al diciannovesimo piano.»

Io continuo ad annuire perché conosco perfettamente l'ubicazione della presidenza, della vicepresidenza, degli uffici dei consiglieri e dei consulenti, delle direzioni generali, delle vicedirezioni, delle amministrazioni e dei reparti.

Non parla più, eppure le pupille continuano a muoversi per qualche secondo senza dare per concluso il colloquio. *Tic-tac, tic-tac.* Il cervello mi formicola. Dietro il direttore, oltre la finestra, la giornata è inclemente, inizia l'autunno. Penso che forse non è poi così coglione e lo ringrazio, ma il suo silenzio mi fa capire che non è d'accordo con il cambiamento e che la reception gli sembra più che sufficiente per me. Capisco anche che ho alterato il suo ordine delle cose, che adesso dovrà trovare un altro receptionist e che non gli sto simpatica. Mi alzo molto lentamente, come se milioni di molle mi si dovessero azionare lungo tutto il corpo. Lui si limita a continuare a guardare con le braccia conserte sulla scrivania. *Tic-tac, tic-tac,* ed esco.

Mi congedo solo da Jorge. Come c'è da aspettarsi, non è sorpreso quando gli annuncio che lascio la reception. È una giornata piovosa, per cui le macchine strombazzano più del solito e nell'atrio scorre l'acqua degli ombrelli. La porta girevole fa entrare e uscire visi languidi e toni grigi. In queste circostanze un trasloco, anche se sta tutto in un sacchetto di plastica, può risultare snervante.

«Complimenti», dice. «Credo che fosse quello che volevi.»

«Adesso ci vedremo poco», replico. «Il diciannovesimo piano è molto lontano da qui.»

«Spero che non ci dimenticherai, Emma», ribatte.

Gli chiedo se alla fine si è deciso sul magazzino della zona industriale e mi risponde che è tutto molto caro e che è una sciocchezza pensare a cose del genere. Il modo in cui lo dice non mi convince affatto, con una voce più aspra che mai, che si trascina su una gola secca e un corpo secco, i cui umori suppongo assorbiti da Hanna. E mi dispiace lasciarlo dalla parte del passato.

Mi aiuta a trasportare le mie cose all'ascensore numero quattro e così, finalmente, posso ringraziarlo. Lo faccio con tutto il cuore e poi gli auguro buona fortuna e immediatamente mi pento di averlo fatto perché è la sciocchezza più grande che si possa dire. Che cos'è la fortuna?

SEBASTIÁN TRENAS

Dall'ufficio di Sebastián Trenas, al diciannovesimo piano, si gode di una bella vista panoramica di Madrid. Strade, parchi, macchine, persone. Si arriva a scorgere fino a un cane, un gatto è più difficile, topi e ratti quasi impossibile senza binocolo, e scarafaggi del tutto impossibile. Tanto queste finestre quanto quelle del resto del palazzo sono fisse, non si possono aprire – caso mai a qualcuno venga la tentazione di buttarsi di sotto –, perciò non si può verificare se a quest'altezza circolano mosche e moscerini.

Quando entro, il vicepresidente sta leggendo il giornale. Lo tiene piegato in mano in modo tale che tra i suoi fogli sembra emergere un necrologio qui, una foto del re Juan Carlos lì e un trapezio di testo ancora più in là. Con il passare dei giorni mi renderò conto che questo è il suo modo di leggere il giornale. Mi invita a sedermi su una delle poltrone foderate di velluto verde scuro.

Lo conosco per averlo visto nell'atrio, soprattutto quando Emilio Ríos partiva per un viaggio e lui assumeva il comando dell'azienda. È l'uomo più elegante che abbia visto in vita mia e probabilmente quello che spende di più in abiti, cravatte, scarpe e lucido da scarpe. Si direbbe che un completo su di lui, più che un vestito, sia un luogo, la casa in cui alberga il suo corpo, la casa da cui spuntano le sue grandi mani e i suoi grandi bulbi oculari che le palpebre riescono appena a coprire, per mettersi in contatto con il mondo. Il mondo, però, non ama i bonaccioni come il vicepresidente e non presta loro molta attenzione. Lo ricordo mentre si sforzava di fare le veci del suo superiore, o quando salutava con cordialità quelli che incrociava nell'atrio, me compresa, e sia io che gli altri rispondevamo al suo saluto senza alcun entusiasmo e in modo vago. Sarà adesso che mi renderò conto che il silenzio e l'incoscienza che regnano nella Torre di Vetro durante i viaggi del presidente in realtà non sono dovuti all'assenza di quest'ultimo, ma alla presenza di Sebastián Trenas.

«Così lei è il mio braccio destro», dice.

Gli esprimo la mia soddisfazione. Gli dico che quando ho presentato la domanda per salire agli uffici non avrei mai immaginato che mi avrebbero destinato alla vicepresidenza e a un posto di tale responsabilità. Mi osserva con una strana insistenza, come se avesse appena scoperto ciò che mi aspetta nella vita o che soffro di una malattia rara. Perciò, affinché smetta di guardarmi e perché sappia che sono più interessante di quanto sembro, gli confesso che la mia autentica vocazione è scrivere. E fa effetto, perché si alza e si aggira per l'ufficio nello stesso modo in cui si aggira per l'atrio diretto agli ascensori, con lo sguardo dritto davanti a sé, senza fretta, come se contasse i passi, come se misurasse il pavimento. Un metro, due, tre. La sua robustezza appare quasi sprecata, se non fosse che serve a sostenere le pieghe dell'abito, la lucentezza delle scarpe, i capelli perfettamente tagliati e pettinati. Emana un odore che sarà caratteristico in lui, un odore piacevole di whisky, che non ha niente a che vedere con la puzza di alcol degli ubriaconi del mio quartiere e invece ha più a che vedere con una fragranza da acqua di colonia, nella quale a partire da adesso mi riconoscerò.

«Anche a me piaceva molto scrivere, immaginare cose», dice riportando lo sguardo e il tono di voce al passato.

«Bene, da dove inizio?» chiedo.

«Da dove vuoi», risponde passando dal lei al tu. Questo alleggerisce l'atmosfera e fa sì che mi senta una sola cosa con la tappezzeria delle poltrone. Io, però, non mi sento a mio agio a dargli del tu e continuo con il lei. Lui non sembra voler porre rimedio a questa disuguaglianza.

Si avvicina alla libreria rivestita di noce. Le sue mani sono cuscinoni a forma di mani. Grandi, bianche, le dita un po' schiacciate. Se ne serve per estrarre vari libri con la disinvoltura e la sicurezza con cui un veterinario prenderebbe dei gattini appena nati. Non sembrano mani di un vicepresidente e io somiglio all'imitazione di un'assistente di un vicepresidente. È uno di quei pensieri che, senza volerlo, continuano a lavorare per conto proprio, scavando il proprio piccolo pozzo di disillusione o di certezza. Più che pozzo, abisso: qualcosa di grande e profondo intorno alla mia scrivania senza computer.

Da quest'angolo del labirinto che corrisponde al diciannovesimo piano non vedo la strada, vedo i miei colleghi. I miei colleghi, però, non vedono me. Mi hanno salutato sommariamente. Restano assorti nei loro rispettivi pensieri, con i loro rispettivi computer, in un'intimità senza mura né porte, un'intimità del loro proprio corpo.

Non ho molto da fare. Sono seduta sulla comoda poltrona girevole come potrei stare in mezzo alla campagna seduta su una pietra a veder passare le nuvole, solo che ciò che è normale in campagna non lo è in un luogo come questo costruito per produrre e nel quale ti pagano per farlo. Mi pare di essere intrappolata in una situazione insensata e mi sento piuttosto a disagio. Il primo giorno ordino molto bene i fogli, suddivido gli evidenziatori per colore e pulisco in profondità la scrivania e i cassetti con un fazzoletto. Il secondo giorno ricevo soltanto una telefonata dagli Stati Uniti dal figlio del mio capo. Il terzo giorno al mio capo salta in mente di avvicinarsi alla mia scrivania.

Mi chiede come vanno le cose e io gli rispondo molto bene. Cosa potrei rispondergli? Ci sentono tutti. Sembra che i miei colleghi non si accorgano di niente, invece si accorgono di tutto. Hanno la capacità di vedere ciò che succede intorno a loro senza distogliere lo sguardo dallo schermo del computer, di ascoltare senza lasciar trasparire che lo stanno facendo. Sono molto concentrati e, allo stesso tempo, non lo sono. Se avessero avuto l'opportunità di vedere Jorge e la signora Ríos insieme, come li ho visti io, si sarebbero accorti di tutto.

Dopo il saluto, al mio capo viene voglia di percorrere il labirinto interessandosi dei suoi impiegati. È a questo punto che sento dietro il pannello alle mie spalle: «Sta arrivando». E un po' più in là: «Sta arrivando». Il rumore si propaga come un'onda gigantesca: «Sta arrivando». Il vicepresidente ha voglia di parlare, il che non è strano, visto che passa ore e ore chiuso nel suo ufficio. I suoi sottoposti, invece, non sono disposti a intrattenerlo, gli rispondono laconicamente, in modo evasivo. A mano a mano che i suoi passi si avvicinano, rivolgono i loro muscoli, lineamenti e pensieri allo schermo con una tale intensità che lo penetrano, si fondono con esso. Parlare loro in momenti del genere è la cosa che più assomiglia all'interruzione di un istante di estasi, per cui la posizione del vicepresidente non è propriamente agevole. Le mani gli si fanno più grandi e il corpo più inutile, la brillantezza delle scarpe straborda sulla moquette e il suo sguardo è al punto di levarsi dai suoi occhi e volare verso il soffitto.

«Signor Trenas», gli dico per strapparlo da quella situazione. «C'è una faccenda urgente che dovrebbe esaminare.»

Mi guarda sorpreso. Gli altri incassano lo stupore del mio capo con la solita impassibilità.

«Andiamo nel suo ufficio?»

«Certo», risponde.

Conto dieci passi suoi. E quando chiude la porta, commenta: «Sono incredibili questi ragazzi. Lavorano molto».

Con il passare dei giorni capirò che «incredibile» è una delle sue parole preferite. Tutto ciò che è buono, grande, sorprendente o il contrario da ora in poi sarà incredibile. Dirà anche: «Non resta che bere o affogare», per descrivere la realtà irreversibile.

«Di che faccenda si tratta?» chiede sedendosi sulla poltrona e appoggiandosi all'alto schienale di velluto verde scuro che gli spunta dietro la testa. Prende una penna, che gli sparisce in una delle pieghe della mano.

«Dovremmo stabilire un piano di lavoro. Non so cosa fare lì fuori», dico.

E lui mi guarda con quegli occhi fatti per esprimere tenerezza, bontà, indulgenza, il che al giorno d'oggi provoca una certa irritazione.

«Non abbiamo lavoro. Mi dispiace.»
«Come, non abbiamo lavoro?»
«Non ce l'abbiamo.»
«E allora?» chiedo ricordando il maligno viavai degli occhi del direttore delle Risorse Umane.
«Questa vicepresidenza è un orpello dell'organigramma aziendale e tu sei un orpello della vicepresidenza. In realtà, non contiamo niente. Prendiamo lo stipendio a fine mese e basta.»
«Non capisco», ribatto io. «Potremmo fare qualcosa, anche se poco.»
«Sono inutile, figlia mia. Vorrei non esserlo, ma lo sono, e penso che lo sappiano tutti. Quasi quasi preferisco non avere responsabilità e non danneggiare nessuno.»
Ha l'autostima a terra quanto me quando ce l'ho così a terra che voglio solo dormire per sognare di non essere io.
«Ma lei partecipa ai consigli di amministrazione, alle commissioni e alle riunioni e, quando il presidente parte per un viaggio, è lei a dirigere l'azienda.»
«Be' sì, assisto a queste funzioni e mi annoio incredibilmente. Devo stare due o tre ore, a volte quattro, con le gambe incrociate e le mani intrecciate o il mento appoggiato su una mano. A volte i membri del consiglio si tolgono la giacca per maneggiare i documenti con più scioltezza, ma nel mio caso sarebbe assurdo togliermela per rimanere nella stessa posizione. Non voglio ingannarti, qui non farai carriera.»
«E che fa tutto il tempo chiuso in ufficio?»
«Leggo. Leggo molto. Da quando sono in questa situazione ho letto tutto Balzac, Galdós, Flaubert e Proust. I miei figli e mia moglie mi hanno idealizzato. La grande si chiama Anabel e vive in Francia, e il piccolo, Conrado, è negli Stati Uniti. Nieves, mia moglie, come avrai già avuto modo di constatare, non telefona neppure per non disturbarmi. È una persona incredibile, molto comprensiva, dice che il mio lavoro viene prima di tutto. Il mio lavoro per lei è sacro, capisci? È una donna all'antica. Se conoscesse la verità, la sua vita non avrebbe più senso. A volte mi piacerebbe tornare prima a casa, mettermi comodo e darmi un po' da fare in giar-

dino, ma questo la distruggerebbe. Non sopporta i pensionati né gli uomini che non contano. Quando arrivo, fa in modo che me ne stia nel mio studio e che nessuno mi disturbi. E così mi rimetto a leggere, che devo fare? C'è stato un momento in cui ho pensato che non potevo andare controcorrente e ho iniziato a lasciarmi trascinare da tutto questo. Adesso non si può tornare indietro.»

Mentre il vicepresidente parla, mi vengono alla mente alcune scene di lui tra gli altri consiglieri che escono dall'ascensore e attraversano il vestibolo. In apparenza chiacchierano tutti animatamente, ma se si esamina bene la situazione, se non mi lascio ingannare dalla confusione, mi accorgo che è sempre il vicepresidente a rivolgersi agli altri mentre nessuno si rivolge a lui, che le pacche le dà lui ma non ne riceve nessuna e che, se non rimanesse con il gruppo, lo lascerebbero indietro, irrimediabilmente indietro.

In questi primi istanti sono ingiusta con Sebastián Trenas. Penso che se non viene rispettato dai colleghi e dai sottoposti un motivo ci sarà, che in lui deve esserci qualche tratto che causa il rifiuto altrui. Con il passare dei giorni capirò che, semplicemente, non lo temono. E adesso che sono appena venuta a conoscenza di ciò che sanno tutti – che sia io che lui non contiamo niente –, con che faccia potrò guardare i miei colleghi? Non ho neppure la forza di esigere che mi installino una volta per tutte il computer. Anche la mia autostima cala pericolosamente. Per molte ore al giorno devo rimanere isolata nella mia casella ed esclusa dal gioco.

Per fortuna, sulla parete di fronte, a circa cinque metri dalla mia scrivania e alla stessa distanza dagli ascensori, ci sono i bagni, indicati con le icone tradizionali della pipa e del ventaglio. Le vedo appena alzo lo sguardo. Resto a contemplarle quando sono già stanca di guardare le mie quattro cose e un paio di gambe accanto a un cestino alla mia destra, un gomito a sinistra, un'enorme capigliatura riccia afro che sbuca dal pannello più in là, una piccola nube di fumo di sigaretta e gente che passa senza guardarmi e che neanch'io guardo apertamente, anche se mi piacerebbe osservarla fino all'estenuazione perché non ho altro da fare. La porta con il ventaglio mi attrae irresistibilmente. E, quando la apro, una luce bianchissima mi trasporta nel mondo dei rubinetti di acciaio azzurrino, degli specchi e dell'acqua che scorre in lavabi come sorgenti. Quando mi siedo sulla tazza e chiudo la porta, mi fermo a contemplare il portarotolo di Roca, i disegni del rivestimento delle pareti e del pavimento, che sfortunatamente nel corso della giornata si va macchiando di gocce di urina, e penso che il mio posto deve essere da un'altra parte, anche se in fondo ho i miei dubbi che questo posto esista, visto che in trent'anni non l'ho trovato.

È proprio qui, sotto la luce della lampada alogena del soffitto, seduta sul coperchio della tazza, che prendo la decisione di essere io a generare il mio lavoro. Chiedo a Sebastián Trenas il permesso di mettere in ordine la sua biblioteca e di archiviare delle cartelle gialline con documenti scritti ancora a macchina, e pertanto precedenti a questo edificio, che sono impilati in un angolo della sua stanza.

«Non servono a niente», commenta lui. «Si possono gettare. Li tengo lì per fare volume.»

Gli domando se non conserva i verbali delle riunioni a cui assiste, e lui risponde che non se li porta neanche via, non servirebbe a niente. Gli chiedo, per favore, di prenderli a partire dalla prossima volta perché io possa archiviarli. Ordino cartelline colorate e altri evidenziatori e mi dedico a classificare lettere e documenti, che quasi mi si disfano tra le dita come papiri millenari e che mi fanno starnutire. Sono operazioni a cui, senza alcun dubbio, i miei colleghi assistono dal loro inaccessibile mondo interiore. Ma sono le fughe al bagno e questi documenti che mi impediscono di scappare via e, quindi, di fallire. E anche se il fallimento, come tutto in questa vita, è relativo, quando si fallisce si fallisce, si ha cioè la sensazione di fallire in tutto, si fallisce fino in fondo e tutti se ne accorgono. Non credo di essere ancora pronta a sentirmi una fallita, e per questo lotto.

Non appena ho il mio primo verbale tra le mani mi avventuro fino alla fotocopiatrice per fare una copia di sicurezza, il che è completamente assurdo. Noto su di me quegli sguardi che sembrano non guardare. Qualcuno dice sottovoce:

«Ma che fa?». E più in là un altro ripete: «Ma che fa?». E un rumore, come un'onda gigante, spazza il labirinto: «Ma che fa, ma che fa, ma che fa?». Eppure non mi lascio inquietare da questi commenti e resto accanto alla fotocopiatrice tutto il tempo necessario. La sua luce verde mi avvolge come se mi trovassi nella radura di un bosco. E non mi accontento di questo, ma decido di richiedere tutti i verbali passati ai vari uffici. «Perché li vuoi?» chiedono voci incredule all'altro capo del telefono. Io rispondo che è il vicepresidente a reclamarli e che non ho accesso a quelle informazioni. I verbali mi arrivano tramite la posta interna. Le buste si accumulano, perciò la scrivania assume un aspetto più dinamico. Non devo più ingegnarmi perché sembri che io faccia qualcosa, adesso ci sono sempre buste da aprire e contenuti da esaminare. Mi impongo anche il compito di fotocopiarli tutti, perciò passo più tempo accanto alla fotocopiatrice che nei bagni. E quando nelle mattine buie intraprendo il lungo cammino da casa mia alla Torre di Vetro, sento che mi aspetta un compito, per quanto sia un compito finto, che giustifica questa camminata e lo stipendio che mi danno. E quando m'incapsulo nella porta girevole si è ormai fatto chiaro.

Un giorno, a metà mattina, sono tutta presa dal compito di fotocopiare i benedetti verbali, quando un noto cuscinone a forma di mano chiude il coperchio della macchina e resta posato su di esso in mezzo a bagliori verdi.

«Non hai pensato che passando tanto tempo accanto a questo apparecchio ti esponi a una forte radioattività?»

Mi meraviglia che l'arrivo di Trenas non sia stato preceduto da nessun rumore, perciò lo guardo sorpresa per il tempo in cui ritiro dal vassoio un bel mucchio di fogli.

«Andiamo nel mio ufficio», dice. «Devo parlarti.»

Lo seguo. Sembra preoccupato, e non si ferma per cercare di intavolare conversazioni con gli strani abitanti del labirinto, non si ferma neppure a salutarli, e questo, suppongo con grande gioia, li starà sconcertando. Lui, d'altronde, vive al margine di questa realtà, non bisogna far altro che entrare nel suo ufficio e vedere sulla scrivania il quotidiano dal quale fugge volando la faccia di Bin Laden, un libro aperto a metà, e il mondo sotto, in lontananza, leggermente tremolante dietro le vetrate. Lui lo guarda tutto assorto dalla finestra, poi si siede sulla sua poltrona.

«Conosci le storie di Polifemo e Galatea, di Amore e Psiche, di Piramo e Tisbe, di Ero e Leandro? Sono belle storie d'amore che un giorno ti racconterò.»

Probabilmente non ricorda la faccenda della mia vocazione da scrittrice e che queste storie disgraziate non devono essermi ignote. Ma decido di stare zitta perché è una domanda che non è diretta a me, ma a sé stesso.

«L'amore è incredibile», dice come conclusione di tutto ciò a cui ha pensato mentre era di fronte alla finestra. «Oggi è successo un miracolo», continua, senza che quello che sta per dire abbia alcun rapporto con quanto ha detto prima. «Oggi, in un solo giorno, mi hanno chiamato al cellulare vari consiglieri. Alla prima telefonata mi sono allarmato pensando che uno dei miei figli o mia moglie potessero aver avuto un incidente. Alla seconda non più. Alla seconda ho capito subito che si trattava di un altro consigliere.»

Sono seduta su una delle poltrone destinate ai visitatori con la sensazione che mi manchino la penna e la cartella con i fogli bianchi che di solito tengo tra le mani anche se non arrivo mai a usarle e che in questa circostanza non ho avuto il tempo di recuperare dalla mia scrivania. Perciò mi sento indifesa davanti alle parole del vicepresidente.

«Vari consiglieri» – questo lo ha già detto – «provano una grande curiosità. Vogliono che chiarisca loro il mio improvviso interesse per dei verbali che ormai non sono più attuali, vogliono sapere se ho riscontrato qualche errore. "Errare è umano", hanno detto. Ma vogliono sapere», ribadisce girando i suoi enormi occhi e la sua bocca verso di me. «Vogliono che li tranquillizzi. Evidentemente, se avessi detto loro la verità, che la mia assistente è disposta a lavorare inutilmente, non ci avrebbero creduto, perciò ho risposto loro – sai cosa ho risposto?»

Visto che si tratta di un'altra finta domanda, non dico niente. Le mie mani restano intrecciate sulle ginocchia. I miei occhi castani, circondati da folte ciglia nere, che tanto spesso mi guardo negli specchi dei bagni pensando a Raúl, lo osservano. Osservano il suo sguardo buono vagare per la civiltà soleggiata e primitiva di laggiù, osservano la sua cravatta che oscilla sulla cintura. E, senza poterlo evitare, osservano il contorno di quello che deve essere il suo membro attaccato alla coscia. E siccome continua a guardare distrattamente dalla finestra, i miei occhi castani non possono smettere di osservare che, quando distende le gambe, tutto l'apparato genitale gli si smuove negli ampi pantaloni con le pince, come se non portasse le mutande o come se le mutande non lo contenessero a dovere.

«Ho detto loro che non devono preoccuparsi, e poi ho ridacchiato perché capiscano che si tratta di una sciocchezza. E credi che per caso abbiano riso anche loro?» mi chiede.

Quando distolgo lo sguardo dai suoi pantaloni, noto che nell'ufficio c'è abbastanza spazio per installare un archivio di sicurezza, che si debba aprire per mezzo di una combinazione come le casseforti. Indugio per un po' su questo pensiero invece che sulla sgradevole idea che qualcuno dei miei colleghi, apparentemente indifferenti e invece curiosi fino al midollo, si renda conto che in mio potere non c'è neppure un documento di valore.

«Be', non hanno riso. La prendono sul serio», continua, e poi si volta verso di me con una certa eccitazione nello sguardo. «Mi hanno fatto un po' innervosire.»

Devo ricordare a quest'uomo così importante che non facciamo niente di male, lavoriamo e basta. Gli dico che mi sembrerebbe di dare un cattivo esempio se proprio io, che sono la sua assistente, me ne stessi con le mani in mano e che non sarebbe una cattiva idea se anche lui spargesse qualche foglio sulla scrivania; gli suggerisco di non lasciare tanto in vista libri come quello che adesso è aperto a metà e soprattutto che quando visita il labirinto lo faccia con passo rapido e senza salutare, e anche che qualche volta, per favore, mi chiami dalla soglia dell'ufficio con tono concitato.

Trenas mi ascolta a bocca aperta.

«Non posso farlo», ribatte. «Tu fai come vuoi, capisco che hai una dignità da salvare. Sei giovane, intraprendente, sei salita ai piani alti dall'ingresso. Ti capisco perfettamente e hai la mia ammirazione, ma non chiedermi di comportarmi come un vero vicepresidente senza esserlo, è troppo.»

«Ma il fatto è che lei lo è davvero.»

«No, non lo sono. Non ho saputo meritarmi il mio incarico, non ho saputo essere all'altezza, l'ho perso a poco a poco, come si perdono altre cose nella vita che si pensa di non perdere mai.»

«Questo lo vedremo», ribatto indignata dalla sua umiltà e perché mi ricorda vagamente mia madre, mi ricorda come si è consumata pian piano nel letto senza lamentarsi, come le gambe e le braccia sono diventate sempre più magre, sempre più magre, finché nel materasso non è rimasta impressa la sua figura lunga, spossata, espressionista. Il suo sguardo trasecolato rivolto verso di me. Che vita di merda.

«Non merito di continuare a occupare questa poltrona», dice.

«E chi merita ciò che ha?»

Si mette a pensare con un'espressione molto seria, probabilmente si mette a pensare se la gente che conosce merita ciò che ha. Pensa a qualcuno e chiude per un attimo gli occhi, pensa a un altro e chiude per un attimo gli occhi, e così per cinque volte, come se quelle persone sfilassero nella sua mente.

«Non so che dirti. Da una parte se lo meritano e dall'altra no.»

Non replico che tutta questa storia del merito mi sembra una balla perché non c'è una scala universale per misurare il merito e ricordo la mia povera madre, che di quelli che comparivano in televisione diceva sempre che se erano lì un motivo doveva pur esserci. Perciò gli dico: «Se qui c'è lei e non un altro, un motivo ci sarà».

E resta a guardarmi finché non chiudo la porta.

Con il passare dei giorni, la pace dei bagni si estende in parte al labirinto. Succede all'ora di pranzo, quando tutti escono a mangiare un menu da otto euro nei locali dei dintorni. Finché non ritornano dopo due ore un po' ruttando e un po' assonnati, le scrivanie sono mute, alcuni computer spenti e altri con il salvaschermo – la cui scelta dice molto dei loro proprietari –, i fogli nella posizione che avevano nel momento in cui sono scoccate le due. Alcune sedie accostate alla scrivania e altre così come sono rimaste quando i loro occupanti si sono dati alla macchia.

L'aspetto generale è di essere stati colpiti da una bomba che disintegra gli esseri viventi ma non le cose. La pace è totale, silenziosa e tranquilla. Passeggio per le caselle del labirinto, accanto alle scrivanie addormentate, nell'assenza di tutta questa gentaglia, e mi trovo così bene che posso quasi pensare di essere seduta sulla tazza della toilette. Penso che non aiuti l'autostima sapere di lavorare in una vicepresidenza finta. Ma penso anche che a fine mese mi pagano come se fosse vera, perciò la frontiera tra vero e falso non deve essere così chiara. Mi impongo quindi il compito di redigere la richiesta per l'archivio di sicurezza e per il computer. E, non appena avrò finito con i verbali, mi dedicherò anche a setacciare tutti i documenti decrepiti che il vicepresidente pensava di buttare.

La mia attività è così frenetica che trapela in altri uffici e in altri piani. Mi sono fissata date e obiettivi che figurano nell'agenda che le Risorse Umane forniscono a noi impiegati. Nessuno osa negarmi il computer. Per il momento, ho scelto un salvaschermo con un'immagine spaziale in cui un astronauta gira incessantemente intorno alla Terra mentre lo sfondo stellato emette in continuazione punti luminosi. Non mi negano neppure l'archivio, che riluce imponente nell'ufficio del mio capo. Io ci custodisco i verbali e le copie e Trenas una bottiglia di whisky, dei bicchieri e un paio di scarpe da ginnastica, che ha iniziato a usare in ufficio per stare comodo da quando tutti hanno smesso di andare a trovarlo.

A fine giornata chiudo l'archivio con una combinazione che conosciamo solo io e lui. A volte, come gli ho suggerito, il vicepresidente mi chiama con voce imperiosa dalla soglia della sua stanza e io accorro diligentemente.

«Riposati un po', figlia mia», dice quando entro. «Mi dispiace vedere che ti ammazzi di fatica per niente.»

Si mette a contemplare il traffico con le mani in tasca.

«Quale sarà più forte, il nostro istinto di distruzione o quello di conservazione?»

Senza dubbio è una domanda filosofica, perciò resto rispettosamente in silenzio. Trenas ha così tanto tempo per riflettere in quest'ufficio che con le sue riflessioni avrebbe potuto scrivere già vari saggi.

«È ciò che, pur di dargli un nome, chiamiamo la lotta tra il bene e il male. Oggi hai letto i giornali?» mi chiede.

I quotidiani del giorno giacciono sulla scrivania trasformati in grossi fiori pieni di carta di giornale. In uno di essi spunta parte della faccia da bambino vecchio di George W. Bush. Il mio capo, in un'associazione di idee logica, salta dal presidente degli Stati Uniti a suo figlio, che vive negli Stati Uniti.

«Mi piacerebbe che conoscessi Conrado, mio figlio. Non mi assomiglia», dice con aria orgogliosa. «È deciso, non si lascia intimorire. Poco tempo fa ha dato un paio di cazzotti al direttore della società nella quale lavora. Scusa», aggiunge subito, infastidito perché gli è scappata una parola leggermente colloquiale. «E non lo hanno neanche mandato via, sai?» continua sorridendo, non a me, ma al figlio assente.

«Devono avergli fatto qualcosa di molto grave», commento.

«Non necessariamente: mio figlio ha poca pazienza. È quello che mi piace di più in lui, non aspetta che le cose si mettano male per reagire.»

È un modo di vedere la faccenda.

«E sua figlia?» chiedo, più che altro per verificare che Sebastián Trenas sia davvero qualcosa di più di quello che vedo qui.

«La povera Anabel», mormora scuotendo la testa come se fosse morta o molto malata.

A quel che dice lui, con la lentezza di chi deve tirar fuori ogni parola da un cassetto diverso e ogni ricordo da un mucchio di ragnatele, ad Anabel mancano risolutezza, sicurezza, autocontrollo, fiducia nella vita. Ha ventisei anni e vive in Francia. Da piccola piangeva per niente, per una parola detta più ad alta voce del solito, o se non le si rispondeva subito. Tra una cosa e l'altra, passava praticamente tutta la giornata a piangere, era quasi impossibile vederle il viso in uno stato normale, rilassato, ce l'aveva sempre paonazzo, alterato, con le guance che le tremavano o che erano sul punto di farlo. Per suo padre era così angosciante vederla in quello stato che restava più a lungo in ufficio per trovarla già addormentata al suo ritorno. Il brutto era che a quell'ora dormiva anche Conrado, e non poteva giocare un po' con lui. La cosa peggiore, però, erano i fine settimana. La domenica mattina il vicepresidente aveva l'abitudine di preparare la colazione per tutti e poi di tirare fuori – come aveva visto fare a suo padre e suo padre al suo, e il padre di suo padre a suo padre e così via fino a perdere il conto – una scatola dov'erano perfettamente ordinati lucidi e spazzole, e pulire le scarpe di tutta la famiglia. Come aveva fatto suo padre con lui, il vicepresidente nominò Conrado aiutante perché gli passasse la spazzola grande, lo spazzolino, la scatoletta marrone, il lucido neutro. L'odore dei lucidi si mescolava a quelli dei residui del pane tostato e del caffè, fissando in tal modo l'atmosfera delle domeniche mattina per la futura memoria dei suoi figli, così come era stato fatto per lui dal loro nonno, dal bisnonno, dal trisavolo e probabilmente dal quadrisavolo. Anabel, però, non lasciava che le cose andassero come dovevano, scalzava il fratello e faceva di tutto per essere lei a passare le spazzole al padre e allineava le scarpe, quando era già troppo grande per quel compito. Subito dopo gli si sedeva sulle ginocchia e pretendeva di leggergli i temi che aveva scritto nel corso della settimana, poi voleva fare un giro in bicicletta, escludendo così il fratello, che non sapeva ancora andarci. Dopo le veniva in mente un'altra cosa e poi un'altra ancora. Era possessiva, ossessiva, asfissiante. Trenas cercava di essere paziente con lei, ma arrivava un momento in cui non ce la faceva più e chiedeva ad Anabel di lasciare spazio anche a suo fratello; le ricordava che Conrado, essendo più piccolo, aveva bisogno di più attenzioni, e lui stesso voleva un po' di tranquillità. A quel punto Anabel scoppiava a piangere addolorata e disperata. Forse lui non sapeva come prenderla e probabilmente avrebbero dovuto portarla da uno psicologo. Trenas disse a Nieves, sua moglie, che qualcuno avrebbe dovuto visitare la bambina e lei gli rispose che era lui ad avere bisogno di uno psicologo.

«Chissà», conclude scuotendo mestamente la testa.

Al contrario, nominando Conrado, gli torna di nuovo il sorriso sulle labbra, labbra forse troppo rosse per essere quelle di un uomo. Il ragazzo è l'opposto di sua sorella. Piangeva e si lamentava ben poco, non faceva mai la vittima, si potrebbe giurare che nessuno lo abbia preso in giro da quando andava all'asilo. È incredibile.

Una sera, quando Conrado aveva quindici anni, qualcuno entrò di nascosto nella villa dove vivevano e vivono tuttora. Qualche mese prima la mafia russa aveva assassinato un'intera famiglia a Marbella in una casa simile alla loro.

Il delitto di Marbella sembrava la trama di *A sangue freddo* compressa, perché era durato soltanto un'ora. Il padre lo pugnalarono allo stomaco rigirando il coltello come quando si scava un fosso in giardino, senza smettere di chiacchierare tra loro. Alla madre tagliarono il collo e alla figlia lo ruppero con un agile gioco di mani. Poi tirarono fuori dal mobile bar alcune bottiglie di whisky, gin e vodka e le bevvero. Evidentemente li divertì il fatto che in quella casa così lontana dalla Russia ci fosse dell'autentica vodka russa e festeggiarono la scoperta a modo loro. Dopo si misero a caricare sul furgone gli oggetti di valore che trovarono – televisori, videoregistratori e computer –, si infilarono in tasca gli orologi che portavano i morti ammazzati e qualche gioiello. E si fermarono in un club privé di strada a rifornirsi di vodka. Volevano pagare con i gioielli e le prostitute protestarono un po', ma subito smisero perché capirono che quegli uomini erano della mafia russa, e se c'era qualcuno che quelle donne temevano più dei loro protettori era proprio la mafia russa. La polizia li bloccò otto ore più tardi in un altro club, dove avevano cercato di pagare mettendo uno stereo sul bancone del bar.

Io avevo letto la notizia sul giornale e capisco perché quella notte Trenas, sentendo dei rumori diversi dal solito, rumori di intrusi, avesse iniziato a coprirsi di un sudore freddo e a mandare messaggi di panico a gambe, braccia e cuore, visto che qualcuno aveva iniziato a salire la scala di legno. Non poteva fare niente per salvare la sua famiglia. Come avvisarli senza mettere in guardia l'intruso? Le stanze erano piuttosto lontane le une dalle altre, compresa quella di sua moglie. Scese dal letto e decise che avrebbe aspettato lo sconosciuto sul pianerottolo armato di una statuetta di bronzo a forma di cane e delle sue mani tremanti, anche se sapeva che niente avrebbe potuto contro la mafia russa e la sua esperienza nell'uccidere. Aspettava nascosto sul pianerottolo. L'altro saliva. Forse non si trattava di una sola persona. L'idea lo faceva sudare di più. Lo faceva sudare anche l'immagine del grande coltello che probabilmente il delinquente impugnava o della grande pistola nera, perciò in tutta la sua vita, neanche nei giorni più caldi, aveva mai sudato tanto. Il cane gli scivolava di mano. Era tutto perduto.

Tutto pareva irrimediabilmente perduto quando all'improvviso, dietro di lui, si levò un grido di guerra, una furia gli passò accanto e si lanciò selvaggiamente per le scale senza dargli il tempo di reagire e probabilmente senza darlo neanche all'intruso. La furia poteva appartenere a un solo uomo o a un esercito. Trenas rimase paralizzato con il cane tra le mani, non sapeva cosa stava succedendo, non vedeva quasi niente e non osava accendere la luce, finché non capì che si trattava di suo figlio, che non la smetteva di gridare in un modo che lui non aveva mai sentito, neppure durante il servizio militare.

Nel frattempo Nieves e Anabel erano già saltate fuori dal letto ed erano uscite correndo dalle rispettive stanze. Avevano acceso le luci e adesso si vedevano nitidamente le mutande e la maglietta di Conrado macchiate di sangue, perciò tutta la famiglia si lanciò verso di lui.

«Sto bene», disse Conrado frapponendo tra sé e loro una sbarra di acciaio ugualmente insanguinata. Ai piedi della scala giaceva un uomo con i capelli così ingrommati di sangue che non si capiva se fosse moro o biondo. «Forse c'è qualcun altro in salotto o in cucina», aggiunse asciugandosi il sudore con la manica della maglietta.

«Vado io», disse Trenas, contagiato dal coraggio del figlio, strappandogli la sbarra dalle mani.

Il vicepresidente dice che non potrà mai dimenticare quel momento né la sensazione che gli bruciava dentro. Non ebbe paura. Saltò come un ragazzino il gradino su cui era caduto un lungo coltello da cucina. Dunque gli intrusi erano venuti armati di coltelli. E saltò sopra il corpo disteso alla fine delle scale. Arrivò fino al centro della cucina con la sbarra tra le mani. La sbarra bruciava ma non c'era sudore. Poi entrò in salotto, dove osservò che le porte scorrevoli che davano sul giardino erano aperte. Dunque il tizio era entrato di lì. Uscì. La luna faceva cadere una cappa bianchiccia sulle punte delle foglie. Sentì i propri muscoli in tensione, come se avesse le braccia di Schwarzenegger e anche le sue gambe e il suo torace. Era un prolungamento di Conrado e, se qualcuno si era nascosto tra gli arbusti, gli alberi da frutto e i vasi di fiori, lo avrebbe trovato e lo avrebbe ucciso. Forse nel garage avrebbe avuto più fortuna. Si girò sui suoi implacabili talloni e si diresse lì. L'ombra di Schwarzenegger si proiettò sulla nevicata fantasma. Entrò in casa.

«Non c'è più nessuno», disse davanti alla sua famiglia sparpagliata per le scale del salotto.

Come c'era da aspettarsi Anabel stava piangendo, sebbene avesse già diciassette anni. Forse la vista della figlia gli fece recuperare il suo vecchio sé. E con gli occhi del vecchio sé vide il corpo dell'estraneo, dello sconosciuto, che non aveva bussato per entrare, disteso alla fine delle scale con la testa coperta di sangue, e vide il coltello sul gradino. Mise la sbarra d'acciaio accanto al russo. Vide le fotografie sulla mensola del camino come sempre, i soliti divani, le solite tende, i soliti tappeti, mura, quadri e tavoli. Niente di ciò che lo circondava gli era mai risultato così familiare e conosciuto come in presenza di quell'estraneo, mai gli era sembrato così suo, e gli estranei non gli erano mai sembrati così estranei come quell'uomo.

Si sedette su un gradino, chiuse gli occhi e cercò di rilassarsi. Ma fu impossibile, i muscoli di gambe e braccia gli si erano contratti così tanto che non c'era modo che si distendessero. Provava un dolore spaventoso. Gli arti erano pietre doloranti. Faticava a mettersi in piedi, perciò rimase seduto sulle scale accanto all'aggressore. Nieves cercò di massaggiargli i polpacci e le braccia, ma era impossibile fare qualcosa.

«Hai delle forti contratture», disse.

Anabel, vedendolo in quello stato, pianse ancora più forte. Si sarebbe detto che il suo pianto fosse la colonna sonora adeguata per quella scena spaventosa. Perciò Trenas non riuscì a reprimere la sua irritazione, l'irritazione del dolore, e gridò che per favore qualcuno gli togliesse davanti quella piagnucolona insopportabile. Che non voleva vederla né sentirla mai più in vita sua.

Ai tizi dell'ambulanza bisognò spiegare quale dei due corpi distesi fosse quello dell'aggressore. Il povero vicepresidente stava perdendo la testa per il dolore. Sua moglie chiese che si occupassero prima di lui e poi dell'assassino, ma i medici valutarono la gravità delle loro condizioni e decisero di occuparsi del secondo. Trenas dovette guardare mentre intubavano il russo e cercavano di salvarlo. Confusamente sentiva che quell'essere estraneo, venuto dal mondo esterno, per il momento era vivo e forse lo sarebbe stato per molti anni. Non sapeva neppure che faccia avesse: i capelli e il sangue gliela coprivano. Neanche l'altro aveva visto lui, perciò l'odio fra Trenas e l'aggressore sarebbe stato un odio astratto, senza volto: in ciò che era accaduto non c'era niente di personale. Fu Conrado, che aveva trovato il tempo e la calma per cambiarsi d'abito, a raccontare l'accaduto alla polizia. A suo padre sembrò di percepire, mentre era disteso, fra le palpebre socchiuse per il dolore, che Nieves si era tolta la camicia da notte per mettersi un pigiama di seta che le donava di più, senza dubbio per essere presentabile quando sarebbero arrivate l'ambulanza e la polizia, e che si era raccolta i capelli ed era molto bella. I pantaloni, morbidissimi e ampi, le fluttuavano intorno alle gambe quando saliva e scendeva le scale.

Trenas dovette rimanere due giorni in ospedale. Al suo ritorno, la casa era in perfette condizioni. A quanto pareva quella notte stessa Conrado era rimasto a pulire il sangue fino all'alba perché, a detta sua, eliminare fino alla più piccola traccia di sangue costa molta fatica. Trenas tornò curato dal dolore muscolare, che fu subito sostituito da un dolore ben più grande, quello per Anabel. La figlia rifuggiva la sua presenza e, per quanto impegno lui potesse mettere per risolvere le cose tra loro, non ci riuscì.

Il vicepresidente è dell'opinione che, per essere spregevoli, non è necessario essere un ricattatore, un assassino o un traditore. Per questo comportamento con Anabel, anche se si è verificato una sola volta, ormai si sente marchiato per tutta la vita. E ogni volta che la vede, la sua presenza glielo ricorda. Naturalmente Anabel scomparve dalla sua vista perché Nieves decise che la cosa migliore sarebbe stata mandarla a studiare all'estero, dove finì per farsi conoscere come modella.

«Quando una cosa si rompe, si rompe, e non resta che bere o affogare», dice.

Io do a Nieves tutta la colpa di ciò che è successo tra il mio capo e la figlia Anabel. Non l'ho mai vista e non ci ho mai neppure parlato al telefono, probabilmente a causa della sua mania di non volerlo disturbare al lavoro. Eppure, con il tempo, le informazioni indirette che suo marito mi ha dato a poco a poco su di lei hanno forgiato l'immagine di un essere piuttosto antipatico ed egoista, che a sua volta evoca le donne più repellenti di cui ho memoria. La prima, una maestra dai morbidi capelli biondi, fu quella che un giorno mi chiese con espressione inorridita se quella donna dai capelli nero corvino che parlava a voce così alta fosse mia madre. La seconda, una dottoressa con i capelli corti, gli occhiali e la faccia da stronza, che quasi la fece morire con una cura somministrata a caso perché quel giorno si sentiva oppressa e doveva togliersi dai piedi i pazienti a qualunque costo. La terza, una bambinaia che per gioco si faceva succhiare i capezzoli da me. Ne ho conosciute anche altre, che in fondo sono versioni delle precedenti.

Devo dire, come giustificazione per ciò che verrà più avanti, che tutto il mio impegno è concentrato nel dare un senso al mio lavoro, nel trasferire la mia casella, con scrivania, computer e cestino annessi, dalla non esistenza, dalla pura favola, all'esistenza reale. Voglio far parte della stessa dimensione del resto dei miei colleghi. Ho sempre avuto un'idea molto chiara di ciò che è il lavoro. Il lavoro non deve piacere e deve pesare, perché se piace e non pesa non è più lavoro, e non devono pagarti perché tu lo svolga. Per questo sono stati inventati i colleghi, i capi e le torri di vetro, per dare consistenza all'idea del lavoro, perché non si pensi che il lavoro è come qualunque altra cosa che si fa per piacere, come scrivere o disegnare – sempre che scrivere o disegnare risulti piacevole e non una sofferenza. E quando a scuola ci chiedevano cosa volessimo fare da grandi, mescolando nella domanda quello che ci piaceva fare con il modo in cui ci saremmo guadagnati da vivere, mi pareva che le risposte dei miei compagni – pompiere, infermiera, maestra, modella, attrice, parrucchiera, maschera al cinema, quello che buca i biglietti sul treno – non coincidessero con quello che vedevo intorno a me. Per esempio, non ho mai visto mio padre tornare contento dal lavoro. A volte neanche Raúl, ma per la maggior parte del tempo era piuttosto sereno e addirittura si divertiva a lavorare, e per questo mi sembrava che non si guadagnasse quello che gli davano. Nel mio caso non si può dire che svolga un vero lavoro, ma ne sopporto tutti gli inconvenienti e comunque non mi trovo a mio agio nella Torre di Vetro, perciò non mi sembra un male che mi paghino.

Mi sono imposta il compito di riscrivere al computer i vecchi documenti che il vicepresidente pensava di buttare. È un modo per fare il rodaggio alla tastiera e allo stesso tempo per sbirciare attraverso il buco della serratura, che è una cosa che non farei mai in circostanze normali: non spierei mai da una finestra né da una fessura, né da un'apertura di nessun tipo, perché non saprei mai cosa mi potrei ritrovare davanti, e non mi piacerebbe sussultare o provare una forte ripugnanza davanti a quello che potrei vedere. Anche questi documenti li leggo con una certa circospezione, come se all'improvviso un ratto potesse saltare fuori dal mucchio di fogli e mordermi, perché noi che non siamo attratti dall'idea di guardare dal buco della serratura, quando guardiamo, lo facciamo con grande timore e circospezione.

Ci sono carte di tutti i tipi e parecchia corrispondenza che risale agli anni in cui Trenas ed Emilio Ríos erano studenti. È sorprendente la differenza che c'è tra le lettere del primo e quelle del secondo. Quelle di Ríos sono le tipiche lettere di uno zoticone che non conosce le regole più basilari dell'accentazione dello spagnolo, e questa è una vera delusione in un uomo come lui, si potrebbe dire che è il suo particolare mostruoso. Quelle del mio capo sono come i ricami di una tovaglia. Riesco a immaginarlo che rifinisce ciascuna delle parole con una lima per le unghie, con quegli occhi che abbracciano tutto. Una persona del genere non può non far caso alla faccenda degli accenti senza una smorfia di disgusto, una persona del genere deve disprezzare Emilio Ríos. Eppure il giovane Sebastián sembra accettare fin dall'inizio di essere il secondo a bordo. Emilio è l'intraprendente, quello che ha idee rischiose e che cambia umore troppo spesso. Sebastián è il cocciuto, quello che dà forma ai progetti, che concretizza e rende realtà le intuizioni di Emilio.

A quanto si apprende dalla documentazione, la loro prima grande intuizione, quella che diede loro prestigio, fu la creazione di agenzie di sicurezza private. Associato a questa idea compare continuamente il nome di J. Codes, finché non viene messo da parte. Ci sono lettere di Codes senza risposta che salgono di tono a mano a mano che il tempo passa, li chiama delinquenti per essersi appropriati del suo progetto senza condividerlo con lui, li minaccia di denunciarli, rammenta ai due soci che non è giovane come loro e che ha bisogno di qualche tipo di compenso. Ricorda loro il giorno in cui sono andati a trovarlo e gli hanno promesso che se la sua idea fosse stata fattibile e fossero riusciti a venderla lo avrebbero reso socio dell'azienda. Ricorda quello che ha fatto per loro. Mi fa una certa pena il vecchio J. Codes, e invece sembra che a loro non ne faccia affatto. E all'improvviso scompare senza lasciare traccia, come se la terra lo avesse inghiottito. Alla fine Sebastián ed Emilio vendono l'idea a una società in declino, che rifiorisce, e così comincia la loro fama e la loro ascesa. Da nessuna parte figura che Codes abbia ricevuto un centesimo per questo. Forse era già morto, forse non era vero ciò che diceva e voleva approfittarsi del successo di Ríos e Trenas. O forse si era rassegnato a vagare per il mondo di laggiù, fatto per essere visto dalle finestre di quassù. E questo mi porta a pensare che il modo più rapido per perdere l'innocenza sia guardare dal buco di una serratura. Ma chi vuole perdere l'innocenza?

La bugia e la verità hanno in comune che è sconvolgente scoprire tanto l'una quanto l'altra. D'altro canto, smascherare una bugia significa anche svelare una verità. Soltanto chi mente conosce la linea che le separa, mentre per tutti gli altri è più confusa. Soltanto io e il vicepresidente sappiamo che, per quanto io lavori molto, in realtà non sto lavorando. Non faccio niente di utile per l'azienda e, come se non bastasse, sfrutto il riscaldamento e il telefono e consumo elettricità, caffè della macchinetta, fogli e carta igienica. Eppure sono sempre assorta con lo sguardo fisso sul mio computer, perciò sono un elemento confuso nella mente degli altri. Non possono dire che io non lavori, ma non saprebbero neanche dire cosa faccio. Perciò, quando qualcuno mi si avvicina alla scrivania e si mette a guardare lo schermo, mi dà piuttosto fastidio ed è per questo che ho programmato che il salvaschermo con lo sfondo spaziale scenda come un sipario dopo un minuto di inattività. Così quando Teresa, la segretaria personale di Emilio Ríos, viene a trovarmi, cosa che ultimamente fa con una certa frequenza, non ha il tempo di ficcanasare; e nonostante questo se ne resta a guardare i punti luminosi che provengono dallo spazio interstellare, come se cercasse di intravedere quello che c'è sotto.

Dunque Teresa, la donna dalle due metà, arriva davanti alla mia scrivania, spinge di lato le cartelline scolorite e si siede nello spazio che ha liberato. Le gambe restano in aria quasi all'altezza dei miei occhi. Sono strette in un paio di calze di materiale sottile che accentua le piccole concavità delle ginocchia e i bordi delle caviglie e dà forma alle ossa come se si trattasse della foto di una rivista. Viene voglia di toccarle, proprio come nei musei non si può fare a meno di sfiorare le statue di marmo anche se questa azione non significa niente e non implica nessun tipo di desiderio. Di sicuro gli uomini dovranno sentirsi molto confusi nei momenti di intimità con Teresa, visto che non potranno concentrarsi nel guardarle soltanto le gambe, non potranno parlare alle gambe, né baciarle soltanto le gambe, ma dovranno occuparsi anche dell'altra metà.

«Mi sembri molto affaccendata», dice mescolando un caffè della macchinetta con un cucchiaino di plastica. I globi d'argento alle orecchie luccicano debolmente. È una mattina così grigia che persino il bagno mi è sembrato privo di fascino.

«Be', sai com'è...» dico per non dire niente.

«Ho pensato che dovremmo coordinarci di più, che dovremmo formare una squadra. Così potremmo aiutarci. Ti sarai dovuta occupare di molta documentazione arretrata.»

La mia attenzione si concentra sulle sue mani, che da un momento all'altro apriranno una cartellina quasi inavvertitamente. Sull'anulare brilla un anello in pendant con gli orecchini, il bracciale e la catenina, cosa che introduce un pizzico di eccesso nella sua persona. Dovrebbe esistere una legge universale che impedisse di portare allo stesso tempo catenina, orecchini, anello e bracciale; o catenina e orecchini, oppure bracciale, catenina e orecchini, oppure anello e bracciale. Mentre si potrebbero abbinare anello e orecchini, o bracciale e catenina, oppure catenina e anello. In ogni caso fa pensare anche a un ufficio perfettamente organizzato, e a cassetti, armadi, borse e bagno con un posto per ogni cosa e ogni cosa al suo posto. All'improvviso mi accorgo, sollevata, che la cartellina non le interessa. La attira di più l'ufficio del vicepresidente, verso il quale di tanto in tanto lancia un'occhiata. Osserva la porta come se fosse più grande e massiccia di quello che è, come se dentro invece che un ufficio ci fosse una sala d'armi medievale.

«Va bene», sbotta stanca davanti alla mia mancata risposta. «Che succede con i verbali?»

«Con i verbali?» ripeto prendendo tempo per pensare. «Cosa può succedere con i verbali?»

«Perché credi che a Sebastián interessino adesso, così, all'improvviso, i verbali?» chiede chiaramente incuriosita, strizzando addirittura gli occhi.

«E che c'è di strano nel fatto che gli interessino?» domando a mia volta.

«Sembra – come posso dire? – un po' stravagante. Un capriccio incomprensibile.»

«Credo che voglia mettere in ordine questa vicepresidenza, che voglia che sia tutto sotto controllo», le rispondo.

«È un lavoro inutile. I verbali di qualche tempo fa non hanno importanza.»

«Lui non la pensa così. Pensa che costituiscano la memoria dell'azienda», ribatto. «Rivedendo gli errori del passato si può correggere il presente.»

«E questa cos'è?» chiede sciogliendo le gambe e prendendo una delle cartelline ammuffite, che le tolgo dolcemente dalle dita.

«Sono documenti», taglio corto bruscamente.

Non sembra che questi modi spicci le diano fastidio perché ha preoccupazioni più pressanti. Imparare a leggere i suoi occhi inespressivi comporta un lavoro di fino, come apprezzare i giochi di ombre che i giapponesi ammirano tanto.

«Mi piacerebbe che facessimo colazione insieme», dice in maniera inattesa.

Non c'è modo migliore per conoscere le alleanze e le affinità degli abitanti della Torre di Vetro che salire al bar all'ora della colazione e osservare i vari conciliaboli. Quelli che fanno colazione insieme sono amici, gli altri solo conoscenti o nemici. Qui fare colazione insieme è quasi come andare a letto. Per questo la proposta di Teresa mi sorprende. Finora ho preso le sue visite alla mia cella come una forma di controllo o supervisione. Fa sempre la stessa cosa: arriva, si siede sulla scrivania, lancia occhiate alla porta-muro del mio capo e mi fa passare un brutto quarto d'ora chiedendomi questo e quell'altro finché non se ne va. Temo che sia un modo di sorvegliare il mio lavoro ideato dal direttore delle Risorse Umane per verificare e, nel peggiore dei casi, certificare che il mio ruolo non è necessario. Pertanto mi viene in mente che speri di approfittare della colazione per avvertirmi del mio imminente licenziamento. C'è anche la remota possibilità che mi stia offrendo la sua amicizia.

Sembra amicizia, non so in che altro modo potrei definire il nostro rapporto, anche se ovviamente non è il tipo di amicizia idealizzata da me, come Don Chisciotte e Sancio Panza, Batman e Robin o Thelma e Louise. Pensare che queste amicizie esistano mi produce un grande vuoto nel cuore, come gli amori appassionati di cui parla il vicepresidente. In fondo sono creazioni della nostra incapacità di vivere veramente.

Ci diamo un appuntamento per fare colazione al bar dell'ultimo piano. Oggi è spuntato il sole e non c'è niente di più allegro del sole d'inverno. Una flotta di nuvole bianche si muove alla deriva. Dopo il water con il coperchio chiuso, mi sento bene anche qui. È come essere in aereo e trovarsi al punto in cui il velivolo si è ormai stabilizzato, ma senza aver perso di vista il suolo, tra le nuvole e la città. Mi viene voglia di salutare. Un altro vantaggio è che si può ammirare il paesaggio senza dover concentrare l'attenzione sull'interlocutore. Ci si può liberare dall'onere di sostenere lo sguardo e il movimento del proprio viso nelle pupille dell'altro, il che comporta uno sforzo maggiore che lasciar vagare lo sguardo. Qui parlare con la testa voltata di lato non è una scortesia, lo fanno tutti, tutti parlano contemplando l'infinito, nello stesso modo in cui quando si è sulla spiaggia si parla guardando il mare, le onde, quelli che entrano ed escono dall'acqua, il sole riverberante. Credo che la cosa che piace di più a Teresa è che io le parli del mio capo, di ciò che prova per il figlio, di ciò che non prova per la figlia, di quanto è solo, di quanto è colto, di come si veste bene. Teresa mi ascolta concentrando tutta la sua attenzione sulle antenne paraboliche, le grandi insegne del Corte Inglés o delle grandi banche e su lontani punti neri che attraversano l'aria azzurra.

A febbraio viene convocato un consiglio di amministrazione straordinario. Sia i consigli straordinari che le altre riunioni di alto livello si tengono in una sala al trentesimo piano, che è sempre chiusa e con le tende tirate e a cui, tranne che in occasione delle riunioni, può accedere soltanto Teresa. Se qualche volta le porte sono socchiuse, tutti provano la tentazione di allungare la testa per vedere com'è il posto dove si decide tutto ciò che è importante, le linee guida per l'azienda, dove l'astratto si trasforma in concreto e il piombo in oro. A volte i meeting si prolungano fino alle tre o alle quattro del mattino. E il giorno dopo, passando accanto alla sala, si riesce a percepire l'odore della battaglia e delle tempeste di idee. Perciò mi sento un'eletta, nonostante non si tratti del compito di un'assistente personale, quando Teresa mi chiede di aiutarla a prendere appunti durante il consiglio e a girare il nastro del registratore, a digitare alcuni numeri di telefono che vengono richiesti nel corso della riunione o a cercare dossier e chiamare il cameriere se è necessario. Durante gli incontri di questo calibro si verificano mille problemi pratici che bisogna risolvere. Mi avverte che niente di ciò che viene detto qui può essere ripetuto fuori perché quella non è una semplice sala riunioni, ma un santuario. Un santuario. Lei si fida di me e io sono il suo prolungamento, perciò prima di azzardarmi a fare qualunque cosa devo guardarla, affinché con un cenno del capo mi dica di sì o di no. Se qualcuno si rivolge a me direttamente devo chiamarla, e a quel punto lei deciderà cosa fare. Prenderò ordini solo da lei, da nessun altro.

Il pomeriggio cominciamo a preparare tutto per la mattina seguente. Siccome non vogliamo perdere tempo, prendiamo un panino al bar panoramico. Mastichiamo sedute davanti all'immensità del mondo e dell'universo, davanti a milioni di possibilità, davanti a milioni di vite, davanti a una civiltà ormai primitiva che inizia ad annegare. E quando il resto del personale non è ancora confluito alla Torre di Vetro, quando la Torre di Vetro non li ha ancora attratti con la sua potente calamita e tirati fuori da decine di bar e ristoranti dei dintorni per risucchiarli e nutrirsi di loro, in questo tempo morto noi stiamo già prendendo dall'ufficio di Teresa le cartelline che ha preparato per i membri del consiglio. Entriamo non dalla porta che dà sul corridoio, ma da un accesso diretto dall'ufficio di Emilio Ríos. Il legno scricchiola quando passiamo di lì. Probabilmente stiamo approfittando del tempo che lui investe in qualche colazione di lavoro per non disturbarlo. Teresa si muove con grande familiarità in questi territori.

La porta del santuario è molto bella, alta, di lacca nera, sembra un'ombra, dà l'impressione che aprendola si apra l'ombra, e che entrando si entri nell'ombra. Senza dubbio è un effetto voluto perché esce dalla linea decorativa del resto del palazzo. Teresa apre le tende, di cotone finissimo, lasciando entrare una luce di diamante che potrebbe tagliarci a metà. Anche il tavolo ovale è di legno nero laccato. È così grande che sopra ci si potrebbero sacrificare due vacche. Viste le dimensioni, deve essere stato costruito nella sala stessa. Distribuiamo cartelline fatte di materiale riciclato sulla sua superficie liscia. Su ciascuna compare un nome e bisogna collocarle davanti ai cartellini corrispondenti. Teresa consulta degli appunti e cambia di posto alcuni cartellini tra cui quello del mio capo, e questo mi provoca un brutto presentimento. Poi tira fuori da un armadietto dei bicchieri, e non bisogna essere esperti di bicchieri per capire che sono molto belli e cari. Li sistema lei stessa accanto a ciascun cartellino. I camerieri non devono oltrepassare la soglia, dice, non devono entrare qui dentro. Su una mensola ci sono dei grandi ceri – casomai se ne andasse la luce – che danno all'ambiente un'aria spirituale. Teresa agita uno spray che riempie l'aria di bollicine, alcune delle quali cadono sulle cartelline, poi chiude le finestre e tira le tende. Il sole le bucherella, in modo che sembrano crivellate, rotte.

Il giorno stabilito il vicepresidente arriva, se possibile, più elegante del solito. Indossa un completo in fresco di lana nero e camicia e cravatta ugualmente scure, seguendo la moda degli uomini maturi vestiti di nero. Si sfrega le mani ammirando lo spettacolo della linea biancastra in fondo, molto in fondo, dove sembra che finiscano strade, edifici e ogni segno di vita. Secondo la teoria dei mondi paralleli, quello che succede qui succede anche in un altro posto, dietro un'altra linea biancastra. Perciò in qualche punto dell'universo c'è un'altra Terra dove ci siamo io e Trenas che contempliamo l'orizzonte.

Il vicepresidente fa qualche passo per l'ufficio. Uno, due, tre, quattro, cinque metri.

«È molto elegante», dico.

«Troppo, credo», replica sedendosi su una delle poltrone destinate ai visitatori. «I consigli di amministrazione straordinari emozionano mia moglie come se fossero matrimoni, le riunioni come se fossero battesimi. Ho tre armadi a quattro ante pieni di completi. A volte mi sembra di dover uscire di casa ogni mattina e venire qui soltanto per far avere ai completi una qualche utilità. Da vari anni a questa parte, ed è terribile riconoscerlo, l'unica cosa che ho in testa quando mi alzo è come abbinare la camicia alla cravatta. A volte resto indeciso per così tanto tempo che è mia moglie a decidere. "Non ti preoccupare, vedrai che tutto si aggiusta", dice. Pensa che i problemi mi turbino. Che te ne sembra?»

Faccio spallucce, non in senso fisico, ovviamente. Faccio spallucce mentalmente senza dire niente, perché il gesto reale di fare spallucce è un gesto assurdo, incomprensibile, e in alcuni casi potrebbe risultare addirittura maleducato. Il vicepresidente accavalla le gambe. Porta calzini neri da manager sottili quasi quanto le calze da donna e su di essi sale e scende la gamba dei pantaloni. Capisco che, anche se non vuole riconoscerlo, lo eccita anche l'idea di un consiglio d'amministrazione straordinario che gli ricordi i vecchi tempi, quando lui vi giocava un ruolo attivo. Gli chiedo se vuole che gli prepari un dossier con l'ultimo verbale e qualche osservazione che mi è venuta in mente leggendolo, soprattutto riferita ad alcune ambiguità del testo, che lascia piuttosto a desiderare.

«Scordati la forma, è una perdita di tempo. Importano solo le idee. Un verbale non è un'opera letteraria. Un verbale rende conto di ciò che è successo nel modo più grezzo possibile. Neppure le opere letterarie dovrebbero essere opere letterarie. Avvertimi alle undici meno cinque», dice.

Conoscendo il suo meticoloso modo di scrivere, queste parole risultano molto rivelatrici. Dubita di sé stesso, del proprio modo di comportarsi nella vita, e si chiede se non sarebbe stato meglio andare più al sodo, come Emilio Ríos.

Non c'è bisogno che lo avverta, a meno dieci si sta già avviando agli ascensori. Porta con sé una valigetta di pelle con dentro l'ultimo verbale e l'ordine del giorno. Esco anch'io, lo seguo restando indietro di qualche metro, soprattutto perché non riesco a stare al passo con le sue falcate. Teresa è già sulla porta del santuario che dà sul corridoio.

«Tu resta qui», dice. «Non devi parlare né salutare, dirò io tutto quello che c'è da dire e li farò accomodare.»

Vedo che il mio capo va a prendere posto direttamente accanto alla poltrona del presidente, ma Teresa gli indica un'altra sedia dalla parte opposta. Allora il mio capo le fa notare che il cartellino è nel posto sbagliato e lei con molta delicatezza gli risponde che non è così e lo accompagna alla sua sedia, poi gli raccomanda a bassa voce di non preoccuparsi. La stessa cosa succede a varie altre persone, che si guardano a vicenda alterate e con un certo fastidio. I camerieri arrivano fino alla soglia portando vassoi con tazze e caffettiere che io e Teresa sistemiamo su un tavolo d'appoggio. I membri del consiglio si alzano e si servono, compreso il mio capo, che di solito non beve caffè. Dopo un po' arriva Emilio Ríos. «Buongiorno a tutti», dice, e si siede a capotavola. All'altro capo si sistema Trenas, il cui cartellino prima era alla destra del presidente. Percepisco la sua contrarietà, il suo dolore. Al fianco del presidente si sono seduti, presumo per la prima volta, due giovani che guardano il resto del tavolo come un territorio conquistato. Basta vederli per capire che hanno appena sconfitto il mio capo. Si chiamano Alexandro e Jano Dorado, perciò sono fratelli. Alla destra di Jano si siede il direttore dello Sviluppo Progetti, Xavier Climent, e di fronte la direttrice finanziaria, Lorena Serna.

Più in là, perso tra gli altri consiglieri, c'è il direttore delle Risorse Umane con il suo *tic-tac,* che non posso guardare senza addormentarmi. Il mio capo ha appoggiato il gomito sul tavolo e il mento sulla mano. Ha dimenticato di aprire la cartellina di materiale riciclato come hanno fatto gli altri. Se voltasse lo sguardo verso di me, gli farei un qualche cenno per fargliela aprire, ma non mi guarda, non è neanche qui, si è teletrasportato nel suo giardino e si è messo una tuta per dare il concime alle rose. Alexandro legge il primo punto del dossier che figura all'interno della famosa cartellina. Il mio capo cambia posizione, si appoggia sul braccio sinistro e resta a osservarlo con finta attenzione, come fa poi con tutti quelli che intervengono.

Lorena difende il suo punto di vista in un modo temibile, si rivela la più aggressiva, quella che ha più proposte, che parla più ad alta voce, si sforza perché il suo tono risulti il più sgradevole possibile e ci riesce. Non è disposta a farsi scavalcare solo perché è una donna e si chiama Lorena. Io dovrei solidarizzare moralmente con lei, ma non posso, non mi piace. Il presidente ascolta tutti e di tanto in tanto sollecita cifre che bisogna chiedere correndo alla sezione corrispondente, e richiede anche telefonate, altri fogli in bianco, altro caffè, acqua, pretende molte cose. I presenti si tolgono la giacca, tutti tranne il mio capo. Osservo il registratore per controllare che non finisca il nastro. C'è un problema di numeri, uno degli investimenti è andato male e bisogna cercare una soluzione. Lorena ne ha una: le energie rinnovabili e pulite, i motori verdi. Ha studiato la questione, è il momento di salire a bordo, e distribuisce un piccolo dossier. Dopo aver consultato con lo sguardo Teresa, aiuto a farlo arrivare a quelli che sono più lontani come il mio capo e nel frattempo ne approfitto per aprirgli la cartellina, che ha tenuto chiusa tutto il tempo, e gli metto la penna in mano. Lui alza il viso verso di me, sembra che stia uscendo da un sogno, credo che sospiri.

I colleghi di Lorena la guardano increduli.

«Motori verdi?» chiedono con sorrisi da stronzi.

Emilio Ríos ci sta pensando, gli sembra una ragazza sveglia, ma preferisce studiare le reazioni degli altri, li osserva per vedere come la guardano. Capisce che non sono con lei, che non hanno intenzione di appoggiarla, che a loro piace meno che a me. Alexandro e Jano sistemano il dossier nella cartellina senza quasi guardarlo, e sembra che per il presidente questo gesto sia definitivo. Lorena resiste come può al rifiuto e fa finta di continuare a essere forte. Se adesso sapessi quello che tra un po' arriverò a sapere, capirei quanto la stanno trattando ingiustamente, anche se non dovrebbe farmi pena perché sta contribuendo alla situazione di isolamento e abbandono del mio capo. Come non dovrebbe farmi pena il mio capo, che ha abbandonato a sé stesso quel tal J. Codes, del quale non si è mai saputo niente.

«Così non andiamo da nessuna parte», grida loro Lorena. «Non sapete rischiare.»

«Forse dovremmo riconsiderarla. Non è una cattiva idea», accenna Xavier, il direttore dello Sviluppo Progetti, a favore di Lorena, e questo fa sì che tutti concentriamo l'attenzione su di lui.

Per me questo personaggio è una novità assoluta. È sorprendente vedere come, a mano a mano che la riunione va avanti, la sua figura si vada disarticolando; questa è una costante in lui, perché in tutte le riunioni future subirà lo stesso processo di deterioramento: il primo bottone della camicia sbottonato, il nodo della cravatta allentato, i piedi dentro e fuori dalle scarpe, che a volte rotolano sotto il tavolo, le spalle della giacca che si squilibrano e i bottoni che si disorientano, lui che si passa le mani tra i capelli senza rendersi conto che si spettina. E quando alla fine tutti si alzano, Xavier sembra appena uscito da una lotta a braccio di ferro. E si lancia correndo verso gli ascensori mentre gli altri lo fanno piano, snocciolando qualche ultima parola. Ha circa quarant'anni e porta degli occhialetti rotondi. Lo avvolge l'intensa atmosfera solitaria di quelli che fino a un minuto prima sono stati in compagnia, sempre in compagnia, e all'improvviso, magicamente, non hanno più nessuno al loro fianco, come se si tagliasse un bosco lasciando in piedi un solo albero. La sua potrebbe essere considerata la solitudine delle solitudini. Sia Lorena che io stessa, come chiunque abbia un cuore, non possiamo non provare tenerezza per Xavier.

Gli occhi azzurri di Lorena si fanno più grandi quando sente il commento di Xavier. Gli occhi di Lorena attirano la mia attenzione perché in generale vedo più occhi scuri che chiari. Nella mia famiglia, per esempio, non si è mai arrivati più in là degli occhi verdastri, grigini, ma non completamente verdi o grigi e, soprattutto, non si è fatto il salto verso l'azzurro chiaro. Questo non vuol dire che gli occhi di Lorena siano belli, non lo sono, e io non li ammiro perché sono belli, ma perché sono azzurri. Mi sembra strano che gli occhi possano essere azzurri come il cielo e anche viola come le viole, è una cosa che non mi entra in testa.

Passano quattro ore di discussioni che hanno smesso d'interessarmi molto tempo fa e che naturalmente sono già mille anni che non hanno niente a che fare con il mio capo, del quale ammiro la compostezza. Sono dell'opinione che in molti momenti i membri del consiglio discutano tanto animatamente per non addormentarsi.

Jano, che finora non ha aperto bocca, dice che ha bisogno di dissipare un dubbio e accantonarlo una volta per tutte. La sua voce assomiglia molto a quella di Alexandro. Una voce gradevole, indurita dalla fiducia in sé stesso, che si rivolge in maniera inattesa al mio capo.

«Mi piacerebbe sapere, e credo che sia tuo dovere chiarirmelo, cos'è questa storia dei verbali. Perché ti sei interessato ai vecchi verbali, perché ti sei messo a riguardarli e a fotocopiarli, che vuoi fare?» Il silenzio inizia a capotavola e si va propagando lungo tutto il tavolo come un lenzuolo bianco.

A me dà fastidio che un ragazzino, che deve essere più giovane di me, dia del tu al mio capo. Mi disturba parecchio.

«Sei hai trovato qualche errore riferito a contratti o a qualunque altro aspetto legale che possa comprometterci dovresti dirlo ora», aggiunge Emilio Ríos in modo meno aggressivo.

Tutti voltano la testa verso il mio capo. Da dove sono, sembra una scena provata in precedenza. Mi preparo ad appoggiare Trenas quando confesserà che è tutta una mia iniziativa, che è solo per non stare con le mani in mano in un ufficio in cui non c'è assolutamente niente da fare.

Il vicepresidente si risveglia leggermente e incrocia le braccia sul tavolo, si guarda intorno come chi è appena atterrato in un posto strano. È comprensibile, pertanto, che faccia fatica a reagire, deve pensare, lanciarmi un'occhiata, comporre una frase. Gli do tutto il coraggio che si può dare con uno sguardo.

«Non ho niente da dire», risponde alla fine. «Tutto quello che faccio rientra nelle mie prerogative.»

Le teste si voltano una verso l'altra, il brusio aumenta. Jano si scambia una breve occhiata con Alexandro e un'altra con Emilio Ríos. È evidente che la sua breve risposta è stata presa come una provocazione. Ríos si volta verso Teresa e lei gli consegna dei fogli dattiloscritti. Gli animi si sono surriscaldati di nuovo. Così passano almeno tre minuti di caos totale, durante i quali credo di avere l'obbligo di parlare, di chiarire le cose. Guardo Teresa: è pallida, probabilmente per la stanchezza. Adesso, mi dico, adesso è il momento di parlare, di chiarire che si tratta di un malinteso, che sono io la colpevole di tutto per la mia mania di dare un senso al mio posto di lavoro, che lui è innocente, che si stanno comportando in modo ingiusto. Ma c'è sempre qualcuno che apre la bocca prima di me.

Xavier Climent gli dice che non ha niente di personale contro di lui, che potrebbe essere suo padre, e parlargli così lo fa sentire molto a disagio, ma che arrivati a questo punto sarebbe opportuno che si spiegasse meglio. Questa frase ha dato a Xavier il tempo di sciogliersi e riannodarsi varie volte la cravatta e il suo gesto ha generato ancora più inquietudine nei presenti.

Quasi nessuno si rassegna a non bombardare di domande

il mio capo e uno osa persino dirgli che era tempo che si aspettava una cosa del genere da lui.

Adesso sì che è il momento di mettere fine a tutto questo, adesso sì che non posso più stare zitta. Il cuore mi si accelera. Sono in un angolino nascosto accanto al tavolo delle bevande, perciò se parlassi dovrei farlo a voce piuttosto alta per far capire che mi sto rivolgendo a loro, perché sarebbe un fatto sorprendente che io mi azzardassi a intervenire durante un consiglio di amministrazione. Perciò dovrei aprire la bocca quanto basta per lasciar uscire un suono sufficientemente potente. Ed è aprire la bocca, l'attimo iniziale in cui si schiudono le labbra, quello che mi costa più sforzo. Eppure ho già i polmoni e le corde vocali in tensione, sono già pronta a pronunciare la prima parola, quando il presidente sfiora con un cucchiaino il suo bel bicchiere d'acqua chiedendo attenzione e questo mi costringe a tornare al mio stato precedente. Adesso so che non difenderò più il mio capo.

Alexandro spiega che all'ultimo momento è stato introdotto un nuovo punto all'ordine del giorno: il rinnovo del consiglio di amministrazione. Trenas si sveglia ancora un po'. Lorena serra la mascella e sembra che serri anche l'iride, la retina, il bianco e l'azzurro degli occhi, le ciglia, i capelli. Un consigliere vuole fumare e Lorena lo avverte che dovrà passare sul suo cadavere. Il consigliere si spezza la sigaretta tra le dita e la schiaccia con violenza nel posacenere. Gli occhi inespressivi di Trenas cercano i miei, sta per succedere qualcosa. Ha fatto buio e fuori un milione di luci inizia a illuminare questa oscurità. E se tutto ciò non stesse succedendo davvero?

Emilio Ríos dice che è profondamente grato per il lavoro svolto dal consiglio di amministrazione attuale, ma che niente può durare per sempre, che un'azienda come quella, basata sul dinamismo, non deve immobilizzare i suoi incarichi direttivi. Non vola una mosca. I cervelli lavorano a tutta velocità. Ríos si rivolge al mio capo senza guardarlo. Gli fa un sacco di complimenti, ma alla fine dice che in capo a quindici giorni la vicepresidenza verrà affidata congiuntamente ad Alexandro e Jano Dorado. Pensa che sarà un bene per tutti. Sa che il suo caro amico Sebastián Trenas lo capisce perfettamente ed è sicuro che condivide e approva questa decisione. D'altra parte Sebastián non se ne va, resta un membro del consiglio, ma senza diritto di voto.

Mi viene voglia di correre ad abbracciare il mio capo. Non si sarebbe mai aspettato un esito del genere. Eppure alza la mano, una mano grande, tranquillizzante, davanti a un Emilio Ríos sprofondato in poltrona dall'altro capo del tavolo, perché non debba continuare a discolparsi.

«Io ormai ho fatto ciò che dovevo», dice ingoiando il suo amor proprio e il suo dolore. «Adesso tocca agli altri. Spero che a loro vada bene come a me.»

Nessuno applaude, potrei giurare che non lo abbiano ascoltato, che siano tutti assorti nei propri pensieri. Lorena fatica a reagire. Senza dubbio si aspettava che la vicepresidenza toccasse a lei. Sta contenendo la rabbia come può, respingendola con il suo corpo minuto. I prescelti hanno incassato i complimenti del presidente e non esprimono allegria, nessuna emozione. Si direbbe che lo prendano come un atto dovuto.

Quando finiamo è piuttosto tardi. La gente deve aver già cenato e adesso starà guardando la televisione in casa propria. Le luci che si vedono sono le loro vite, vite come la mia, solo che a me adesso tocca stare qui. Il santuario sembra un immondezzaio, tutto si è moltiplicato per tre o quattro: le tazze, i piattini, i bicchieri, le Coca-Cola, le bottiglie d'acqua, i fogli, le cartelline, le giacche. Xavier si allaccia la cintura. Anche gli altri iniziano a raccogliere le loro cose. Il mio capo non prende altro che la valigetta di pelle che ha portato, gli pende drammaticamente dalle dita. Lo seguo fino al nostro diciannovesimo piano.

Il labirinto è vuoto, buio e silenzioso, un silenzio di tomba. Non accendo le luci, ci illumina la luna. Si notano i contorni dei pannelli e dei computer. L'ormai ex vicepresidente entra nel suo ufficio che, illuminandosi, sembra una finestra solitaria con dentro un malato nel cuore della notte. E dopo cinque minuti, dopo aver controllato la posta elettronica nella penombra, entro anch'io, perché penso che avrà bisogno di qualcuno con cui sfogarsi. Si sente scorrere l'acqua dal suo bagno e mi siedo ad aspettare; dopo un po' esce asciugandosi il viso e le mani con un asciugamano di carta. Potrei giurare che abbia versato qualche lacrima, cosa che mi risulta insopportabile immaginare. Si siede sulla sua poltrona e unisce le punte delle dita, tiene la testa bassa e gli occhi socchiusi.

«Mi dispiace molto per quello che è successo. Mi dispiace molto», ripeto. «È stata tutta colpa mia.»

«Sono molto stanco», dice.

Resto rispettosamente in silenzio perché lui è la prova che si può sempre essere umiliati un po' di più.

«In fondo è un sollievo», riprende. «Ero stanco di fingere. Ma mi ha ferito il comportamento di Emilio, il fatto che non lo abbia comunicato prima a me. Che te ne pare della sorpresa che mi ha fatto? Una cosa incredibile! Mi conosce da quando avevamo vent'anni. Ho lavorato più di lui in questa azienda, salvo che negli ultimi tempi. Siamo stati amici intimi e oggi era enigmatico, lontano, mi parlava dall'altro capo del tavolo come se fossi un estraneo. Se non fosse per mia moglie e i miei figli non ritornerei mai più in quella sala, men che meno come membro del consiglio senza diritto di voto. Se non fosse per loro raccoglierei seduta stante le mie cose e me ne andrei, anzi, non raccoglierei proprio niente, me ne andrei sbattendo la porta. E poi punto e a capo.»

Mi viene voglia di consigliargli di farlo: che alla prossima riunione apra la porta di quella sala spaventosa e li mandi tutti a quel paese, che salvi la sua dignità, e se sua moglie vuole un trionfatore mandi a quel paese anche lei, a volte bisogna battere il pugno sul tavolo.

Sto per consolarlo dicendogli che i suoi figli gli vorranno certamente ancora bene anche se non è più il vicepresidente dell'azienda e che non deve lasciarsi trattare così, e allo stesso tempo penso che se lui se ne va, forse dovrò andarmene anch'io.

«Magari domani mattina tutto sembrerà diverso», dico tirando fuori dall'archivio la bottiglia di whisky per versargliene un bicchiere. «Forse domani il presidente le darà una spiegazione.»

«Non può esserci. Non può essercene una dignitosa per me, ed Emilio lo sa. È lui che ha permesso tutto. Ha visto come mi strapazzava quel giovinastro, come mi disprezzavano tutti gli altri consiglieri e come crollavo sotto il loro sguardo, e non ha fatto niente. Assolutamente niente. Cosa dirò a Nieves? Le dirò», commenta tra sé e sé, «che abbiamo trattato faccende di ordinaria amministrazione e andrò a letto senza cenare. Oggi non ho fame.»

La lealtà è qualcosa di grande, è epica. A chi non piacerebbe essere epico, un Cid Campeador, una Giovanna d'Arco? Si deve provare una grande soddisfazione, un orgoglio, come le droghe che per i tossici del mio quartiere sono ciò che li fa stare meglio nella vita. Probabilmente niente può qualcosa contro quell'orgoglio, quella dignità, quella solidità interiore. Io sono stata quasi sul punto di essere leale nei confronti di Sebastián Trenas. Sono stata a un passo dal raccontare la verità nel santuario, dal confessare che la colpa della faccenda dei verbali è mia, che non c'è niente di sospetto nel comportamento del mio capo e che ero disposta ad affrontare lo stesso destino che avrebbe affrontato lui. Ma in fondo ho preferito seguire il reiterato consiglio di mio padre secondo cui devo sempre contare fino a cento prima di prendere qualsiasi decisione. Se non ho parlato è stato perché ho capito – anche se in quell'istante non mi sono resa conto che lo stavo capendo – che quella dei verbali era una scusa, l'unica che avevano trovato, e che mi ero limitata ad accelerare l'inevitabile fornendo loro una motivazione. Nonostante ciò, non mi sento affatto epica, mi considero un verme. A parte il fatto che anche la lealtà avrà dei limiti, non si può essere leali all'infinito, ci saranno persone che non si considereranno mai sufficientemente leali, cosa che può arrivare a procurare loro un danno psichico. E, al contrario, persone a cui sembra che gli altri non siano mai sufficientemente leali nei loro confronti, cosa che può ugualmente sfociare in un'alterazione mentale.

Ma, verme o non verme, non riesco a sopportare la pena che mi fa l'ex vicepresidente, ogni giorno più triste, più demoralizzato e più insicuro, tanto che a volte resta immobile all'uscita dell'ascensore, guardando in tutte le direzioni con un'espressione angosciata senza sapere dove andare, come se improvvisamente si trovasse in una selva i cui sentieri sono stati coperti dalle erbacce. Finché non accorro in suo aiuto e facendo finta di niente lo porto al suo ufficio. Ma non oggi pomeriggio. Oggi pomeriggio esce molto concitato dalla sua stanza, arriva al labirinto, fa un saluto generale e mi consegna un foglio scritto a mano perché io lo batta al computer.

«Non devi preoccuparti di niente», dice con il sorriso di un uomo che ormai non ha più nulla da perdere.

Si tratta di una lettera di felicitazioni indirizzata ai suoi successori, i fratelli Dorado. Con il suo stile impeccabile e fiorito augura loro ogni successo e mi raccomanda perché conservi il mio posto. Dice di non aver mai conosciuto nessuno più leale né più capace di me nello svolgimento di questo lavoro e che, se non bastasse, la mia passione per le lettere aggiunge una nota di buongusto a tutto ciò che faccio. Arrossisco per la vergogna. Se ho imparato qualcosa su di me negli ultimi tempi è che non mi faccio tanti scrupoli come pensavo.

Gli dico che forse sarà lui ad avere bisogno di me per il suo nuovo incarico di consigliere. Quest'affermazione, non so perché, gli sembra buffa e lo fa sorridere.

Trascrivo la lettera, la stampo e gliela porto perché la firmi. Sta come l'ho trovato la prima volta che l'ho visto, il giornale piegato e ripiegato allo stesso modo nella sua mano grande e pacifica, dalla quale si stacca un pezzo di ministro qui e una gamba di calciatore lì.

«Non sono tempi belli per nessuno», afferma sentenzioso.

Lo ringrazio per le belle cose che dice di me ai suoi successori.

«Non me lo merito», aggiungo sinceramente a mo' di confessione indiretta.

Allora mi rivolge il suo sguardo carico di bontà.
«Non credo di aver sbagliato a fidarmi di te.»
Avrei preferito che mi dicesse che si è reso conto che sono un verme. Perché ci comportiamo tutti così male con lui, il consiglio al completo, il presidente, sua moglie, gli abitanti del labirinto, io? In un modo o nell'altro gli facciamo tutti del male. Anche se forse anche lui ha fatto del male a J. Codes e a sua figlia Anabel.

VICKY

Quando andavo a scuola avevo una compagna di banco con i capelli lunghi, ricci e rossi, che il più delle volte teneva legati con un elastico dello stesso colore della camicetta. Dalla tasca delle camicette e delle giacche le spuntava l'angolo di un fazzolettino ricamato, che non serviva a soffiarsi il naso, ma a adornare le tasche. Si sedeva molto composta e il suo viso rettangolare e lentigginoso era sostenuto da un collo rosa e sottile. Teneva lo sguardo sempre diritto davanti a sé, verso il professore. Come nelle statue egizie, anche quando era seduta di lato, lo sguardo era frontale. Mi fa vergognare il pensiero di quanto devo averla osservata, addirittura esaminata, perché dopo tanti anni, dopo tutto quello che ho visto, tra milioni di immagini, il suo ricordo emerga intatto. La sua bellezza, la sua compostezza, neppure un capello fuori dall'elastico, le sue matite con le punte perfette. Usava matite da uno e due e mezzo e un temperamatite di acciaio, le cui lame ad alta precisione producevano trucioli trasparenti. Mi immaginavo che da grande sarebbe stata una persona molto importante, con gioielli, abiti da sera e bambini con i capelli rossi belli come lei.

Adesso ho la sensazione che quella bambina, di cui non ricordo il nome, non mi abbia guardato neanche una volta di sua iniziativa, tanto era concentrata sulla lavagna e sulle spiegazioni, ma soltanto quando le parlavo o reclamavo la sua attenzione e che, al contrario, io la guardassi sempre e non mi stancassi di studiarla. Il fazzolettino, le gonne a quadri, le calze di lana fino alle ginocchia, le mani rosa come il collo. E come mi è successo con altri personaggi della mia infanzia, a volte ho creduto di riconoscerla in qualche adulta, anche se nel suo caso in nessuna che non fosse un notaio, una funzionaria del catasto o un giudice. Eppure, quando vedo Vicky, la sua magrezza e suoi capelli rossi me la riportano alla mente come se il tempo si fosse piegato unendo passato e presente.

La incontro in una di quelle pause pranzo durante le quali, come sempre, gli abitanti del labirinto fanno un salto sulle sedie e in un istante si produce un silenzio nucleare su un campo di battaglia abbandonato, che sembrerebbe anche una regione del West se nel cielo volteggiassero i corvi. Ma è in quel momento che tutti gli oggetti iniziano a relazionarsi gli uni con gli altri e a smettere di essere estranei e alieni, la scrivania con la sedia, la sedia con la moquette, la moquette con il cestino, il cestino con i cassetti, e all'improvviso tutto prende senso, un senso confortante, cui dedico più o meno dieci minuti. È come entrare in una chiesa vuota subito dopo che sono andati via tutti. Poi apro la porta del bagno con il ventaglio.

In un primo momento mi delude vedere che è occupato da una degli abitanti del labirinto. È chinata sul lavandino.

«Ciao», dico. E lei si gira sconcertata quanto me.

«Oh, credevo che non ci fosse più nessuno», risponde.

Questa è Vicky, anche se io non so ancora che si chiama così. Finora quasi non avevo fatto caso a lei. È seduta nella parte del labirinto più lontana dal mio cubicolo, in una zona disseminata di fogli a modulo continuo pieni di numeri. Le sue stampanti sono sempre in funzione e producono un rumore costante come le onde del mare, ma senza assomigliare affatto alle onde del mare. Ha dei capelli davvero belli, rossicci, lunghi e ricci, e il mosso sembra naturale. E giurerei di averla beccata mentre tirava una striscia di coca. Ho visto Raúl sniffare così tante volte che riconosco ciascuna delle caratteristiche anche minime dei gesti e movimenti di quest'atto. La imbruttisce una dentatura grigiastra, dovuta probabilmente al fatto che porta le otturazioni più scadenti sul mercato. Per il resto, Raúl avrebbe detto che è pelle e ossa. Ha una voce amichevole, anche se sembra che parli da un telefono rotto.

Si siede sul davanzale della finestra dando le spalle al sole che le abbellisce ancora di più la capigliatura, anche se sarebbe meglio chiamarla chioma, chioma setosa, chioma ramata, una vera e propria cascata.

«Mi chiamo Vicky», dice. «Come vanno le cose con il vice?»

La domanda mi sorprende e mi fa anche piacere. Finalmente qualcuno del labirinto si interessa a me, anche se dopo tanto tempo. Le dico che va tutto bene e la ringrazio. Le offro uno dei due sandwich con cui pensavo di sfamarmi. E lei lo prende.

«Si dice che gli resti poco tempo, che durante l'ultimo consiglio gli abbiano dato il benservito.»

Annuisco, non posso fare diversamente.

«In giro si dice anche che ti credi meglio di noi, che da quando sei qui non hai rivolto la parola a nessuno. Quando te ne andrai, nessuno proverà pena per te.»

«Ah», dico io. «E tu?»

«Per me fa lo stesso», risponde rigirandosi il sandwich tra le dita e fissandolo, ma senza decidersi a dargli un morso.

«E perché mi racconti tutto questo?»

«Non lo so, tanto per parlare.»

Si stanca di guardare il sandwich, lo lascia accanto al lavandino con sopra impresse le impronte delle dita e si accende una sigaretta.

«Ho solo questa, se vuoi puoi fare un tiro.»

Di fronte allo spettacolo della sua dentatura declino l'offerta. Le chiedo se non esce a mangiare e mi confessa che non lo fa mai, che le piace godersi questo momento della giornata in cui il mostro è in coma. Mi chiedo come abbiamo fatto a non incontrarci mai durante qualche altra pausa pranzo, come ho fatto a non scoprirla durante una delle mie passeggiate per il labirinto. E mentre ci penso, lei mi contempla con uno sguardo più puro di quello di un bambino di cinque anni.

Il giorno dopo, anche se non dispongo di verbali da fotocopiare perché non ce li mandano più – nessuno ci manda più niente –, mi avventuro alla fotocopiatrice con un documento qualunque tra le mani. Lo faccio con l'intenzione di vedere Vicky, cosa che non risulta facile. È mezza sepolta dalle dolci colline di carta e dalle fronde della sua stessa chioma. Visto che è improbabile che guardi nella mia direzione, mi avvicino a lei.

«Ciao», dico.

Ci mette qualche secondo ad alzare un paio di occhiali enormi, che evidentemente usa per lavorare, e poi ci mette ancora qualche secondo a reagire, perciò la mia situazione qui, in piedi, ad aspettare di essere salutata, non è per niente agevole, soprattutto quando ho la certezza che il resto degli abitanti ci stia guardando con insistenza.

«Ciao, Emma», risponde alla fine. «Sto rivedendo il bilancio. Ci vediamo dopo.»

«D'accordo», rispondo, e mi tengo alla larga dalla fotocopiatrice: improvvisamente non è più necessario recitare.

Continuo con il mio programma di lavoro per il resto della mattinata, cioè guardo dal buco della serratura delle vecchie pratiche e passo un paio di volte a portare il caffè a Trenas perché dopo quello che è successo in assemblea è sempre recluso nel suo ufficio. La sua situazione è atroce. Da allora nessuno gli ha detto una parola, ancora non gli hanno assegnato un nuovo ufficio, non sa neppure se ne avrà uno. Ogni ora mi chiede, casomai me ne sia dimenticata, se lo hanno chiamato, se ho sentito qualcosa nei corridoi, se ha ricevuto qualche comunicazione dai nuovi vicepresidenti. Mi si spezza il cuore. Tutti, proprio tutti, Emilio Ríos in testa, sono dei brutti stronzi codardi, compresa me che, in fondo, preferirei non vederlo.

Come il giorno prima, quando alle due il labirinto viene evacuato, aspetto che Vicky dia segnali di vita e venga a cercarmi alla mia scrivania per passare insieme la pausa pranzo. E alle due e mezzo, stufa di aspettare, apro la porta con il ventaglio intenzionata a mangiare una mela seduta sul davanzale della finestra riscaldandomi al sole. E lei è lì, non capisco come abbia fatto a non vederla passare. Sembra che si mimetizzi con il mobilio del labirinto. Con il trascorrere dei giorni mi renderò conto che una delle grandi qualità di Vicky è passare inosservata come una cavalletta nell'erba o un serpente su un albero.

«Tieni», dice aprendo il palmo della mano e porgendomi delle pasticche di vari colori.

La ringrazio e le dico che adesso non mi va.

«Non prendi niente?» chiede con semplicità, sincerità e ingenuità abbaglianti.

Gli occhi sono grigi, come quelli del mio bisnonno. Ho verificato che gli occhi grigi restano puri e infantili anche nei visi più vecchi che si possano immaginare, e che pertanto bisogna diffidarne un po'.

«E tu perché le prendi?»

«Sono vitamine per potenziare la memoria», risponde inghiottendole con un po' d'acqua del rubinetto.

La guardo senza capire. «A volte mi va», aggiunge.

Dice che vuole ricordarsi di un giorno di otto anni fa a Navacerrada.

Si ricorda Navacerrada, il sole che riverberava sulla neve e che la accecava, i bambini che scivolavano su pezzi di plastica, gli sciatori con tenute sgargianti e poi nient'altro. Il resto del tempo, non solo di quel giorno, ma di tutto l'anno, le si è cancellato dalla mente. Dietro questa strana amnesia c'è un uomo di cui ugualmente si ricorda appena, rammenta soltanto che è il padre di suo figlio, che era con lei in quel momento in cui la neve ardeva e che crede che l'amasse e che anche lei amasse lui. Da allora è ossessionata dall'idea di arrivare a sbrogliare quella matassa.

Le chiedo se si sia rivolta a uno psichiatra o a un neurologo e la domanda la offende, per cui non aggiungo più niente.

«Tu hai qualcuno che ti ama?» chiede.

Anche se non mi fa affatto piacere pensare a Raúl in questo momento, me lo immagino per un attimo mentre mi chiama dal cellulare quando esce a buttare la spazzatura per sapere come sto. E faccio segno di no con la testa.

«Vivevo con un uomo, ma mi ha lasciato per un'altra. È una brava persona. Credo che mi amasse un po', ma non come Polifemo amava Galatea.»

«Come chi?»

«Come nei film d'amore, capisci?»

«Ah», dice Vicky, rollandosi uno spinello. «Ai film non bisogna fare caso, altrimenti ci si fa il sangue amaro.»

«Vuoi?» le chiedo, offrendole la mela e sperando che declini perché mi farebbe proprio schifo che ci lasciasse il segno dei denti.

«E tu amavi lui?»

«Non lo so. Non è niente di speciale e a volte mi piace di più adesso che parlo con lui soltanto al telefono rispetto a quando lo vedevo.»

«Quella dell'amore è un'invenzione del cazzo», ribatte in un modo così sprezzante che mi pento di aver menzionato Raúl. All'improvviso penso che mi sto comportando in maniera sleale nei suoi confronti quanto con Sebastián Trenas. «L'amore è una stronzata», ribadisce fastidiosamente. Ha già imprecato due volte.

Questo è un altro dei problemi di Vicky, che tende a fissarsi su alcune idee. Per far sì che smetta di pensarci, le chiedo perché non esce mai a mangiare con i colleghi.

«Perché sto risparmiando e mangiare come mangiano loro è uno spreco.»

Non faccio altre domande, do per scontato che risparmi per rifornirsi delle sostanze che consuma: vitamine, come dice lei. Ma nel suo sguardo grigio, già di per sé così candido, adesso brilla anche l'illusione.

«Risparmio per casa mia», dice tirando fuori dalla tasca dei pantaloni un foglio piegato.

Contemplo la casa per cui Vicky risparmia, che non potrà comprare a meno che non vinca la lotteria. L'ha vista un giorno su una rivista di arredamento e da allora tutte le altre case del mondo, per quanto siano favolose, le sembrano una porcheria. Forse passare tutto il giorno a maneggiare cifre astronomiche, essere abituata a grandi somme di denaro, seppure solo sulla carta, la sta facendo fantasticare più del dovuto, perciò capisco che debba aiutarsi con qualcosa. Ma potrebbe essere vero anche il contrario, ovvero che abbia la testa come ce l'ha proprio perché prende quello che prende.

«Appena mi addormento compare la casa e io ci sono dentro oppure ci sto entrando e mio figlio ci gioca, e siamo tutti e due molto contenti.»

Più o meno all'ora di pranzo ricevo una telefonata. Qualunque telefonata è ben accetta per uscire dallo stallo in cui trascorrono i giorni. Mi piace moltissimo dovermi allontanare da quello che sto fingendo di fare per prendere il telefono e così creare una parvenza di attività sotto gli sguardi furtivi delle ombre furtive che popolano il labirinto. Vorrei che fosse Raúl che mi invita ad andare al cinema stasera. Ma no, è il mio capo che mi informa che esce a mangiare e che tornerà più o meno alle cinque. La telefonata è assolutamente irrilevante, ma visto che tutto ciò che facciamo e la nostra stessa presenza e senso nell'azienda sono irrilevanti, mi sembra molto opportuna.

Chiedo a Vicky di andare a mangiare nei dintorni perché oggi mi accorgo di aver bisogno di un piatto di lenticchie unte e di un trancio di baccalà congelato alla romana.

«Non si può sopravvivere nutrendosi di sandwich al prosciutto di Praga, mele e yogurt, debilitano la mente», le dico.

Vicky scuote la testa ostinata. Si direbbe che non la vedrò mai fuori di qui, che faccia parte dell'edificio, come il mobilio. Credo che si spenga quando di notte gli addetti alla sicurezza staccano il quadro delle luci, momento in cui me la immagino cadere come una bambola di pezza sui suoi mucchi di documenti fin quando al mattino si attivano i computer e l'aria condizionata e a quel punto rivive anche lei.

Perché forzare le cose? Decido di uscire da sola. Entro in ascensore con altri del reparto che stavano parlando e che quando mi vedono si zittiscono. Guardiamo tutti verso le porte chiuse finché si aprono e usciamo. Alla reception si sono verificati vari cambi da quando l'ho abbandonata, e adesso c'è un ragazzo slanciato e moro. Non ha neanche un pelo sulle braccia, probabilmente neanche sul petto, deve avere la pelle come l'alabastro o la seta. Quando mi vede passare sorride perché sa che prima al suo posto c'ero io e perché qualche volta mi sono interessata a come gli andavano le cose. Dalla porta girevole verifico che, non appena mi allontano, smette di sorridere e torna alla sua solita impenetrabilità. A volte gli dico di salutarmi Jorge e lui ricambia i saluti da parte sua e mi racconta che l'autista, mentre aspetta il presidente appoggiato al bancone, ne approfitta per disegnare tutti i particolari di un'officina. La verità è che quando vedo il bancone e che io non ci sono più, mi viene da pensare, mi viene da pensare che il tempo passa.

La Torre di Vetro, insieme ad altri palazzi simili, forma un triangolo pieno di ristoranti e negozi di abbigliamento di prezzo medio destinati alle esigenze di noi che lavoriamo negli edifici circostanti. Cammino per il Triangolo tra ombre intense aperte in un chiarore di vetro. Mi vedo nelle vetrine, smembrata tra borse, scarpe, orologi, e sono felice che i capelli si perdano sullo sfondo della scenografia perché i capelli sono quello che più mi deprime della mia persona, tanto che ho imparato a sostituirli mentalmente con altri più belli, proprio come non mi pesa immaginarmi le scarpe della vetrina ai miei piedi senza dovermele provare. Negli specchi degli ascensori, dei bagni pubblici e dell'ufficio mi immagino con questi altri capelli. Chissà che Vicky non si veda con una dentatura più bianca. Dubito che ci sia qualcuno capace di confrontarsi con sé stesso per quello che è esattamente. Cerco di stare alla larga dai ristoranti nei quali riconosco delle facce ed entro in un locale lontano dal Triangolo, dove però improvvisamente scopro Lorena Serna, la direttrice finanziaria, e Xavier Climent, il direttore dello Sviluppo Progetti.

Xavier indossa una camicia verde. Il verde gli sta piuttosto bene. Ha davanti un piatto misto nel quale ha fatto un disastro tale che non si capisce cosa stia mangiando. Lorena non guarda mai quel piatto, e neppure il suo, in cui è tutto intatto: il petto di pollo alla piastra, il pomodoro a fette e una omelette. Si limita a bere acqua di Vichy direttamente dalla bottiglietta come se le facesse schifo il bicchiere, un gesto che non risulta molto elegante. Vedo solo i loro profili, quanto basta per verificare che Lorena trabocca di tenerezza. Forse anch'io traboccherei di tenerezza se fossi vicino a lui, ma sono lontana e la distanza ti va vedere le cose in un altro modo: vedo uno Xavier a disagio per la tenerezza di Lorena e che non vede l'ora di andarsene, e vedo anche una Lorena che paga la sua parte e quindi uno Xavier tirchio, che apre il suo piccolo portafogli e ci scruta dentro come un topo. Ordino un piatto come quello di Lorena, sul quale mi butto anima e corpo.

Sono l'ultima ad arrivare al mio piano. L'attività è più lenta rispetto al mattino. Mi siedo davanti all'astronauta senza meta del computer pensando ancora a Xavier e a Lorena, al fatto che si percepisce una storia drammatica in quel rapporto. Poi vado in bagno e me ne resto seduta un bel po' sul coperchio della tazza appoggiata alla cassetta dura, il che non mi impedisce di appisolarmi finché non mi sveglia il chiacchiericcio monotono di due ragazze del dipartimento, che non ho voglia di vedere. Aspetto che se ne vadano ed esco. Faccio qualche telefonata a vecchi conoscenti e a Raúl per proporgli di andare al cinema, anche se poi non glielo propongo perché si dimostra piuttosto freddo. Intorno alle cinque e mezzo, però, inizia a sembrarmi strano che il mio capo non mi abbia chiesto se lo ha chiamato qualcuno in sua assenza, perciò digito il numero del suo ufficio e non ottengo risposta. Passati dieci minuti, mi viene in mente di fargli un cappuccino alla macchinetta e di portarglielo.

Oggi si è messo lo stesso completo che indossava durante la fatidica riunione, un elemento inquietante nel mondo sotterraneo della mente dove va a finire la parte più inutile delle informazioni spazzatura che assorbo costantemente. Ha la testa inclinata di lato e come sempre il giornale scomposto sulla scrivania.

«Don Sebastián», dico.

Lo chiamo «don Sebastián» dal giorno della riunione, per rafforzare la sua autostima. Eppure non risponde. Magari si è assopito, come me sul water.

«Don Sebastián», ripeto.

Siccome continua a non rispondere, appoggio il cappuccino sulla scrivania, faccio il giro e gli tocco una spalla. Lo scrollo un po' di più e di fronte alla sua mancata reazione immagino che sia successo qualcosa. Ho il coraggio di sfiorargli il dorso della mano con un dito e di verificare che è freddo, mentre nel mondo sotterraneo delle informazioni va a finire il dato che porta le scarpe più nuove e scomode che ha. Esco di lì confusa, pronta a gridare, ma l'indifferenza dei pannelli del labirinto mi blocca. In un istante mi rendo conto che i suoi abitanti saranno assorbiti dai rispettivi computer e che ci metteranno un bel po' a reagire, perciò gridare si trasforma in un atto assurdo. Mi sembra più pratico chiamare Teresa e torno in ufficio cercando di non guardare Trenas, ma non posso evitare che nel mio campo visivo entrino una mano, un pezzo di cravatta e uno di manica. Mentre compongo il numero le mie dita iniziano a tremare.

È adesso che la morte di Trenas inizia a farsi realtà.

«Credo che sia morto», le dico con grande emozione.

Teresa resta in silenzio e riaggancia. Ci mette sette minuti a comparire con il medico e l'infermiera dell'azienda. Durante questi sette minuti cerco di calmarmi davanti ai finestroni e per un istante mi aspetto ancora che il mio capo si alzi, si metta al mio fianco e resti a guardare la vita con me. Questi finestroni sono gli occhi di un mondo indifferente al mio capo e forse anche a me. C'è gente che muore d'indifferenza, anche se sembra che muoia d'altro. Anziani nelle loro case solitarie, amanti abbandonati, donne accanto a un telefono che non suona mai, uomini che nessuno ama. E Sebastián Trenas, di cui nessuno aveva bisogno.

Quando lo guardo di nuovo ormai ho la certezza che sia morto e ho il dubbio se chiudergli gli occhi, ma mi impressionerebbe così tanto toccargli il viso che non lo faccio, non perché sia morto, ma perché non gli ho mai toccato il viso e farlo adesso significherebbe farlo senza il suo permesso, significherebbe toccarlo senza che sia presente.

Teresa, il medico e l'infermiera entrano di corsa, il medico si lancia sul mio capo e l'infermiera ai suoi piedi apre una valigetta. Teresa resta accanto a me. Dopo pochi minuti compare il direttore delle Risorse Umane.

«Non c'è niente da fare», sentenzia il medico. «È deceduto.» Guarda l'orologio. «Probabilmente è stato un infarto.»

Detto questo, gli chiude gli occhi, perciò sono contenta di non averglieli chiusi io precipitosamente. Di fronte agli occhi inerti del mio capo, quelli del direttore delle Risorse Umane sono incapaci di restarsene tranquilli.

Qualcuno porta una coperta da viaggio della Iberia e la usa per coprirgli il busto. E più che un cadavere sembra un mobile coperto per non fargli prendere polvere. Anche Emilio Ríos fa la sua comparsa. Quando entra nell'ufficio ci facciamo tutti da parte come le acque del Mar Rosso davanti a Mosè.

«Chi lo ha trovato?» chiede.

Io esco dalla fila di destra.

«Ti sei spaventata?»

Gli rispondo: «Un po'», e intimamente gli sono grata che si preoccupi più per me che per il povero Trenas. Subito dopo guarda il medico e senza bisogno che glielo chieda questi gli dice che si è trattato di un attacco cardiaco.

«Ha sofferto?» chiede.

«Un leggero malore, credo che non se ne sia neanche reso conto», risponde il medico e fa per spostare la coperta, ma davanti al gesto negativo del presidente si fa indietro.

«Stava come al solito, all'inizio non me ne sono neanche accorta», dico io.

«Andiamo nel mio ufficio», dice Ríos al medico e al direttore delle Risorse Umane. «Bisogna chiamare la vedova, è terribile.»

Il direttore delle Risorse Umane mi dice che nessuno, assolutamente nessuno, neppure io, può entrare nell'ufficio finché non saprà con certezza qual è il prossimo passo da compiere, poi scuote la testa, riconfermando certamente la sua idea che non avrei mai dovuto lasciare la reception. E ha ragione, la mia presenza non ha fatto per niente bene al povero Sebastián Trenas, anzi, è anche possibile che quando si è sentito male mi abbia chiamato mentre io stavo perdendo tempo a mangiare in quel posto o seduta sul water. In questo istante, davanti alle pupille erranti del direttore delle Risorse Umane, provo il desiderio che mi tremi il viso e di piangere, di piangere forte. Ho voglia di esprimere tutta la tragedia del momento, un momento mio, visto che sono stata io a trovare il cadavere e a prendermi lo spavento, perciò mi dirigo correndo verso la porta con il ventaglio. Una volta dentro metto il chiavistello alla porta d'ingresso perché nessuno mi disturbi e tutta la faccia mi scoppia in una smorfia di dolore. Piango come quando ho le crisi di pianto, tenendomi la pancia per espellere meglio il dolore o la rabbia o il diavolo o me stessa trattenuta in questo spazio intimo per così tanto tempo. L'attacco dura più o meno mezz'ora, periodo nel quale si sono verificati alcuni tentativi di entrare da parte degli abitanti del labirinto e frasi lugubri per sapere se sto bene. Ma questo è il mio momento, e grido di lasciarmi in pace. Mi trovo nel pieno del processo di cambio di pelle, come se uscissi da me stessa, come se mi liberassi della mia guaina. È un momento strano, di fantascienza. E quando finisce e mi guardo allo specchio, il viso è deformato dallo sforzo, ma sono soddisfatta perché si è verificato nel momento opportuno, nel momento in cui una cosa del genere poteva succedere, ovvero se dovevo disperarmi ho fatto bene ad aspettare a disperarmi ora, in questa circostanza, perché adesso questa disperazione è appropriata e giusta.

Quando esco, tutti gli abitanti del labirinto si alzano dalle scrivanie, abbandonano le loro caselle e mi guardano attoniti, probabilmente non capiscono come si possa piangere così per Sebastián Trenas. Qualcuno mi porta un caffè della macchinetta e qualcun altro dice che il caffè mi farà innervosire ancora di più. Cerco Vicky con lo sguardo, so che è qui mimetizzata da qualcosa o qualcuno, perciò faccio uno sforzo per distinguerla, e davanti a me iniziano a materializzarsi la sua chioma setosa, i suoi occhi grigi e la sua bocca un po' livida, che si muove lentamente.

«Tesoro, è vero che è morto? Ti ho portato un Valium», dice e cerca di mettermelo in bocca facendo un po' di pressione per farcelo entrare, ma si trova davanti la barriera dei denti, che non sono disposta a separare. Le dico che lo prenderò più tardi e mi siedo al mio posto.

Tutti continuano a stare in piedi come alberi e arbusti, alberi e arbusti più alti e più bassi, più larghi e più stretti, più tozzi e più affusolati, con le chiome più o meno fitte.

«Dicono che vorrebbero sapere cos'è successo», dice Vicky indicandoli.

Chiedo loro di capire il mio stato e aggiungo che forse domani mattina mi troverò in condizioni migliori. Ci mettono un po' a battere in ritirata, ma non possono fare altro che allontanarsi, continuare a insistere sarebbe disumano. Sono obbligati a tenersi la voglia di sapere dalla fonte cos'è successo. E questa è una cosa che devo al mio capo e a me stessa: alzare un muro invalicabile tra l'interno del suo ufficio e la loro curiosità. Lo hanno voluto loro.

Dagli ascensori si precipita improvvisamente fuori un turbine di gente: il direttore delle Risorse Umane, il medico, due o tre consiglieri, i fratelli Dorado – ovvero i nuovi vicepresidenti –, dei portantini e quello che deve essere il medico legale. Mi alzo e mi unisco a loro. Quelli del labirinto si affacciano dalla parte superiore dei pannelli. Chiudo la porta dietro di me.

«Forse qui c'è troppa gente», dice il medico legale. «Chi ha trovato il corpo?»

«Io», rispondo alzando la mano.

«Bene, lei resti, e resti anche il medico. Gli altri escano.»

Le occasioni si presentano nel modo più inaspettato. E la mia per continuare a stare in questa Torre di Vetro forse si è appena prodotta, quando informo il medico legale di chi sono Alessandro e Jano e dell'opportunità che restino.

«Va bene», dice il medico legale porgendo loro la mano per salutarli.

Poi sposta la coperta e io rispondo alle sue domande su come e quando ho trovato il cadavere e noto con enorme piacere che anche la curiosità dei vicepresidenti viene soddisfatta.

«Dobbiamo parlare, ti chiameremo», mi dice uno di loro a bassa voce.

E quando il medico legale sta per coprire il corpo entrano

Emilio Ríos, Teresa e quella che deve essere Nieves, la vedova del vicepresidente. I tre restano a contemplare in silenzio il mio povero capo. Emilio Ríos abbraccia la vedova per le spalle e lei dice del marito: «Sembra che stia pensando».

A questo punto si avvicina e gli accarezza una mano.

«Non ci posso credere», ci dice guardandoci con gli occhi adesso pieni di lacrime.

Per non deludere questa donna, il mio defunto capo ha fatto innumerevoli sacrifici. Ha un aspetto duro alla Joan Crawford, mascelle marcate e sopracciglia nere. Le lacrime su questo viso risultano monumentali.

Emilio Ríos si è girato verso la porta per non vedere più questa scena. E il medico legale dice: «Adesso potete portarlo via».

Il problema di quando qualcuno muore sta nel corpo e nella sua decomposizione. Il corpo del vicepresidente è molto grande e occupa abbastanza spazio, ha organi grandi, ossa grandi e molta carne, carne che deve imputridirsi. Vederlo come sempre sulla poltrona produce una sensazione molto strana perché c'è, ma in realtà non c'è, e non lo si può lasciare lì, bisogna portarlo via. Bisogna portare via i suoi capelli perfettamente pettinati, la bocca rossa, le spalle sulle quali le giacche cadono così bene e i suoi grandi occhi, che non torneranno ad aprirsi davanti a me né alla finestra. Io non potrò entrare di nuovo nell'ufficio e vederlo che legge il giornale, né gli porterò un caffè. E sembra che alla fine la morte significhi proprio l'interruzione violenta di queste azioni ripetute.

Soltanto in ufficio ho visto piangere un po' Nieves, la vedova del mio capo, perché durante la cerimonia della sepoltura porta gli occhiali da sole e non posso essere certa che pianga, piuttosto si dà per scontato che lo faccia. Assistiamo all'inumazione io, lei, i figli, il consiglio dei soci al completo con in testa il presidente, la moglie del presidente, Teresa e persone che non conosco affatto, che devono essere amici intimi e familiari. Il resto degli impiegati dovrà aspettare la cerimonia di commemorazione. Mi sono occupata io di tutto, dai fiori fino alla scelta della bara, di mogano, molto bella, con rivetti di bronzo e fodera di seta. E anche dei necrologi, degli avvisi sul giornale, di informare personalmente i conoscenti. Forse è l'unico lavoro serio che ho fatto per il mio capo e ho voluto farlo bene, ci ho messo tutta la mia attenzione. La sua vedova è stata più occupata con la parte legata alla famiglia e agli amici, anche se mi sorprende che il mio capo ne avesse qualcuno. L'uomo che ho conosciuto sembrava non avere nessuno a questo mondo e adesso davanti alla sua bara c'è un gruppo piuttosto nutrito di persone.

È un venerdì soleggiato, si direbbe che sia fuggito da un'estate futura, e portiamo tutti gli occhiali da sole. Il prete ha celebrato una messa nella cappella e adesso l'atto di sigillare la tomba è silenzioso e più rapido di quanto mi aspettassi. In realtà stiamo assistendo a una piccola opera di muratura da parte di due operai con la tuta azzurra, che quando finiscono dicono: «Fatto». A questo punto noi presenti rimaniamo imbambolati per un minuto, abbattuti dal caldo e dall'odore dei cipressi e del cemento fresco. Allontanarsi dalla tomba è difficile per tutti, fin quando qualcuno inizia la ritirata e tutti noi lo seguiamo. Avanziamo piano, tra lapidi molto antiche di pietra consumata e resa brillante dal sole e cappelle di famiglia perfettamente tenute e piene di silenzio, da cui ci si aspetta che da un momento all'altro esca qualcuno a sbattere un tappeto.

Il mondo sotterraneo della mia mente, però, non ha potuto non accorgersi, sia nella cappella che fuori, del forte legame tra Nieves ed Emilio Ríos. In momenti così, momenti estremi della vita e della morte, ci si lascia trasportare dalle emozioni e si trascurano le forme. È stato il modo in cui l'ha presa per la vita e il modo in cui lei gli ha avvicinato la bocca alla commessura delle labbra ciò che mi ha messo sulla pista giusta. Senza dubbio i loro corpi si riconoscono e quando i corpi si riconoscono, quando c'è intimità, è difficile dissimularlo. Devono aver intrattenuto una di quelle relazioni lunghe e tenaci come il principe Carlo di Inghilterra e Camilla Parker Bowles. Un rapporto che il tempo e gli ostacoli alimentano mostruosamente, un rapporto intricato e fuori controllo.

Mi viene in mente ora, a mano a mano che ci avviciniamo alle macchine, che è possibile che Emilio Ríos, essendo innamorato di Nieves, sia sempre stato geloso del mio povero capo e abbia cercato di fargli perdere il più possibile l'autostima, mettendolo in un angolo e umiliandolo. Forse Hanna Ríos era gelosa di Nieves e ha cercato rifugio in Jorge, mentre il defunto Sebastián Trenas era così innamorato della moglie che ha fatto tutti i sacrifici possibili per non deluderla. Mi chiedo a chi sarà stata più fedele Nieves, se al marito o a Emilio Ríos.

Le auto sono in fila. Accanto a quella del presidente monta la guardia Jorge, che mi fa un cenno con la testa. Gli sorrido appena perché non è il momento per dimostrare soddisfazione né allegria. Siccome era un po' che non lo vedevo, mi impressionano nuovamente la sua bellezza e il suo fascino, la sua mascolinità, la sua forma perfetta.

Teresa mi chiede di andare via con lei. Punta il portachiavi verso un macchinone tipo Audi, BMW o Volvo, che risponde immediatamente. Gli altri fanno lo stesso, perciò la fila di macchine produce un effetto festoso. Non appena mi siedo al suo fianco, mi accorgo che è strana. Si mette un paio di guanti senza dita per guidare e questo suggerisce che deve essere una pilota esperta. Poi tira fuori dal cassettino portaoggetti un fodero con il marchio Gucci e ne estrae un paio di occhiali fumé, probabilmente graduati, e una pezzetta di camoscio con cui li pulisce con grande cura. Li inforca e poi posa di nuovo la pezzetta nel fodero, il fodero nel cassettino e lo chiude, toccando tutto con delicatezza, come se non volesse lasciare impronte. Mette la musica. Mi chiedo perché non sono arrivata a essere come lei.

«Facciamo una passeggiata», dice.

Non rispondo niente, visto che è già tutto deciso e in fondo, dopo quello che abbiamo appena condiviso, la cosa più opportuna è che condividiamo un po' di normalità. Mi lascio trasportare dai suoi guanti senza dita. Vaga per le strade, si scambia qualche insulto con gli altri automobilisti e il mondo sotterraneo della mia mente coglie un'aggressività sconosciuta in Teresa, ma il mio mondo cosciente è addormentato e, quando reagisce, siamo già sull'autostrada per Valencia.

«Ho pensato che ci farà bene un'escursione, pranzare fuori Madrid», dice. «Oggi è venerdì, non dobbiamo tornare in ufficio.»

«Sì, ma non ti sembra di andare troppo veloce?»

«Veloce? Non farmi ridere. Veloce... È Sebastián quello che è morto velocemente, noi siamo ancora qui.»

Percepisco un certo biasimo nel suo tono per il fatto che siamo vive. Ho appena capito di essermi imbarcata in un viaggio tragico. La tragedia si proietta sui campi estesi e spogli di vegetazione della Mancha. Teresa è fuori di sé. «Imbranato!» grida a un pacifico automobilista sorpassandolo. E, anche se è impossibile che l'uomo l'abbia sentita, ci fa un gesto di sorpresa, perché è dimostrato che chiunque prenda un volante tra le mani si trasforma automaticamente in un ricettore molto acuto.

«Tu non ti eri accorta di niente?»

Le chiedo di chiarirmi il senso della domanda senza perdere di vista l'autostrada, da cui si direbbe che stiamo per decollare da un momento all'altro.

«Non ti eri accorta che Sebastián non ce la faceva più?»

«A cosa ti riferisci?» chiedo alzando la voce, contagiata dal suo malumore, pur sapendo che il mondo sotterraneo della mia mente si era accorto eccome di qualcosa, si era accorto che Trenas da morto indossava quelle che erano probabilmente le sue scarpe migliori e che aveva la giacca abbottonata, il nodo della cravatta perfettamente annodato e la scrivania in ordine, che c'era qualcosa di strano, qualcosa di troppo formale nel suo modo di morire.

«Crolla tutto», dice Teresa schiacciando un po' di più l'acceleratore.

Sento la velocità nella gola e non è piacevole. Non mi piace l'avventura, trovo assurdo il rischio inutile, la vita è già abbastanza incontrollabile e mi spaventa sentire che è così rapida, che non ho il tempo per tenerle dietro.

Le chiedo di fermarsi a una stazione di servizio con pompa di benzina e ristorante che viene indicata a un chilometro.

«Ho la nausea», le dico.

Quando entriamo, le propongo di mangiare e di tornare a Madrid.

«Sei pazza? Tornare adesso? Non penserai davvero che mangeremo qui!»

Il pavimento è pieno di tovagliolini di carta appallottolati, di mozziconi, di noccioli di olive. Il lunghissimo bancone è assaltato dai viaggiatori di due autobus della Auto Res che si sono fermati per prendere un caffè e andare in bagno, per cui lo stato del bar deve essere un riflesso di quello delle toilette. Il ristorante appare in fondo come un miraggio. I tavoli sono coperti da tovaglie bianche di tela e adornati da fiorellini, si direbbe che vogliano che, una volta arrivati lì, i clienti si dimentichino di ciò che hanno visto e calpestato per arrivarci e che paghino come se fosse un ristorante a cinque stelle.

«Non so se te ne sei accorta, ma mancano soltanto duecentocinquanta chilometri per arrivare ad Alicante.»

Di fronte alla mia sorpresa, aggiunge: «Comprerò qualcosa da spiluccare durante il viaggio. Così ci teniamo leggere per la cena».

«Io non voglio andare ad Alicante. Voglio tornare a casa.»

«Devi prendere un po' di sole. Guarda come sei pallida. Che c'è di male se passiamo due giorni ad Alicante? Pensaci, cosa c'è di male?»

In fondo, la sua insistenza non è necessaria perché sono nelle sue mani e non sono certo il tipo di persona capace di rimanere da sola in un autogrill e di mettersi a cercare il modo di tornare unicamente per dimostrare la propria indipendenza. Perciò la seguo alla macchina e mi siedo al suo fianco, mi allaccio la cintura e mi faccio portare. Teresa è la vita veloce che mi lascia indietro. Forse sono stata padrona della situazione soltanto accanto a Sebastián Trenas. Non lo dimenticherò mai.

«Credi che si sia suicidato?»

Ci mette così tanto a rispondere che penso non mi abbia sentito.

«Non fare la finta tonta», dice alla fine.

Lo so, so che si è tolto di mezzo, non so come, ma lo ha fatto. Era troppo rilassato negli ultimi giorni, come se ormai non contasse più nulla, e si mostrava più preoccupato per il mio futuro che per il suo. Ricordo che era scoppiato a ridere in modo strano quando gli avevo detto che volevo continuare a lavorare con lui nel suo nuovo incarico da consigliere. Mi aveva fatto chiamare varie volte suo figlio Conrado negli Stati Uniti e una volta aveva provato a parlare senza successo con Anabel, e questo adesso sembra un addio.

Teresa prenota un albergo con il cellulare mentre guida e mangia un'*empanada*. Fa tutto lei, io non parlo neppure, non mangio neppure, sono come un mobile. Ha l'iperattività di un'ipertesa. Alle persone con la pressione bassa come me quelli con la pressione alta sembrano drogati e a loro quelli con la pressione bassa sembrano lenti, indecisi e un po' atrofizzati.

Non parliamo più, mette la musica e io mi dedico a fantasticare sulle situazioni che quella musica mi suggerisce in combinazione con il paesaggio.

Mi butto sul letto e mi appisolo. Quando mi alzo, mi accorgo che dalla stanza si vede il mare. Il sole vi si è appena tuffato e più che un mare vero sembra uno stadio olimpico coperto di pezzi di plastica. Credo che in altre circostanze mi sarebbe piaciuto. Quando chiamo Raúl e gli racconto dove sono, non riesce a crederci. Dice che non gli piacciono quelli che obbligano gli altri a fare cose che non vogliono.

Mi faccio la doccia e mi rimetto i vestiti formali che ho indossato stamattina presto pensando al funerale del mio povero capo, un tailleur con i pantaloni neri e una camicia bianca. Scendo al bar dell'hotel, dove ho appuntamento con Teresa. Alla reception si accalca un gruppo di pensionati tedeschi. Sono pensionati giovani. Sembrano felici e contenti. Dopo cinque minuti Teresa esce dall'ascensore. Lei sì che si è cambiata, si direbbe che è sempre pronta nel caso in cui le venga voglia di partire per un viaggio. Porta un completo in stile ibizenco e sembra che si sia mascherata: della sua immagine di segretaria esecutiva conserva solo il cellulare e il portachiavi, da cui non si separa mai. Prima di salutarmi mi osserva per qualche secondo. Non sono di suo gradimento, ma deve accontentarsi.

«Abbiamo un appuntamento», dice.

L'affermazione mette in allerta la mia mente addormentata.

«Sono dei ragazzi molto simpatici. Ti piaceranno.»

Le dico che non sono dell'umore adatto per cenare con degli sconosciuti.

«Ma la cosa bella è proprio questa, che non li conosciamo. Se li conoscessimo non sarebbe divertente.»

Li ha incontrati nel corridoio della sua stanza. Lei ha la 405 e loro devono essere nella 420. Sono tre. Simpaticissimi. A Teresa brillano gli occhi, cosa che in lei risulta molto strana. Mi inquieta la serata che mi aspetta. Cerco la porta del bagno del bar e la trovo, dietro un disegno così d'avanguardia che non si capisce se è la toilette degli uomini o delle donne. Una volta dentro, resto a pensare per qualche istante. Mi lavo le mani e mi guardo i capelli immaginari. Sono qui, ma senza volerlo completamente, ho la stessa sensazione che provo dappertutto.

Quando esco, Teresa è già insieme ai tre tizi. Mi avvicino lentamente, analizzando la situazione, temendo che pretendano di fare un'orgia a cinque o qualcosa di peggio. Due hanno più di quarant'anni e uno non arriva ai trenta. Il giovane è già bello bevuto e gli altri due hanno la faccia di chi la sa lunga. Mi guardano dall'alto in basso, mi fanno venire voglia di scappare. Ci presentano e io emetto un suono inarticolato a mo' di saluto e non dico più niente. Sulle poltroncine in fondo ci sono i pensionati soddisfatti di sé che si raccontano barzellette. Li invidio, loro non devono più fare cose così sgradevoli. Non devono fare esperienze nuove né sentire che se non le fanno il tempo evapora; finalmente sono padroni di sé stessi.

Teresa sta bevendo un cocktail a base di champagne in un

bicchiere alto. La gonna bianca a balze straborda dallo sgabello. Le gambe sono scoperte. Il giovane le mette la mano sul ginocchio.

«Scusa», dice. «Stavo per cadere.»

I più vecchi gli rinfacciano che non regge l'alcol. Si chiamano Ramón, Luis e Caco. Né io né Teresa domandiamo cosa significhi Caco, non ci interessa.

Caco è il giovane e non ha fame, quello che vuole fare è ballare. Dice che dobbiamo scordarci di andare a cena. Mi guarda solo per un attimo e questo mi solleva abbastanza. Tutto il suo fragile interesse è concentrato su Teresa. Sia il suo corpo che i suoi movimenti flessuosi fanno pensare che passi tutti i fine settimana a ballare. Teresa deve avere dieci anni più di lui, io qualcosa di meno. Ha proclamato la sua età due volte: venticinque anni. Crede di piacere sia a me che a Teresa perché è il più giovane, ma si sbaglia di grosso. Teresa ha già scelto Ramón e io preferirei salire in camera e guardare la televisione a letto con il rumore delle onde in sottofondo. Il mondo è un film e all'improvviso uno si ritrova scaraventato in sequenze dove evidentemente è di troppo. Questa è esattamente la mia situazione, se potessi teletrasportarmi scomparirei ora stesso da qui, ma dove andrei? Mi piacerebbe che qualcuno mi spiegasse come accadono quelle storie d'amore di cui parlava il povero Trenas, quelle che ti strappano dai mali del mondo.

Dal bar passiamo a un ristorante del porto. Siamo tutti seduti tranne il giovane Caco, che va e viene in continuazione dal bagno. Ramón e Luis esaminano la carta dei vini, con una rapida occhiata capiscono qual è il migliore. È come se li avessi visti farlo tutta la vita. All'improvviso dei tizi passano accanto al nostro tavolo e li salutano. Chiariscono che non sono qui in vacanza, ma per una convention di informatori scientifici e che non deve sorprenderci che incrocino altri colleghi. Teresa chiede cose che non le interessano affatto, per esempio in cosa consiste il loro lavoro, quali sono i prodotti che vendono, che laboratori li producono. Loro cercano di rispondere con la massima precisione possibile, come se si trattasse di una trattativa di vendita. A lei le spiegazioni entrano da un orecchio ed escono dall'altro. Le piace Ramón, è disposta a tutto. Per me è un mistero il motivo per cui ha scelto lui e non Luis. Luis racconta che l'anno scorso la convention si è tenuta a Palma de Mallorca e l'anno prima a Benidorm. Quando sente quel nome, Ramón si trasforma, impallidisce e assume un'espressione veramente seria.

«Scusa», dice Luis. «Non ci ho pensato.»

Questo sì che cattura la mia attenzione, e anche quella di Teresa. A Benidorm gli è successo senz'altro qualcosa di poco piacevole o forse di troppo piacevole. A Ramón si riempiono gli occhi di lacrime. Luis sembra indeciso sulla strada da seguire. Il giovane Caco, che non si accorge di niente, si è appena rovesciato il calice di vino sulla camicia. Ramón fissa lo sguardo sulla macchia e non riesce a staccarlo da lì. Probabilmente quello che gli è accaduto a Benidorm ha una qualche somiglianza con questa macchia di vino, magari c'entra il sangue; forse si tratta di un crimine o di un incidente. Ramón sembra fuori di sé, in piena fuga mentale.

Luis, intelligentemente, propone di andarcene. Chiede il conto con un cenno della mano e tira fuori dai pantaloni un portafogli extrapiatto, che fa appena un po' di spessore. Ma non sarà così facile. Il comportamento di Ramón sta irritando molto Teresa. Corruga le palpebre, la fronte, la bocca, non è consapevole di quanto stia diventando brutta. Ma abbiamo bevuto tutti un bel po' e Teresa in particolare non ha smesso dai cocktail del bar dell'albergo in poi e questo, unito all'aggressività che ha mostrato per tutto il giorno, mi fa temere il peggio.

«Scusa», dice a Ramón prendendolo per il braccio. «Non hai nessun diritto di fare così, non davanti a me.»

Ramón distoglie lo sguardo dalla macchia e lo appunta sulla faccetta corrucciata di Teresa. Sta facendo fatica a separare il ricordo intenso di Benidorm dalla macchia e da Teresa. Spero che non prenda male la pressione della mano di Teresa sul suo braccio. Non sopporto le situazioni violente.

«Non hai la minima idea di quanto soffro», dice Teresa.

A parte il giovane, la stiamo guardando tutti rapiti, io più degli altri.

«Oggi abbiamo seppellito l'essere più meraviglioso di questo mondo. Oggi abbiamo seppellito un vero santo.»

Senza dubbio si sta riferendo a Sebastián Trenas, confermando così di essere ubriaca persa.

«Non sapevo che stimassi tanto Sebastián», dico.

«Tu non sai niente di me», replica con violenza, con odio.

Provo una grande curiosità all'idea che stiano per uscirle lacrime dagli occhi. Ma non succede e questo mi innervosisce. Qualcosa deve uscire, sembra che sia imminente, e il fatto che non esca è in sé irritante.

«Era un santo, un essere superiore», mi dice minacciosa, come se fossi stata io a uccidere Trenas.

Invece di arrabbiarmi, annuisco, ci sono situazioni nelle quali, per quanto lo voglia, sono incapace di farmi coinvolgere veramente. Alla fine Luis si alza mettendosi il portafogli in tasca e io ne approfitto per fare la stessa cosa.

Ramón e Teresa non si muovono dai loro posti. Tengono lo sguardo fisso sui rispettivi bicchieri. Ramón si asciuga le lacrime con il dorso della mano.

«Io me ne vado», dico a Teresa, ma lei non risponde. Credo che mi ci vorrebbe troppo tempo per capirla.

«Forza, andiamo», dice Luis al giovane Caco e quest'ultimo ci segue ubbidiente.

La serata è molto piacevole e ha un buon profumo, di tanto in tanto mi entra nel naso una zaffata di profondità marina. Il giovane scompare dietro la porta di una discoteca e noi due continuiamo a passeggiare senza fretta.

«Ramón è molto sensibile», dice Luis. «Non riesce a sopportare l'idea di quello che gli è successo con Dominique. Forse al suo posto starei come lui.»

Per un istante sono tentata di esortarlo a raccontarmi la storia, ma questa giornata è stata molto lunga e sono successe troppe cose. Davanti alla mia mancanza di interesse per la storia di Ramón, Luis decide di confidarmi che, al contrario del suo amico, lui non fa una tragedia per tutto e che è piuttosto felice con sua moglie e i suoi figli. Mi dice anche che gli piace che io sia così riservata e che sappia mantenere la calma. Aggiunge con un tono di assoluta franchezza che ho degli occhi molto belli e che stanotte sarebbe davvero contento di fare l'amore con me. Gli rispondo che quello di cui ho veramente voglia io è mettermi a letto e vedere un po' di televisione con il rumore delle onde in sottofondo. Ci salutiamo come due vecchi amici.

Scendo a fare colazione alle dieci. I pensionati si stanno alzando dai tavoli pieni di entusiasmo con le mute di neoprene appese al braccio. Mentre faccio una colazione frugale soppeso due possibilità, quella di comprarmi una maglietta nella boutique dell'albergo e quella di chiamare Teresa in camera sua. Metto in pratica solo la prima. Teresa, con ogni probabilità, starà dormendo per smaltire la sbornia.

Mi compro anche delle ciabatte. Chiamo Raúl per dirgli che sto vedendo il mare dall'albergo e che è bellissimo. Da parte sua lui mi comunica che, anche se forse non è il momento più opportuno, non ha altra scelta che chiedermi la cortesia di non chiamarlo tanto spesso. Non lo dice esattamente con queste parole, ma il messaggio è chiaro. Ci sono persone che stanno facendo il bagno nonostante sia bassa stagione, e altri prendono tranquillamente il sole sulle sdraio come se fossero in un quadro di Hopper. Gli chiedo perché non vuole parlare con me e lui mi risponde molto francamente che c'è qualcuno a cui le mie telefonate danno fastidio. Resto in silenzio contemplando la spiaggia finché non riaggancia.

Decido di fare una passeggiata a passo sostenuto sulla battigia: le sensazioni piacevoli come il contatto dei piedi con la sabbia e l'acqua combattono con quella spiacevole di ciò che mi ha detto Raúl. Alla fine ho prodotto così tante endorfine che mi faccio l'idea che lui sia morto in un incidente d'auto e che non potrò andare al suo funerale per colpa della sua nuova compagna.

Quando torno in albergo, insieme alla chiave mi consegnano un biglietto di Teresa che mi informa che parte per Madrid. Non dice nient'altro, non si scusa, non mi dà nessuna spiegazione, trova naturale fare sempre quello che le va. Il suo abbandono intensifica drammaticamente l'abbandono definitivo di Raúl. Chiedo un orario dei treni e un taxi entro mezz'ora. Nel frattempo salgo in camera, mi faccio una doccia con il piacere supplementare di lasciare il bagno ridotto uno schifo con gli asciugamani a terra, i capelli nel lavandino, l'acqua da tutte le parti e uno strato di vapore sul vetro. Mi metto la camicia e le scarpe e butto la maglietta e le ciabatte nel cestino. L'immagine che ho di me mentre faccio questo è di grande solitudine e per allontanarla chiamo mio padre, che mi dice di salutargli tanto Raúl, credendo che sia con lui.

Il tassista, vedendo che non ho bagaglio e che nonostante ciò esco da un albergo e vado a prendere il treno, mi classifica come una puttana, ma mi osserva intrigato nello specchietto retrovisore perché c'è qualcosa che non gli torna. Prima che metta in moto, vedo entrare in albergo Ramón e il giovane Caco, che alla luce del giorno e con la giacca e la cravatta sembra non arrivare neppure a vent'anni: probabilmente stanno andando o tornando da una delle loro riunioni. Ramón, ubbidendo al mio pensiero, si gira e mi guarda. Il suo ricordo e il suo tormento restano con lui, restano anche il mare, le sdraio e le maniglie dorate della porta dell'hotel.

Non cado nella tentazione di prendermela con Teresa per il suo comportamento impulsivo ed egoista. Ho finito per essere stufa delle recriminazioni di mia madre verso la vita, sgranate un giorno dopo l'altro come una litania umiliante per lei. Naturalmente ancora non mi rendo conto del vero significato del comportamento della mia collega, dovrà passare un po' di tempo prima che lo capisca. Lei, dal canto suo, non fa nessun riferimento al nostro viaggio, si direbbe che non sia mai esistito, e quando qualche volta provo a farvi cenno lei cambia discorso. Credo che non saprò mai se abbia passato la notte con Ramón, né se lui le abbia rivelato il mistero di Benidorm, né perché se ne sia andata senza di me.

Ancora più strano di questo viaggio, però, è dover entrare nell'ufficio del mio capo. Il lunedì stesso il direttore delle Risorse Umane in persona mi chiama al telefono per dirmi che posso raccogliere gli oggetti personali di Sebastián Trenas prima che i nuovi vicepresidenti si sistemino nell'ufficio e mi ordina di lasciare la parte amministrativa organizzata e spiegata con la maggiore chiarezza possibile. Senza dubbio, velatamente, mi sta consigliando di andare a raccogliere anche i miei effetti personali. Credo che mi disprezzi perché non sono il suo tipo. È molto probabile che le donne per lui si dividano in due categorie, quelle che gli piacciono e quelle che non gli piacciono. Io appartengo al secondo gruppo e, qualunque cosa faccia, non potrò evitarlo.

L'ufficio è chiuso a chiave, perciò quando la giro nella serratura il rumore attira l'attenzione degli abitanti del labirinto, che restano assorti a guardarmi finché non entro. Non c'è bisogno di vederli per sapere cosa fanno, è un tipo di comunicazione cellulare ed elettrica. Avevo paura di ritrovarmi un vuoto freddo e senz'anima in ufficio, ma è tutto il contrario. Si direbbe che la scrivania, le poltrone di velluto verde, l'archivio, gli armadi e il giornale restino leggermente distorti sotto un'acqua luminosa e bianca, come se il grande corpo del mio capo si fosse polverizzato e avesse inondato tutto. Percepisco le molecole della sua mano a cuscinone che tranquillizzano l'ambiente. Lo percepisco con una grande sicurezza, per quanto possa sembrare folle. Trenas è qui fisicamente, anche se trasformato in polvere luminosa. Forse Teresa ha ragione ed è stato davvero un uomo fuori dal comune, una specie di martire. Se è così, deve già sapere tutto su di me, deve sapere che rimanendo deliberatamente in silenzio durante l'assemblea l'ho tradito, perciò resto al centro della stanza aspettando una punizione, un segno. «Mi dispiace», dico, «mi dispiace tanto.» Sono così convinta della sua presenza che non mi sorprenderebbe veder volare il posacenere o qualunque altro oggetto. Ma non succede niente, tutto resta al suo posto, Trenas polverizzato e io intera e colpevole. Sospiro e apro i cassetti. Studio gli oggetti uno per uno e li ripongo in una scatola. Esploro bene tutti gli angoli sperando di trovare una confessione di suicidio o qualche dato che mi metta sulla pista di ciò che è successo e, com'è ovvio, non trovo niente, perché Trenas non avrebbe mai voluto essere ricordato come un suicida.

Eppure l'idea rimane: credo che nessuno, a meno che non se lo proponga e si prepari per questo, possa morire in modo così impeccabile. Risulta macabro immaginare che quella mattina abbia scelto per morire lo stesso completo, la stessa cravatta e le stesse scarpe che portava il giorno della funesta riunione, una vendetta strana e intima apprezzabile solo da noi che lo osservavamo quotidianamente e a cui, in qualche modo, ha fatto caso anche Teresa. Se durante il viaggio ad Alicante Teresa non avesse alimentato i miei sospetti, forse avrei smesso di pensarci.

Da questo momento in poi non riesco più a dormire tranquilla, mi sveglio nel cuore della notte assalita da qualche nuovo particolare, come se lo spirito del defunto Trenas li lasciasse cadere nella mia mente come gocce d'acqua. La bottiglia di whisky. La bottiglia di whisky non era nell'archivio quando ho raccolto le sue cose, né la bottiglia né il bicchiere, in un primo momento non ci avevo fatto caso.

Il martedì mattina sono la prima ad arrivare alla Torre di Vetro, non c'è ancora neppure il receptionist, solo gli addetti alla sicurezza. Apro l'ufficio del mio capo, che chiudo ancora a chiave, e cerco nell'archivio. Guardo nei cassetti della sua scrivania, sulle mensole, dietro i libri, alcuni dei quali tra l'altro ho riservato per me perché sono sicura che lui sarebbe stato d'accordo. Il bicchiere lo scopro insieme ad altri cinque che fanno parte dello stesso servizio in un armadio basso. È perfettamente lavato e verrebbe da pensare che lo abbia riposto lì l'addetta alle pulizie. Vado in bagno, dove l'unico posto in cui potrebbe stare una bottiglia di whisky è la cassetta del water. Alzo il coperchio e verifico con un sussulto che è proprio qui, piena d'acqua, con il tappo che le galleggia intorno. Avere ragione m'innervosisce un bel po', perché non è una cosa a cui sono abituata. Il primo pensiero che mi viene in mente è che si sia avvelenato e si sia sbarazzato così dei residui del veleno. Ma se ha mescolato il veleno al whisky, allora il cadavere avrebbe dovuto puzzare di whisky, e questo mi porta a pensare che forse nella bottiglia non c'era whisky, ma qualcosa che potesse simulare l'effetto di un infarto. Non tocco né la bottiglia né il bicchiere. In fin dei conti l'unica cosa importante è che è morto e che, se voleva morire, nessuno avrebbe potuto impedirglielo.

A otto giorni da questa scoperta e undici dalla sepoltura, quando mi sembra che sia trascorso un periodo di tempo opportuno, telefono alla vedova per comunicarle che ho raccolto in una scatola gli effetti personali di suo marito e che sono a sua disposizione. Nieves risponde che non ha la forza per tornare in quell'ufficio orrendo dove ha visto Sebastián per l'ultima volta. Dice che in realtà la casa dove vive è così piena di suoi ricordi che non crede sia importante quello che c'è nella scatola e che magari i suoi collaboratori desiderano conservare qualcosa. Insisto sul fatto che non sono oggetti preziosi, che hanno un valore solo sentimentale e che non mi sembra il caso di consegnarli a degli estranei. Lei non cede, non vuole proprio ricevere la benedetta scatola. Sono sul punto di informarla dei miei sospetti sul suicidio, ma non ne ho il coraggio, neppure la voglia di infastidirla è sufficiente. E poi credo che non mi prenderebbe neanche lontanamente sul serio e, se è vero che ha una relazione con Emilio Ríos, forse la faccenda non le interessa proprio.

Ma non mi rassegno, non mi sento soddisfatta. È proprio in momenti come questi e in una torre di vetro che si arriva a fare cose che in altre circostanze non si farebbero. È un giorno noioso, senza speranza, immobile, un giorno inglobato in un pezzo d'ambra. E quello che mi viene voglia di fare è cercare negli antichi dossier il numero di telefono di J. Codes. Lo trovo. Spunta tra le pagine come un reperto archeologico, per quanto potrebbe anche essere che spunti dal mondo sotterraneo della mia mente.

Se è ancora vivo, dovrebbe essere piuttosto vecchio. Mi chiedo come gli saranno andate le cose, se si sia dimenticato subito di Ríos e Trenas o se per tutto questo tempo li abbia odiati. Mi chiedo se abbia avuto figli, nipoti, se sia riuscito a trionfare in qualcosa o se abbia saputo rassegnarsi. Me lo immagino sopravvivere all'amarezza e anche un po' disilluso, pur essendo stato felice. Si direbbe che le cifre che ho davanti siano meteoriti che viaggiano dal buio alla luce con una forza diabolica, e non mi resta altro da fare che digitarle.

Risponde con una voce da uomo ormai anziano. Siccome non so se la J del nome stia per José, Javier, Jaime o Jorge, mi limito a chiedere del signor Codes.

«Non insista, per favore», ribatte. «Le ho già detto che quel fondo non mi interessa, per quanto sia garantito.»

«Non chiamo per questo», replico io.

«Ah no?» dice. «Lei non è della banca?»

La sua voce esprime fatica. Magari è la fatica dell'età o forse della rassegnazione, dell'impotenza. Deve avere circa ottant'anni e se ha avuto figli o una moglie non vivono con lui, perché quando resta in silenzio non si sente assolutamente niente, nessun rumore. Sembra che la sua voce arrivi dal nulla, da un vuoto oscuro, in cui esiste solo quella voce. Immaginandomelo, per un istante mi sento come quegli scienziati che a partire da un osso sono capaci di ricostruire una persona intera.

«Senta», riprendo. «Lei non mi conosce. Sono un'amica di Sebastián Trenas.» Qui faccio una piccola pausa per vedere come reagisce, ma non percepisco nessun cambiamento di frequenza nel suo respiro.

«Si sbaglia», dice. «Non conosco nessun Trenas.»

«Mi dispiace», dico. «Volevo solo comunicarle che è morto.»

«E perché vuole comunicarmelo?» Si è appena tradito, vuole e al tempo stesso non vuole tornare al passato.

«Perché pensavo che le sarebbe interessato saperlo.»

«Sì, ma io non mi chiamo Codes.» Ha deciso di non fare marcia indietro. «Sono un'altra persona e non ho niente a che vedere con tutto questo.»

«Allora mi scuso per averla disturbata.»

«Non si preoccupi, l'unica cosa che non mi manca è il tempo.»

Lo sento riagganciare. Adesso resterà a pensare a quello che gli ho detto. Si ricorderà dei giorni in cui Trenas e Ríos gli rubarono l'idea delle agenzie di sicurezza private. Penserà e ripenserà alla notizia della morte di Trenas e poi alla certezza che anche lui morirà. E si domanderà chi sono io e perché l'ho chiamato. Magari si pentirà di non aver parlato con me. Forse vorrà chiamarmi, proverà una gran voglia di individuarmi, ma gli risulterà assolutamente impossibile perché non dispone dei miei dati.

Credo che non sia stata una buona idea, avrei dovuto lasciare le cose come stavano e non fare irruzione nella vita di Codes e sconvolgerlo.

L'ho vista per la prima volta al funerale di suo padre, ma ho fatto appena caso a lei perché Nieves ed Emilio Ríos si sono accaparrati le mie attenzioni, con quella strana forza che li univa e che avrebbe costretto a vederli insieme anche se fossero stati ai due angoli opposti del cimitero. È Nieves che manda la figlia a recuperare la scatola con gli effetti personali del povero Trenas. Emilio Ríos mi chiama personalmente e mi chiede di portarli nel suo ufficio, che si trova all'ultimo piano, proiettato sulla parte nordorientale di Madrid quasi fosse senza peso, come una cometa. La rivalità per l'altezza delle torri di vetro del mondo intero dimostra che viviamo a vari livelli di realtà ed Emilio Ríos è in quello aereo, è un uomo-uccello. Passa la vita volando in aereo, salendo e scendendo con gli ascensori, viaggiando su macchine che sembrano velivoli e guardando attraverso il volo delle idee. Anche Trenas è stato un uomo-uccello, a cui hanno spezzato le ali.

Mi aspettano in piedi accanto al finestrone. Anabel, che è piuttosto alta, quando mi vede appoggia il braccio sulla spalla di Ríos. Si direbbe che sia abituata a considerare gli uomini come bastoni, mobili, in definitiva punti di appoggio. Ed è anche abituata a non essere mai rifiutata da questi punti di appoggio: tutti meno suo padre, ovviamente. Ha gli occhi più neri che abbia visto in vita mia. Non marrone scuro, cioè quegli occhi scuri che si schiariscono quando vengono colpiti dalla luce, come se questa togliesse loro una mano di vernice, ma totalmente neri. E un po' infossati, come laghi tra le montagne. Non si depila la zona tra le sopracciglia né le sopracciglia, non ne ha bisogno, la sua bellezza sovrasta tutto. Mi imbarazza sapere meglio di lei che suo padre non le voleva bene, e non può neanche immaginare che mi fa pena. I corpi servono solo ad alimentare sentimenti e pensieri, e i pensieri sono porte che si aprono ad altri pensieri e in definitiva tutto è pensare, pensare e pensare. Anabel guarda la scatola che deposito sul tavolo ovale delle riunioni. Non so quanti sforzi le sia costato chiedermi se credo che suo padre fosse felice. Ha una voce un po' maschile, il che le conferisce una certa estraneità, come se fosse un essere venuto da un posto nascosto dietro a montagne molto lontane, e forse questa sua peculiarità ha contribuito al fatto che suo padre non riuscisse a sentirla vicina.

Le rispondo di sì con decisione, che era un uomo molto felice. Ríos annuisce. Il presidente è raggiante e deve sforzarsi per non scoppiare dalla gioia. Anabel si avvicina alla scatola e inizia a estrarne il contenuto: un collare per la cervicale, che suo padre non usava mai, foto incorniciate, una pipa, tabacco da pipa – anche se non ho mai visto Trenas fumare la pipa –, cassette di musica classica, vari CD di storia universale, agende su cui segnava gli appuntamenti con i medici e le riunioni di lavoro, romanzi con dediche degli autori, posaceneri di vetro di Murano ancora avvolti nella carta, probabilmente regali di Natale della stessa azienda, portachiavi, set di penna a sfera e stilografica e altri oggetti del genere. Anabel li prende, li guarda brevemente e li poggia sul tavolo. Ríos osserva ciascuno dei suoi movimenti come se fosse un'opera d'arte e credo che si dimentichi che ci sono anch'io. Alla fine Anabel parla.

«Non so che farmene di queste cose. Sono importanti questi documenti?» chiede riferendosi alle cartelline con la corrispondenza e altre carte che mi sono premurata di registrare su floppy disk.

«No, a dire il vero no», rispondo.

«Quando penso a mio padre, a volte lo vedo del tutto soddisfatto della vita e a volte come una persona a cui mancava qualcosa, la cosa più importante. Non lo so...» dice dubbiosa con voce profonda e allo stesso tempo insicura.

«Era una persona meravigliosa ed era felice», insisto sistemando di nuovo nella scatola quello che ha sparpagliato sul tavolo. «Gli volevamo tutti bene. Gliene vogliamo ancora. E lui amava molto la sua famiglia.»

Lei mi guarda con gratitudine e cautela allo stesso tempo. Ha imparato dolorosamente che noi esseri umani siamo volubili e che ora diciamo una cosa e subito dopo un'altra e che non si può essere sicuri di niente.

Quando torno al mio posto, di nuovo con la scatola tra le mani, penso di aver ecceduto nel mio tentativo di tranquillizzare quella creatura, a cui raccomanderei di tornare alla sua vita normale e di dimenticare tutto. Io so la verità, e la sa anche Emilio Ríos. Trenas, almeno quando l'ho conosciuto io, non era felice, si vedeva costretto a fingere e a condurre una vita assurda e le persone che lo circondavano lo hanno tradito – me compresa –, e alla fine si è sentito obbligato a togliersi di mezzo. Non ho detto la verità per compassione verso sua figlia, ma soprattutto per compassione verso Trenas. La mia infanzia è stata avvolta dalle bugie: i re magi, le principesse e i principi, le casette di cioccolata, i folletti e i giganti, le cucinine senza fuoco, i lavandini senz'acqua; quando ricoveravano mia madre mi dicevano che si stava riposando alle terme e quando mio padre era triste e disperato mi diceva che aveva mal di denti. Non mi accorgevo di niente, anche se a volte la verità filtrava tra le fessure come il riflesso di un coltello terribilmente affilato. A quel punto anch'io sparavo bugie a raffica finché un giorno, intorno ai tredici anni, quando era già piuttosto difficile che qualcuno riuscisse a ingannarmi, decisi di non mentire e di non masturbarmi mai più. E mi trasformai in una ragazza strana.

Oggi ho infranto questa regola e sono tornata a dire una bugia pietosa, cioè che il padre di Anabel era felice. Per fortuna è arrivato un momento nella conversazione in cui sono finite le domande e le bugie, in cui ho raccolto quegli oggetti che nessuno vuole, in cui non mi è rimasto più niente da fare lì e mi sono congedata. Emilio Ríos mi ha ringraziato, mi sono diretta verso la porta e loro verso le poltrone che sono accanto alla scrivania.

«Siediti, per favore», ha chiesto Ríos ad Anabel. «Devi sapere che questi sono momenti duri.»

Porto con me queste ultime parole, e anche l'immagine di Anabel, i suoi capelli neri e lisci, che la luce ha cosparso di perle.

Vicky ha portato in bagno un catalogo del Corte Inglés con copriletti e tende in pendant e con accappatoi e asciugamani coordinati. Ci sediamo a sfogliarlo sul davanzale della finestra. La luce intensifica i colori, li rende irresistibili.

«Lo voglio così, tutto abbinato, costi quel che costi», dice con la sua voce piena di interferenze.

Ma la cenere della sigaretta di Vicky ci cade sopra e quando la sposta con il dorso della mano è come se le lenzuola e gli asciugamani fossero già sporchi. Nel frattempo le racconto di Anabel, di quanto è bella, del successo che deve avere con gli uomini, e del fatto che comunque non sembra dare importanza a queste cose. La storia di Anabel a Vicky non interessa e, se Vicky ha una caratteristica, è che non fa assolutamente caso a quello che non le interessa. Ha l'aria assente di chi cerca sempre di ricordare qualcosa.

Dice che vuole una placca dorata sulla porta nera d'ingresso della sua casa inventata, con il suo nome e quello del figlio, e che dai soffitti alti pendano i lampadari di cristallo che ha visto dagli antiquari al Rastro. Vuole molte altre cose, anche se più di tutto vuole che la cucina sia immensa e che al centro ci sia quella che gli arredatori chiamano un'isola per cucinare. Le dico che mi dà l'idea di non essere una patita dei fornelli.

«Tu non sai niente di me. Non crederti tanto furba. Passerei la giornata a tagliare carote e sedano sull'isola, ma nella mia cucina attuale sembra che sia tutto marcio.»

La verità è che invidio la sua voglia, la sua costanza, la sua capacità di mantenere vivo un desiderio che un altro avrebbe dimenticato in cinque minuti. Non mi azzardo a chiederle se è riuscita a ricordare qualcosa di quello che è successo in quell'anno buio di Navacerrada. Le chiedo invece se darà un nome alla casa. Sorride.

«Villa Victoria», risponde. «Ho già ordinato la targa.»

Ho la certezza che Sebastián Trenas abbia accettato il mio sincero pentimento e mi abbia perdonato dall'aldilà quando ricevo la telefonata dei fratelli Dorado che mi propongono di continuare a lavorare con loro. È un sollievo non dover uscire dalla Torre di Vetro e tornare alla realtà, con i piedi per terra. I fratelli Dorado si sistemano nell'ufficio del mio vecchio capo e bisogna eliminare la sua grande scrivania di mogano, su cui tante volte ho visto riposare la sua mano a cuscinone e il giornale destrutturato, per mettercene due un po' più piccole. Alexandro e Jano appartengono a una generazione di nomi strani che hanno sostituito i tradizionali Lola, Vicente e Pepe, un fenomeno che ha cominciato a diffondersi alla fine della transizione dalla dittatura alla democrazia e che si potrebbe interpretare come una forma di rottura con il passato.

All'inizio li confondevo, anche se in realtà uno è più alto dell'altro, uno è più moro dell'altro e uno porta sempre la barba di due giorni e l'altro no. Ma soprattutto Jano ha sempre le occhiaie che gli fanno sprofondare lo sguardo e glielo oscurano, e grazie a questo sguardo non sembra del tutto un bambino.

La prima volta che ci riuniamo in quello che è ormai il loro ufficio mi accorgo di come i loro quattro occhi mi dissezionino con freddezza. Fanno sì che percepisca con forza i miei veri capelli, i fianchi larghi e le ginocchia un po' grosse, le unghie, le scarpe e le zone che non ho depilato. Ma subito mi comunicano l'idea che formiamo una squadra dove ci diamo del tu e ognuno svolge le sue mansioni, alcuni con più responsabilità di altri, senza nessun culto della personalità. Eppure non posso evitare di essere invasa da una grande nostalgia per Sebastián Trenas. Hanno all'incirca la mia età, anche se fuori sembrano più giovani e dentro più vecchi di me.

«Mettiamo sottosopra quest'azienda», dice Alexandro. Porta una cintura di pelle di pitone che conferisce alla sua persona un effetto kitsch che si direbbe molto studiato. Niente in loro è spontaneo, anche se a volte producono un certo effetto di spontaneità. E questo mi porta a pensare che nella maggior parte dei casi la spontaneità si ottenga a prezzo di grandi sforzi, perché non è una qualità naturale. In generale, la spontaneità autentica è insopportabile.

«Vogliamo essere sicuri di poter contare su di te al cento per cento», dice Jano.

«È finita l'epoca delle sciocchezze», aggiunge Alexandro.

«Adesso ci mettiamo a lavorare. Entrerai in un mondo nuovo», conclude Jano.

Non hanno bisogno di guardarsi per parlare, sembra che si mettano d'accordo mentalmente su ciò che devono dire e fare. E questo comportamento sarà d'ora in avanti una costante. I loro cervelli sono connessi come due computer, le frasi dell'uno e dell'altro si alternano componendo un unico discorso. Funzionano come un essere solo e nessuno si è meravigliato che si siano fatti carico congiuntamente della vicepresidenza e che occupino un solo ufficio. È encomiabile che riescano a passare tanto tempo l'uno accanto all'altro. Smette di preoccuparmi il modo in cui mi analizzano quando capisco che con il mondo hanno un rapporto funzionale, e a quanto pare anche tra di loro e naturalmente con me. Dentro di me li giudico esseri di ultima generazione, perché mentre noialtri facciamo un grande sforzo per capire la vita o semplicemente ci rassegniamo a non capire niente, loro sanno come vanno le cose, come si legano e si sciolgono gli avvenimenti, proprio come un cane sa che il suo padrone è morto o che qualcuno si avvicina alla sua casa. Possiedono la logica interna dell'accadere, e per loro il caso è qualcosa di simile alla superstizione. Non esiste il caso, esiste solo l'ignoranza dell'intricata complessità con cui tutto si relaziona. Diciamo che loro due sono un tutt'uno con la Torre di Vetro e che il loro modo di pensare e di sentire riprende il modo di pensare e di sentire della Torre. Senza volerlo, inviano al mondo sotterraneo della mia mente l'idea che la Torre di Vetro si comporti come un edificio al plasma, tipo il pianeta Solaris, e che Alexandro e Jano un giorno siano sorti da questo plasma con la loro forma attuale, vestiti, istruiti, con una biografia, addestrati come soldati. Pure il loro padre, un eterno giovane vecchio, sempre con il foulard di seta al collo, forma parte di questo plasma. Anche se a volte mi chiedo se non sarà che loro siano reali e io un miraggio al plasma.

La loro compenetrazione è incredibile, sono un balletto di idee. E le idee sono come particelle o molecole che si assemblano gradualmente le une con le altre fino a formare nuovi progetti, nuove possibilità di espansione dell'azienda, la cui base è la flessibilità o, meglio, la malleabilità. Il loro mantra è «Tutto deve cambiare», che sostituisce il tradizionale «Tutto può cambiare». Questo è il concetto che cercano d'introdurre nella mentalità del consiglio d'amministrazione e, soprattutto, di Emilio Ríos. Bisogna smettere di essere un blocco di marmo che naviga verso qualche luogo, cosa che ci fa sentire bloccati e rigidi e ci fa spendere enormi quantità di energia per muoverci. È necessario cambiare senza spostarsi, cambiare restando sé stessi, non bisogna andare verso le aziende, ma fare in modo che le aziende vengano verso di noi, e noi dobbiamo inghiottirle, assorbirle e modificarci con esse. Non dobbiamo impegnarci nel cercare clienti per un determinato prodotto, ma cercare prodotti per soddisfare i clienti che abbiamo già. Emilio Ríos non sa cosa pensare. E al posto suo io non saprei neanche cosa fare. Non so perché in questi momenti ho l'impressione che esista qualcuno che, se lo volesse, potrebbe far scomparire questo edificio con tutti noi dentro, semplicemente mettendo un dito sulla bolla. Un dito grande e un po' schiacciato come le dita di Trenas.

Ríos osserva Alexandro e Jano, li guarda e li riguarda con occhi da innamorato. «Avanti», dice.

Sotto la direzione di Alexandro e Jano si genera un volume di lavoro tale che bisogna risistemare tutto il diciannovesimo piano e si progetta la costruzione della Torre di Vetro II. Il diciannovesimo piano si è trasformato nel generatore della Torre, nel suo cuore, nell'organo creatore. E adesso ho l'impressione di essere più lontana da terra rispetto a prima. Mi sembra di vivere in una colonia lunare o su una piattaforma spaziale, e ogni volta vedo le persone e le macchine più piccole e più inoffensive, grandi come giocattoli. Quando, raramente, atterro per strada provo subito il desiderio di elevarmi di nuovo. Sono dimagrita un po' e cerco di adattarmi ai nuovi vicepresidenti, ma mi ci vorrà tempo. Non fumano, non bevono, curano l'alimentazione e fanno molto sport, alcuni loro muscoli risaltano leggermente sotto le camicie e i pantaloni. A parte rare occasioni, portano sempre scarpe da ginnastica rovinate e jeans. Se mio padre li vedesse non riuscirebbe a credere che è grazie a loro che ci aumentano lo stipendio e che, secondo le voci che circolano, Emilio Ríos si è comprato un'isola e uno yatch per raggiungerla.

Il padre li ammira profondamente e fa loro visita di tanto in tanto, anche se, siccome i figli non possono riceverlo perché sono molto occupati, di solito si siede nel mio semiufficio o fa un giro per quello che continuo a chiamare labirinto nonostante non abbia affatto l'aspetto di un labirinto, parlando con questo e quell'altro. È in pensione, deve avere tra i settantacinque e gli ottant'anni ed è molto magro e gioviale. Porta completi a doppio petto preferibilmente blu mare e al posto della cravatta indossa foulard di seta. Che buffone, penso, quando lo vedo con il foulard al collo che racconta barzellette, finché un giorno, seduto di fronte a me, resta a guardarmi con tristezza o stanchezza, come se mi leggesse nel pensiero, e mi chiede cosa penso di lui. Gli rispondo che non penso niente in particolare, infastidita da una domanda così diretta.

«Mi piacerebbe raccontarti una cosa», dice.

Da come mi guarda, mi sa che ho assunto un'espressione diffidente.

«È la storia di come Jano e Alexandro sono arrivati a essere figli miei.»

«Non so se a loro farà piacere che io lo sappia.»

«Quando arriverai alla mia età capirai che è ridicolo portarsi le storie nella tomba.»

Il dottor Dorado ha voglia di parlare, e se ha voglia di parlare non c'è nessuno che possa fermarlo. Perciò mi dispongo a guardare dal buco della serratura con un po' di paura.

Circa trent'anni fa il dottor Dorado aveva cinquant'anni ed era un chirurgo plastico di una certa fama. Era scapolo. E aveva due studi, uno per i ricchi, cui dedicava la maggior parte del tempo, e uno per i poveri, cui dedicava i fine settimana e le vacanze. Allora non esistevano le ONG, né Medici senza frontiere, né Medici del mondo, e bisognava fare ricorso alla carità per alleviare le sofferenze altrui. Naturalmente i clienti della clinica di lusso, situata in una delle zone più belle di Madrid, sulla cui facciata spuntava una tenda che le dava l'aria di un alberghetto, non avevano neanche idea dell'altra attività del dottore, né dovevano averla, perché li avrebbe disgustati che qualcuno non pagasse niente o molto poco per quello per cui loro, per la maggior parte donne, pagavano tanto. Lo studio economico, per così dire, era lontanissimo dall'altro, in uno dei quartieri più depressi della periferia, e i pazienti poveri approdavano alla clinica di lusso solo per essere operati. Erano persone che avevano bisogno di quelle operazioni: pazienti che avevano subito ustioni o erano affetti da malformazioni, che non potevano permettersi un intervento di chirurgia plastica. Nessuno avrebbe sospettato che il dottor Dorado passasse le vacanze a lavorare gratis. Vedendolo con il suo solito foulard di seta al collo, che spuntava ad arte dalla camicia, giacche blu mare e occhiali da sole, era più facile immaginarlo su uno yacht che in una sala operatoria. Era senz'altro una sensazione gradevole per i clienti ricchi, pensare che essere ricoverati nella sua clinica fosse quasi come andare in vacanza.

Un giorno allo studio economico si presentò una ragazza

di ventidue anni con mezza faccia ustionata per un incidente che aveva avuto da bambina. Si chiamava Aurora e si mostrava un po' diffidente nei confronti del mondo perché la sua vita era molto dura. Aveva due figli, uno di un anno e un altro appena nato, di nome Jano e Alexandro, il cui padre un giorno aveva dimenticato di tornare a casa. Il dottore pensò che sarebbe stata una grande ingiustizia non fare niente per lei. Così studiò il suo caso e la informò che avrebbe potuto sottoporsi a varie operazioni. Lei accettò entusiasta e iniziarono le visite preparatorie alla clinica di lusso. A volte non poteva far altro che andarci con i bambini perché non aveva nessuno a cui lasciarli, e al dottore dispiaceva che tornassero a casa vagando per metropolitane e autobus. Perciò chiedeva loro di aspettarlo e li accompagnava con la sua decappottabile. Un giorno Aurora gli propose di restare a cena nella sua umile casa e poi fecero l'amore. Lui lo fece più che altro per non ferire la sensibilità della ragazza, perché non pensasse che non gli piaceva, ma uscì di lì innamorato. E ogni giorno s'innamorava sempre di più e sarebbe rimasto con lei e la sua faccia ustionata tutta la vita, non gli importava affatto. Per dimostrarglielo le chiese di sposarlo.

Aurora fu sincera, gli confessò che gli voleva bene ma non lo amava appassionatamente, e anche che ormai non si aspettava di conoscere un uomo migliore di lui. Si sposarono e formarono una famiglia. Il dottore era più felice di quanto avesse mai immaginato di poter essere. I suoi amici non si capacitavano che fosse così innamorato di quel mostro. Niente gli sembrava abbastanza per i suoi nuovi figli. Aurora, però, non pensava ad altro che all'operazione. Subì tre interventi e diventò bellissima, anche se non perse mai l'abitudine di spostarsi i capelli sul lato destro del viso. Era quasi pazza di felicità. Il dottore, invece, intuì di aver appena perso qualcosa. Aurora voleva recuperare il tempo perduto e passava tutto il giorno in giro. Quasi non vedeva i suoi figli, che erano sempre affidati alle cure di una bambinaia. Quando erano tutti insieme, si mostrava sempre distratta, con la mente altrove, rifuggiva i rapporti sessuali con il marito o vi si sottoponeva meccanicamente. Talvolta non tornava neppure a dormire. Lui era così sconvolto da quel comportamento che temeva di perdere il controllo e di commettere qualche errore sul lavoro. Non avrebbe mai immaginato che il vero amore fosse così crudele.

Un giorno Aurora conobbe un mercante d'arte e decise di partire con lui per girare il mondo. Disse al marito che quella vita l'affascinava, che non poteva farsi carico dei bambini – che all'epoca avevano tre e quattro anni – e che un giorno sarebbe tornata. Ma non tornò e non si ebbero mai più sue notizie. Lui si gettò nel lavoro e a poco a poco recuperò la tranquillità, anche se non riuscì a dimenticare Aurora. Conservò sempre la piccola speranza che prima o poi potesse ricomparire, confidava che avesse almeno la curiosità di vedere come crescevano i suoi figli. Jano e Alexandro impararono a prendersi cura l'uno dell'altro, a divertirsi insieme, a pensare insieme. Studiarono insieme e, quando arrivò il momento, si misero a lavorare insieme.

Vari anni dopo l'abbandono di Aurora, a una festa in un'ambasciata, il dottor Dorado riconobbe tra gli invitati il mercante d'arte. Ebbe un tuffo al cuore spaventoso e dovette appoggiarsi al muro. Osservò la donna che lo accompagnava. Gli dava le spalle, per cui dovette fare il giro della sala con le gambe molli per guardarla in volto. A quel punto mise in moto un rapido esercizio mentale sovrapponendo al viso giovane di Aurora il viso maturo che aveva davanti. Desiderava con tutta l'anima che fosse lei. Desiderava parlarle dei suoi figli e sapere cosa aveva fatto in tutti quegli anni. Era passato così tanto tempo che né le recriminazioni né il rancore avevano ormai più senso. Ma, per quanto fosse cambiata, quella donna non poteva essere Aurora. Purtroppo non era lei. Così il dottor Dorado si avvicinò al mercante e si presentò. L'inizio della conversazione fu piuttosto sgradevole, perché dovette rinfrescargli la memoria su Aurora.

«Quella ragazza...» disse il mercante, che aveva due terribili solchi sulla faccia, come punzonati nel cuoio.

Spiegò che erano stati insieme sei mesi e che poi, un bel giorno, era scomparsa. L'aveva cercata dappertutto, ma non l'aveva trovata, come se la terra l'avesse inghiottita. Aveva denunciato il fatto alla polizia e la polizia aveva scoperto che a qualcuno dell'albergo dove alloggiavano, a Venezia, era sembrato di vederla con un uomo sulla quarantina, moro e di statura media, mentre parlavano al bar e che poi, secondo i testimoni, erano andati via insieme. Il mercante aveva immaginato di essere stato sostituito con un altro uomo e non aveva voluto sapere più niente della faccenda. Detto questo, distolse lo sguardo dal dottor Dorado e diede per conclusa la conversazione.

Il dottore era insospettito dal mercante, dai suoi solchi sul viso e dallo sguardo losco. E provava un grande turbamento per la sorte a cui poteva essere andata incontro Aurora. Decise di chiudere i due studi e di prendersi le prime vacanze della sua vita. Avrebbe portato i figli a vedere Venezia. Una volta lì parlò con la polizia e gli agenti gli dissero che poteva trattarsi di una delle ragazze che tutti gli anni vengono ritrovate morte nei canali, di cui nessuno reclama il corpo. Essendo passato tanto tempo era impossibile sapere se Aurora potesse essere una di loro. Lui, però, non si diede per vinto e continuò a indagare. Ogni traccia di lei finiva a Venezia, quando Aurora aveva venticinque anni. Era sicuro che il mercante sapesse la verità e che l'avrebbe portata con sé nella tomba.

Al dottore tutti quegli anni passati senza sapere niente di lei pesavano terribilmente, voleva conservare l'illusione che fosse viva in qualche parte del pianeta, ma gli era impossibile prendersi in giro fino a quel punto e iniziò a sentirsi in colpa. Se non le avesse rimesso a posto la faccia, adesso sarebbe stata viva, magari con lui e i suoi figli, e non riusciva a togliersi dalla testa questo pensiero. Naturalmente tenne Alexandro e Jano fuori dalla tragedia. Fin quando un giorno uno di loro, per errore, aprì una busta imbottita indirizzata al padre dall'Interpol, nella quale lo si informava del fatto che, se avesse riconosciuto gli anelli, l'orologio e gli orecchini che comparivano nella fotografia, avrebbe potuto avere la certezza che sua moglie era morta investita da un'automobile in una strada di Venezia nel 1975. Nell'ospedale in cui fu ricoverata in coma profondo non riuscirono a individuare nessun congiunto perché la donna non aveva con sé alcun documento. Nessuno chiese di lei in ospedale. In altre parole, quel disgraziato del mercante si disinteressò della scomparsa della povera Aurora, che morì una settimana dopo il ricovero.

Il padre si vide costretto a raccontare ad Alexandro e Jano ciò che era successo, ma non rivelò il nome del mercante che si era comportato in modo così disumano con la loro madre, perché non voleva alimentare nei figli l'odio e il rancore.

Mi chiedo se il dottor Dorado ci sarà riuscito, se sarà stato capace di liberarli per sempre dall'odio e dal rancore.

CONRADO

È passato un anno dalla morte di Trenas – anche se si direbbe che ne sono passati mille – quando suo figlio Conrado ci viene a trovare. L'ho visto una volta sola in vita mia, al funerale del padre, nascosto dietro un paio di occhiali scuri. Mi era sembrato biondino, anche se il sole brillava con un'intensità tale che sembravamo tutti un po' biondi, e dava l'impressione di non portare la giacca molto spesso, almeno quel tipo di giacca austera ed elegante, che mi era sembrato di riconoscere come uno dei capi del defunto vicepresidente – cosa che mi aveva portato a immaginare con una certa dose di realismo che, essendo arrivato dagli Stati Uniti senza niente di appropriato da indossare per il funerale, la madre lo avesse convinto che il padre sarebbe stato molto orgoglioso se si fosse messo una delle sue giacche. Chi meglio del figlio può indossare una giacca del padre al funerale di quest'ultimo? Se era andata veramente così, si potevano capire la sua rigidità e il suo disagio, uniti al dolore, durante tutta la cerimonia. Fino a quel momento avevo pensato che passarsi i vestiti di padre in figlio fosse un'abitudine di persone del livello sociale della mia famiglia, gente abituata a sfruttare tutto al massimo e a usarlo in continuazione fino alla fine dei tempi. A parte quello che ho visto io stessa, di Conrado so anche, per bocca di suo padre, che è coraggioso e non si perde in chiacchiere quando qualcuno lo infastidisce. Oggi quest'immagine si completa.

In seguito alla risistemazione del labirinto, non occupo più il cubicolo di prima, ma uno più grande e praticamente chiuso, fatta eccezione per il lato superiore, con vetri smerigliati che dall'esterno producono l'impressione che la persona che è dentro sia sempre sotto la doccia. Oggi, un giorno ai primi di aprile, con qualche nuvola grigia sparsa nel cielo all'altezza del mio sguardo, qualcuno bussa al mio vetro smerigliato e, prima che io possa dire qualcosa, un ragazzo alto e forte con uno zaino in spalla apre la porta. Appena lo vedo, riconosco in lui le mani grandi dalle dita leggermente schiacciate e la robustezza del mio vecchio capo, anche se in questo caso non inerme e inutile, ma attiva e indurita dalla costante attività sportiva. Quello dei capelli biondi era un falso ricordo perché sono castani, lisci e corti, senz'altro molto curati per contrastare la minaccia dell'imminente perdita. Lo considero della stessa razza dei miei capi attuali, dirigenti nati, proprio come ci sono eterni studenti ed eterni hippie. Anche lui indossa vestiti tra il costoso e il trasandato e porta uno zainetto al posto della ventiquattrore. Lancia un'occhiata intorno a sé con scioltezza, in un modo che lascia chiaramente intendere che tra pannelli, computer, telefoni e impiegati che vanno e vengono, contribuendo a un compito collettivo che nessuno capisce, si sente come a casa. Chiude la porta e si presenta.

«Sono Conrado Trenas.»

Gli dico, esagerando un po', che ancora penso a suo padre tutti i giorni e che, anche se il suo ufficio è piuttosto diverso, molte volte entrandovi ho la sensazione che me lo ritroverò davanti. Aggiungo che suo padre era una persona straordinaria, quello che si dice un signore, e che è stato un peccato che sia successo quello che è successo; non voglio usare né la parola morte né i verbi «morire» o «venire a mancare». Lo invito ad accomodarsi. E lui si siede con la stessa disinvoltura con cui si guarda intorno. Se ne frega degli uffici altrui, sa il fatto suo. Continuando a fare il paragone con suo padre, senza volerlo, lo sguardo mi cade sulla zona dei genitali, e mi ritrovo davanti un monticello perfetto tra le cosce. Credo che Conrado sia ciò che suo padre non ha avuto il coraggio di essere. Dice che dal funerale non è tornato in Spagna e che sentiva di avere qualcosa in sospeso: venire in ufficio e parlare con la gente con cui suo padre lavorava. Sua sorella gli ha detto che qui ci sono ancora alcune cose che gli appartenevano.

Il fatto che io non reagisca immediatamente, che mi fermi a pensare a cosa potrebbe riferirsi, gli fa esclamare: «Non ti preoccupare, forse le hai buttate, non importa».

Lo colloco mentalmente in una delle riunioni del nostro consiglio d'amministrazione. Sarebbe un carrarmato, ha tutte le qualità per dominare: fiducia in sé stesso, impermeabilità, una certa durezza nei suoi bei tratti, obiettivi chiari. E, oltre a tutto questo, un fondo di supplica nella voce, che non lascerebbe mai affiorare durante una riunione, ma che io colgo qui e ora quando nomina suo padre.

«È una scatola e l'ho tenuta da parte, non ho avuto il coraggio di buttarla. Fammi ricordare», dico.

Accenna un sorriso. Gli ispiro fiducia o, per meglio dire, gli sembro inoffensiva: appartengo al mondo del padre, non al suo. Non sarò mai un'avversaria per lui, non saremo mai sullo stesso campo di battaglia, e può lasciarsi andare.

Mi alzo e inizio a cercare la scatola negli armadi, finché alla fine mi ricordo.

«Credo che sia ancora nel suo ufficio. Se i nuovi vicepresidenti non l'hanno buttata, deve essere lì.»

Il fatto che usi il plurale lo induce a guardare vagamente verso sinistra, come cercando l'immagine che si accompagni a questa parola, ma non fa alcun commento. Gli chiedo di attendermi un attimo. Lui, però, si alza intenzionato a seguirmi.

«Mi piacerebbe vedere l'ufficio», dice con determinazione.

«In realtà ormai l'ufficio è diverso, è stato cambiato l'arredamento, prima predominava il legno e adesso l'acrilico e i toni grigi e rossi. Insomma, lì dentro non troverai tuo padre. Tra l'altro staranno lavorando e non so se...»

Conrado mi ascolta molto attentamente, con grande serietà, quasi mi innamoro di lui.

«Ci vorrà solo un attimo», dice mettendosi in marcia.

Suo padre aveva ragione, non si assomigliano affatto anche se si assomigliano un bel po'. È come se il figlio avesse sviluppato tutta la potenza e i desideri del padre. Sono io a seguirlo, guidandolo a voce. Ogni suo passo equivale a due miei. E quando arriviamo davanti alla porta gli chiedo per favore di aspettare un secondo perché io possa avvertire i miei capi. Non dice niente, si limita a fare ciò che gli dico, anche se ormai so già che non accetta i consigli di nessuno e fa quello che vuole. Chiudo la porta dietro di me cercando di ordinare ciò che devo dire e sapendo che in ogni caso risulterà molto confuso. Uno: il figlio di Sebastián Trenas è qui e aspetta fuori dall'ufficio. Due: in questo ufficio c'è una scatola con gli effetti personali di suo padre, che devo cercare. Tre: il figlio vuole la scatola e vuole anche vedere l'ufficio.

Vedendomi alzano la testa da alcune piantine che stanno esaminando. Mi accomodo assumendo una posizione che lascia trapelare la mia concitazione, ovvero sedendomi sul bordo della sedia, e recito con sufficiente chiarezza i tre punti, ma come temevo mi osservano confusi; le loro menti sono preparate per discorsi espressamente complessi, per faccende intricate, criptiche, ma sempre dentro una logica. Per fortuna o per sfortuna, prima che mi imbarchi in ulteriori spiegazioni, si apre la porta. Alexandro e Jano spostano lo sguardo verso quella direzione e lo faccio anch'io. Essendo seduti, vediamo la figura di Conrado più grande di quella che è, quasi come se venisse ripreso dal basso sulla soglia della porta. Alexandro e Jano si contraggono in attesa di saltare sul nuovo arrivato.

«È Conrado Trenas, il figlio di Sebastián Trenas», dico alzandomi in piedi perché la situazione sia meno squilibrata.

Gli altri due non muovono un muscolo, sembrano una fotografia istantanea. Conrado avanza con lo zaino in spalla. Lo guardano fisso, troppo fisso e troppo brevemente, e non sembrano infastiditi dall'interruzione. Senz'altro succede qualcosa di strano.

«Scusa», dice Alexandro. «Per un attimo mi sei sembrato...»

«Anche a me», aggiunge Jano, a cui le occhiaie violacee si sono raggrinzite in due stelle.

Conrado si siede, capisce l'impatto che provoca e che hanno dimenticato di invitarlo ad accomodarsi. Allunga le sue già lunghe gambe e incrocia i piedi. Le scarpe da ginnastica grigie formano una farfalla gigante davvero brutta.

«Ti ho visto l'altro giorno su "Man"», dice uno dei due con un'ammirazione sconfinata.

«Ti presento il creativo del mondo di Coca-Cola», dice Alexandro rivolgendosi a me, ma in realtà rivolgendosi allo stesso Conrado, il che non m'impedisce di rimanere a bocca aperta davanti alla notizia.

Allora Conrado stira il busto e stira le braccia sulla testa restando qualche secondo come se stesse prendendo il sole. Alexandro e Jano approfittano del momento per studiarlo dalla testa ai piedi con lo sguardo: taglio di capelli piuttosto comune, maglione, giubbotto in completo contrasto con i pantaloni, scarpe da ginnastica senza marca visibile, orologio in titanio multifunzione. Cercano di leggere la marca, ma non ci riescono.

«Mio padre lavorava qui?»

«Già», risponde Alexandro passandosi le dita sulla barbetta perenne di due giorni. «La sua scrivania era lì e in generale il suo stile era più scuro, più sobrio, più in consonanza con lui.»

Conrado lo osserva con le pupille dure, ho la vaga impressione che queste parole non gli abbiano fatto molto piacere. Credo che il figlio di Trenas abbia un sesto senso e che all'improvviso gli sia venuta l'illuminazione di tutto quello che è successo, come quei veggenti che sono capaci di arrivare alla verità attraverso un luogo, un vestito o un oggetto della vittima. Qui la vittima è suo padre. Si avvicina al finestrone e si mette a guardare il panorama come era solito fare lui. Ha iniziato a piovigginare, una pioggia primaverile, e io comincio a cercare la scatola negli armadi. Desidero che compaia, lo desidero con tutte le mie forze, non so perché. Sento Conrado che si scusa per averli interrotti, anche se il suo tono non risulta mortificato; sa perfettamente che lui è il re e che loro sono sudditi e stanno vivendo un sogno grazie alla visita inaspettata di questo re. Gli chiedono di cenare con loro e lui accetta. Dice che rimarrà in Spagna quindici giorni e che sono le sue prime vacanze da due anni a questa parte.

Loro commentano che è stata un'enorme sorpresa venire a sapere che è il figlio di Sebastián Trenas.

«Così è la vita», dice Conrado. «Una sorpresa dietro l'altra.»

«Eccola!» esclamo, forse con un eccesso di allegria, con la scatola tra le mani.

Conrado si gira, si avvicina e la apre. Ne contempla l'interno caotico.

«Questo è tutto?» chiede.

«C'erano anche dei documenti, parecchi documenti, che ho distrutto seguendo le istruzioni di tua sorella.»

«Capisco», dice lui, che è abituato a non credere a tutto. Io rimetto la scatola al suo posto.

Quando se ne va, i fratelli Dorado lo accompagnano agli ascensori. A causa del loro aspetto da adolescenti nessun estraneo sospetterebbe che controllano il mondo. Si congedano senza le tipiche strette di mano vigorose e dopo un po' i miei capi si avvicinano al mio semiufficio. Ne intravedo le figure dietro i vetri smerigliati. Sono macchie di diversi colori che diventano sempre più grandi, finché aprono la porta e le macchie si riuniscono e si articolano formando Alexandro e Jano. Hanno un luccichio allegro nello sguardo, sono eccitati.

«Sapevi che il nuovo cervello di Coca-Cola era suo figlio?» mi chiedono.

Nessuno lo sapeva, nessuno li aveva collegati, per il semplice fatto che Conrado è diventato famoso nel mondo degli affari subito dopo la morte di suo padre. È stato allora che ha iniziato a raccogliere i frutti di un lavoro che aveva cominciato due anni prima.

Il successo iniziò con un'intervista che gli fecero in un programma televisivo americano del mattino dedicato alla scoperta di nuovi talenti. Si mostrò così brillante, deciso e sicuro di sé che il conduttore della rubrica confessò che erano vent'anni che non si trovava davanti a una personalità così coinvolgente. A quel punto Conrado, invece di ringraziarlo, lo guardò con grande serietà e gli disse di non dire sciocchezze, il che lasciò esterrefatto il giornalista, che dopo la trasmissione gli chiese un appuntamento. Conrado glielo negò e questo lo mise in una situazione difficile a causa del grande potere del giornalista, che era abituato a fare e disfare giovani talenti. Il presentatore, però, non aveva messo in conto che il pubblico avesse sentito Conrado umiliarlo e che poi varie persone fossero state testimoni del rifiuto di rivederlo, perciò, nel tempo che Conrado ci mise per attraversare di nuovo gli studi televisivi e uscire, era già nata la sua leggenda.

Il presentatore suscitava molte simpatie e anche molte antipatie, tra cui quella del presidente di Coca-Cola, che aveva l'abitudine di irritarsi davanti al suo programma mentre faceva colazione, cosa che gli era molto utile per affrontare la giornata. Così, quando sentì il commento di quel ragazzo che rimetteva al suo posto il tizio più stupido del mondo, si identificò con lui, si sentì legato a lui. Ne parlò con i suoi più stretti collaboratori. Questi sapevano già tutto e lo misero al corrente del fatto che quel giovanotto aveva anche risposto picche al giornalista. Il presidente di Coca-Cola disse che voleva conoscerlo.

Due giorni dopo aveva di fronte a sé Conrado Trenas, che probabilmente era consapevole di quanto fosse decisivo quel momento, perché a seconda dell'impressione che avrebbe fatto avrebbe potuto avere tutto o niente, e questo avrebbe innervosito chiunque, compreso lo stesso presidente della multinazionale, che rimase a guardarlo per un istante aspettandosi una reazione da parte sua.

Allora Conrado disse, come chi prende possesso del posto che gli spetta: «Bene, sono qui».

E lui gli rispose: «Benvenuto».

Subito dopo aver assunto Conrado e averne fatto il suo braccio destro, il presidente smise di guardare la televisione al mattino. Si potrebbe dire che aveva guardato quella rubrica ogni giorno con profondo disprezzo solo per scoprire a un certo punto Conrado. E questo mi fa pensare che non ci sia stato niente di casuale nella catena di avvenimenti che hanno portato Conrado a un punto in cui tutti volevano conoscerlo, proporgli un colloquio, lavorare con lui, osservarlo ed emularlo. Anche se so che sembra folle, avverto lo spirito di suo padre che metteva insieme ogni cosa.

Non appena i miei capi attuali mi informano di questa storia, non posso evitare di immaginare lo spirito del defunto Trenas che attraversa l'Atlantico per proteggere il figlio. Me lo immagino che cerca la casa del presidente di Coca-Cola e si introduce nella sua testa affinché non possa evitare di guardare la televisione durante la colazione. E poi che inserisce il nome di Conrado nella lista degli invitati al programma, che s'insinua nella testa del giornalista e lo costringe a posare lo sguardo su quel nome e a sentire la necessità impellente di invitarlo, e infine che inocula nell'organismo di Conrado una luce per illuminarlo e trasformarlo in un essere speciale.

Senza che ci possa fare niente, è un essere speciale anche per me, ma, se ci rifletto bene e a mente fredda, è un ragazzo come tanti, senza niente che richiami l'attenzione, senza grandi né piccole attrattive, un po' rozzo nei pensieri e nelle parole, eppure irresistibile. Quando nei giorni successivi alla sua prima visita torna da queste parti, tutto il piano si riempie di energia. Non appena lo vediamo uscire dagli ascensori ci agitiamo contenti sulle nostre sedie. Il profumo della sua colonia leggera attraversa le narici e il cervello come un elisir. Saremmo felici di baciare le sue grandi scarpe da ginnastica grigie e ci lasceremmo proteggere dai suoi giubbotti. Non è facile ammetterlo, ma siamo stregati e, secondo me, lo spirito di Trenas non è estraneo neanche a questo fenomeno.

Senza dubbio chi accusa di più l'impatto della personalità di Conrado è Jano, come se il giovane Trenas lo avesse mitragliato da tutti i pori del suo essere. Il giorno stesso della sua apparizione alla Torre di Vetro, Alexandro e Jano cenano con lui, e il giorno seguente Jano non è più lo stesso. Comincia a distinguersi da Alexandro, come due cromosomi che per tutta la vita hanno funzionato insieme e iniziano la loro separazione.

Le occhiaie di Jano si fanno più pronunciate e lui diventa così malinconico e distratto che temo non faccia altro che pensare a Conrado, anche se non lo si può dire con certezza, perché i primi momenti di un cambiamento sono sempre confusi, qualcosa smette di essere e si trasforma in altro, come quando un bruco si tramuta in farfalla. Chi assistesse a questo avvenimento senza sapere che i bruchi possono diventare farfalle non saprebbe cosa pensare. Lo stesso succede ad Alexandro con Jano, quando deve ripetergli le cose due volte e quando cominciano a discutere sempre più spesso. Allora Alexandro lo guarda con i suoi occhi chiari spalancati, senza capire che tra loro si sta producendo un cortocircuito e che niente sarà più uguale a prima. E fin quando non succede quello che succede, Alexandro s'impegna in tutti i modi per ristabilire la comunicazione, per il momento impossibile.

Tutto inizia con la prima devastante cena dei miei capi con Conrado, in seguito alla quale il rapporto fra i tre si consolida tanto che il figlio di Trenas si presenta tutti i giorni in ufficio nel tardo pomeriggio, e ciò altera profondamente Jano, che passa il tempo ad aspettare questo magico momento. E io non posso evitare di vedere – e come me chiunque abbia gli occhi – che se Conrado si presenta con un maglione a collo alto, il giorno dopo Jano porta un maglione a collo alto. Se Conrado si pronuncia a favore del tale film o del tale libro, immediatamente Jano vede il film o legge il libro. Smuove cielo e terra per trovare una colonia dall'aroma simile a quella di Conrado e potrei giurare che si metta dei rialzi nelle scarpe per essere alto come lui. In considerazione degli eventi successivi, questo stravagante modo di comportarsi potrebbe essere interpretato come una maniera disperata di stabilire con Conrado il tipo di comunicazione cui era abituato con Alexandro e che si era drammaticamente spezzato.

La crisi sopraggiunge quando Conrado torna negli Stati Uniti. Il fatto di non poterlo vedere manda Jano fuori di sé. È completamente assente. Si parla molto della perdita della personalità, ma non ero mai stata testimone di una cosa del genere, non ho conosciuto nessuno che abbia perso la personalità. Per quanto poca se ne possa avere, se ne ha sempre una: in realtà non è possibile non avere affatto una personalità. Non la si può lasciare da qualche parte come se si trattasse di un pacchetto di sigarette che si dimentica in un bar. Si è attaccati alla propria personalità come lo si è alla propria ombra, anima o pelle. Perdere la personalità è una formula esagerata, molto espressiva, letteraria, non scientifica. Questo credevo finché non ho visto come Jano abbandonava la propria, come si staccava da sé e se ne andava con Conrado come quei pupazzetti di carta che si portano attaccati alla schiena senza saperlo.

Forse c'entra la primavera. Siamo arrivati a maggio e l'aria è densa. Probabilmente nei paesi freddi si vede tutto con maggiore chiarezza, ma in quelli del Sud a volte la vista non può avanzare di un centimetro senza incappare in una bolla, una particella di qualcosa, insetti, mosche, fili che fluttuano, e tutto è molto confuso. Il fatto è che una mattina Jano si presenta con un'eccitazione allarmante. Dalla nostra porta aperta lo si vede avanzare dagli ascensori deciso, sorridente, con lo sguardo illuminato. Fa un po' paura.

Io e Alexandro siamo nell'ufficio della vicepresidenza e stiamo cercando di portare avanti il lavoro che normalmente facevano loro due. In teoria sto occupando il posto di Jano e completando con il mio apporto le idee di Alexandro, ma mi risulta molto faticoso e difficile.

«Sono venuto a salutarvi», dice Jano in piedi di fronte a noi. «Parto.»

Alexandro non alza lo sguardo dai documenti e si limita a voltare pagina.

«Ho l'aereo stasera. Se c'è da firmare qualcosa, è meglio che lo faccia ora. Devo fare ancora un paio di acquisti», dice con le mani infilate in tasca e un nervosismo preoccupante.

«Che acquisti?» chiede Alexandro sempre senza guardarlo.

«Un paio di libri, qualche CD e poi mi verrà in mente qualcos'altro.»

«Qualcos'altro?» chiede Alexandro con eccessiva tranquillità e la testa bassa.

«Sì, non so cosa, di sicuro c'è qualcosa in particolare che gli piacerebbe che gli portassi. Devo cercare.»

Non c'è bisogno che dica un nome, capiamo con grande timore che si riferisce a Conrado. Io e Alexandro ci scambiamo una rapida occhiata, ormai non gli importa più che io assista a queste scene.

«L'aereo parte alle otto», continua Jano. «Non l'ho avvisato del mio viaggio, voglio che sia una sorpresa.»

Le sue occhiaie sono più nere che mai, come se si fosse sfregato gli occhi con i pugni sporchi di carbone.

«Non ti capisco. Non capisco niente di ciò che dici. Stai impazzendo», replica Alexandro guardandolo finalmente con un miscuglio di severità e pena.

«Sì che mi capisci. Domani sarò ad Atlanta, con lui. Ti immagini? Io non posso neppure immaginarlo, è troppo grande, è troppo bello. Non sapevo che fosse così.»

«Perché non è così, Jano, dammi retta. Non è reale.»

Alexandro mi chiede aiuto con lo sguardo e io certifico le sue parole facendo segno di no con la testa. Jano ci osserva con un'espressione di disprezzo.

«Pensavo che fossi dalla mia parte e che mi avresti appoggiato.»

«Voglio solo che tu capisca che è una follia. Non sai neppure che opinione ha di te.»

«Non ce n'è bisogno», risponde Jano. «Ci sono cose che si notano.»

«Sei sicuro? Ne sei assolutamente sicuro?» chiede Alexandro piuttosto irritato.

«Ci sono, so cosa potrebbe piacergli!» esclama Jano entusiasta, senza ascoltare il fratello e aprendo la porta per andare via.

Dal canto mio, non posso credere che quello sia lo stesso Jano astuto e pragmatico che ho conosciuto in questo ufficio, il che può significare che l'intelligenza non dura per sempre.

È una sensazione strana vedere Alexandro senza Jano in ufficio, è come vederlo mutilato, è come vedere la metà di una persona. Anche negli ultimi tempi, prima della partenza del fratello, lo si percepiva così. Gli costa prendere decisioni che prima prendeva automaticamente, elaborare idee, comprendere le situazioni, rispondere alle domande. Probabilmente i suoi neuroni dovranno abituarsi a lavorare da soli nella loro piccola isola, disconnessi da quelli di Jano. Dovranno riprendere le loro funzioni a poco a poco, come direbbe un neurologo. Finora Alexandro non si è reso conto di quanto tutti noi siamo soli, esiliati persino nei confronti di noi stessi, senza essere capiti completamente da nessuno. Finora doveva considerarci lenti e codardi, melliflui, stupidi, piagnucoloni.

Dopo quindici giorni da quando Jano ci ha lasciato, mi rendo conto che nella Torre di Vetro iniziamo la parabola discendente. La vicepresidenza deve gestire un volume d'affari eccessivo e Alexandro non è nel suo momento migliore. La sua capacità decisionale diminuisce parecchio, e anche quella di discernimento. Non osa dare disposizioni. Inizia a vivere nel regno del dubbio. Tentenna su tutto, dalla firma di un contratto o da un qualsiasi movimento in Borsa al mangiare pollo o pesce. Un giorno mi confessa di essere arrivato tardi perché si è cambiato dieci volte la camicia. Le lettere, comprese le più banali di ringraziamento o di conferma di ricezione, bisogna riscriverle due o tre volte. «Che fatica decidersi», dice. Anche quando chiede qualcosa da bere cambia idea. Persino quando parla ha preso l'abitudine di correggersi strada facendo e di sostituire una parola con l'altra. Ci mettiamo un'eternità a risolvere qualsiasi faccenda. La situazione mi esaspera e devo tenere così sotto controllo i nervi che mi prude tutto il corpo. Passo la giornata a grattarmi come se avessi la scabbia, che deve essere una malattia che ti fa prudere tutto.

E un giorno succede ciò che doveva succedere, e cioè che Emilio Ríos si presenta nell'ufficio del vicepresidente. Appena lo si vede uscire dall'ascensore, il labirinto si tende come la pelle di un gatto. Qualcuno mi avverte con l'espressione allarmata e anche il mio organismo si tende, diciamo che tutti i corpi, sia vivi che inerti, accusano l'impatto di questa visita in qualche modo attesa. Arriva trascinando i piedi e tenendo lo sguardo basso e io gli vado incontro di corsa. Lui però mi dice che conosce la strada.

Durante l'ora e mezzo del colloquio le braccia e le gambe mi prudono all'impazzata. Povero Alexandro. Mi tortura pensare a come si starà difendendo e starà cercando di tenere a freno i suoi dubbi perenni. Emilio Ríos se ne va com'era venuto, trascinando i piedi e senza alzare la testa, se è possibile ancora più preoccupato. Mi precipito nell'ufficio del mio capo accompagnata dalle occhiate del labirinto.

Trovo Alexandro immobile, gli occhi grigio scuro fissi davanti a sé, verso uno scaffale ugualmente grigio e rosso con libri di economia e altri molto voluminosi con i dorsi dorati che di solito stanno in bella mostra negli studi di medici e avvocati.

«Che è successo?» chiedo sfregandomi il gomito sul fianco per calmare il pizzicore.

«Devo presentarmi davanti al consiglio d'amministrazione, spiegare cos'è successo questo mese in cui non si sono verificate, voglio dire realizzate, le previsioni. Devo rispondere anche della fuga, o meglio della scomparsa, di mio fratello», dice dubitando di ogni parola che pronuncia.

«Non preoccuparti», lo rassicuro. «Andrà tutto bene.»

«È impossibile che vada bene, perché è già andata male. È meglio che ti abitui all'idea.»

Mi viene voglia di abbracciarlo e baciarlo. È la prima volta che provo questo impulso nei confronti di Alexandro. Deve essere per quell'istinto materno di cui parlano. Il fatto è che mi sembrano adorabili i suoi capelli rapati a zero, la sua insicurezza, la barba di due giorni intorno alle labbra morbide, che negli ultimi tempi si sono rilassate, e la cintura di pitone sui jeans blu scuro. La sensazione dura un minuto, ma è così intensa che lui l'avverte. Mi sembra che entrambi ci stiamo un po' innervosendo ed esco dall'ufficio.

Il giorno dopo ricevo una telefonata. È una voce maschile che conosco e che in un primo momento attribuisco a Raúl.

«Raúl», dico. «Da quanto tempo.»

«No, non sono Raúl. Sono Jano.»

«Jano? Dove sei?»

«Arrivo domani mattina alle nove all'aeroporto di Barajas. Mi farebbe piacere che mi prenotassi una stanza in un posto qualunque. Non ho dove andare.»

La voce di questo Jano non ha niente a che vedere con quella del ragazzo che era partito alla ricerca di Conrado. È serena e tragica allo stesso tempo, come gli occhi di Irene Papas.

«Stai bene?»

«Credo di sì. Non dire niente a mio fratello, per favore.»

Non è il momento migliore per prendermi mezza mattinata libera, visto che Alexandro deve presentare un bel mucchio di dossier al prossimo consiglio d'amministrazione, ma trovo una scusa e il giorno dopo mi assento.

A Barajas c'è un traffico intenso di passeggeri. Mi meraviglia che ci sia tanta gente che si dedica a riempire aerei, aeroporti, alberghi, gente che probabilmente verrà pagata per questo. Aspetto al gate di uscita del suo volo circondata da mani che reggono cartelli con nomi. Alcuni viaggiatori iniziano a sfilare davanti a noi spingendo le valigie e cercando di leggere i cartelli. Tra di loro, all'improvviso, scorgo Jano. Ha un braccio ingessato e sul viso gli si notano lividi che qualche giorno fa dovevano essere molto scuri. Stringe le labbra. Gli sono cresciuti un po' i capelli, non sono più corti come quelli del fratello.

«Ciao», gli dico. Non mi viene in mente nient'altro.

«Ciao», risponde lasciando il carrello e aprendo e chiudendo le dita del braccio ingessato per far circolare il sangue.

«Lo porto io», mi offro.

«Come sta mio fratello?»

«Non sa niente. Deve presentarsi davanti al consiglio d'amministrazione, le cose in azienda non sono andate molto bene negli ultimi tempi.»

«Ah», dice con espressione stanca. «Credi che sia colpa mia, vero?»

Non gli rispondo, perché ora come ora la mia simpatia va ad Alexandro e all'ondata di nuove emozioni che mi suscita.

«Ti ho affittato un appartamento nei pressi dell'ufficio. È caro per quanto è piccolo, ma non ho avuto il tempo di cercare altro.»

Credo che la mia voce risulti un po' rigida, forse ostile. Si direbbe che si meriti quello che gli è successo, di qualunque cosa si tratti.

Fa fatica a sedersi in taxi perché ha anche il busto ingessato. Me lo fa toccare con le nocche delle dita. Fa il rumore di un muro vuoto. Ha varie costole rotte. Non voglio chiedergli cos'è successo.

L'appartamento puzza di vecchio. Alzo le persiane e apro le finestre. È un giorno estivo e allegro, le cime degli alberi agitano dolcemente le loro chiome.

«Non so se potrò nascondere ad Alexandro che sei qui.»

Si stende sul letto con difficoltà.

«Hai bisogno di aiuto. Forse dovrei chiamare tuo padre», aggiungo.

«Non voglio che mi veda così. Non ancora.»

Metto la valigia su una sedia e la apro. Sistemo qualche vestito nell'armadio. Tiro fuori un pigiama e glielo do. Me lo allunga perché lo aiuti a metterselo. Gli do una mano a togliersi i vestiti che indossa. Dal gesso della spalla gli spunta un tatuaggio. Quando li ho conosciuti in quel consiglio di amministrazione così funesto per il povero Sebastián Trenas, non avrei mai pensato che con il tempo avrei finito per spogliare uno dei fratelli Dorado. La situazione mi sembra così buffa che sono sul punto di scoppiare a ridere, ma la risata mi muore in gola perché vedo le lacrime che scendono lungo il viso tumefatto di Jano. Gli accarezzo i capelli.

«Sai che non ho mai conosciuto mia madre?» mi chiede.

«Sì», rispondo pensando alla mia e a quanto è triste a volte la vita.

«È morta quando eravamo molto piccoli.»

Gli dico che devo andare a lavorare, che non posso lasciare solo Alexandro.

«Adesso mio fratello mi ha di nuovo qui, non ti preoccupare.»

E mi chiede di stendermi accanto a lui, suppongo come se fossi la madre sconosciuta, perché ha bisogno di raccontarmi quello che gli è successo, lasciando intendere che non lo racconta a me, ma a sua madre, la cui capacità di comprensione è fuori da questo mondo. Abbasso la persiana, mi tolgo le scarpe e faccio quello che mi chiede. Mi mette il braccio senza ingessatura intorno al collo, la stanza è in penombra.

Jano era incapace di togliersi dalla testa Conrado. Non avrebbe mai sospettato che le persone potessero essere come batteri o virus che penetrano nella parte più recondita dell'organismo fino a farti ammalare. Si sentiva perennemente ubriaco o febbricitante, in uno stato in definitiva sconosciuto fino a quel momento, che non aveva neanche idea di come gestire. Si lasciava trasportare dagli impulsi e, dopo essere atterrato ad Atlanta, il primo impulso fu di andare direttamente alla sede di Coca-Cola. Chiese al tassista di aspettarlo con i bagagli e si annunciò. Conrado lo fece aspettare un bel po' seduto su uno dei divanetti dell'ingresso e questo lo aiutò a perdere del tutto i freni inibitori. Perciò, quando finalmente se lo ritrovò davanti in ufficio, lo abbracciò e per poco non scoppiò a piangere. Conrado rispose in modo molto freddo staccandosi da lui e sedendosi dietro la sua scrivania. A quel punto, facendo girare la sedia di qualche grado da una parte all'altra, gli chiese che cosa fosse andato a fare lì.

«La mia segretaria non mi ha annunciato la tua visita», disse.

Jano rispose a testa bassa, come un bambino che viene sgridato, che era una visita a sorpresa e che era andato lì con l'intenzione di vivere con lui, magari non subito per non precipitare le cose.

Conrado gli rispose con espressione adirata che era un pazzo e che non capiva cosa gli avesse fatto credere di poter irrompere in quel modo nella sua vita. Quel commento abbatté Jano, che dovette fare appello a tutto il suo coraggio per scrivergli il suo indirizzo e telefono. «Per favore, chiamami quando puoi.» La sensazione di disfatta lo accompagnò fino all'albergo e alla reception riempì il modulo d'accettazione con un'apatia delirante. Chiese al facchino di non aprire le tende e si distese sul letto senza guardare la camera. Quasi non respirava per non sentirsi, per fondersi con la biancheria del letto e sparire. Concentrò i pensieri sul Conrado della Torre di Vetro, il Conrado di cui si era innamorato, e si addormentò.

Si svegliò che era buio e all'inizio pensò di essere nella sua casa di Madrid, ma dopo un istante si ricordò dove si trovava e quello che era successo. Uscì a mangiare qualcosa. Entrò in un locale con enormi pezzi di carne sui tavoli, che gli fecero rivoltare lo stomaco. Si limitò a prendere un'insalata guardando il soffitto per non vedere la gente che trangugiava le pietanze. E lì, sul soffitto, gli sembrò di vedere tutto chiaramente: Conrado aveva bisogno di tempo per reagire, forse avrebbe dovuto avvisarlo del suo arrivo, ma ormai quel che era fatto era fatto, il peggio era passato e non aveva intenzione di gettare la spugna adesso. Le cose importanti costano, era stato un illuso a pensare che sarebbe andato tutto come voleva lui.

Il giorno dopo fece una passeggiata per la città calcolando quando avviarsi a piedi verso gli uffici di Conrado per arrivare lì all'ora di pranzo. Aspettò seduto nelle vicinanze e vide che intorno all'una Conrado usciva, attraversava un parco vicino a passo rapido e rientrava. Non indossava capi sportivi, evidentemente aveva solo bisogno di sgranchirsi le gambe. Appariva molto concentrato sui suoi pensieri, probabilmente aveva bisogno di riflettere su qualcosa. Non avrebbe potuto individuare Jano, ma anche se avesse potuto non lo avrebbe fatto perché non si guardava intorno. Forse erano nel pieno della campagna pubblicitaria e questo spiegava il suo comportamento del giorno prima.

Jano era più riposato e calmo e rifletteva con la stessa intensità di Conrado. Pensava che probabilmente Conrado, quando sarebbe uscito dall'ufficio nel pomeriggio, sarebbe tornato a piedi al Westin Hotel, dove Jano sapeva che alloggiava, ma non voleva arrischiarsi ad aspettare tanto tempo seduto lì. Così s'incamminò verso l'albergo per lasciargli un biglietto in cui gli chiedeva scusa e lo invitava a cena il giorno dopo. Il Westin Hotel era un cilindro gigante, visibile da qualunque punto della città, che nelle cartoline dell'albergo spuntava tra nuvole nere e rosse con centinaia di luci giallastre accese. All'ingresso si diresse verso uno dei vari banconi, dove lo indirizzarono a un altro, in cui un concierge di origine portoricana lo informò del numero di stanza di Conrado e del fatto che di solito rientrava intorno alle sette o alle otto, ma che non era sicuro perché a volte non rientrava affatto.

Jano non ci pensò due volte e, invece di lasciargli un biglietto, chiese una camera e si trasferì al Westin. Da allora, ogni tanto di mattina vedeva uscire Conrado e dai vestiti che indossava sapeva che tipo di giornata lo aspettava e se sarebbe rientrato a piedi, o se quella sera avrebbe avuto compagnia. Nel pomeriggio s'incamminava verso la sede di Coca-Cola e lo seguiva a distanza di sicurezza nel tragitto di ritorno all'albergo, dove la maggior parte delle volte si cambiava d'abito per andare a cena con qualcuno. Vederlo così da vicino, senza che Conrado lo sospettasse neppure, si trasformò nel suo obiettivo, diventò un'ossessione e un vizio, visto che gli dava piacere. L'albergo, la stanza, le strade che attraversava, i negozi in cui entrava, i ristoranti in cui mangiava, la gente che vedeva... non gli interessavano affatto, esistevano soltanto perché lui potesse calpestare la terra, riposarsi e respirare mentre spiava Conrado. Quando in televisione compariva il nome della Spagna per qualche attentato terroristico o qualche catastrofe di altro tipo, nel suo cervello si accendeva una remota e pallida lampadina, così remota e pallida che si spegneva subito. E questo era l'unico legame con la sua vita di prima.

Ma Jano voleva di più. Non si accontentava di osservare i diversi abbinamenti di giacche e pantaloni, giubbotti, cravatte, scarpe da ginnastica o eleganti, le conversazioni mute al cellulare e i movimenti noti e attraenti del giovane Trenas. La spia che aveva dentro lo spingeva a fare qualcosa di più. Per questo una mattina, dopo aver osservato Conrado allontanarsi dall'albergo a passo svelto, salì al piano dov'era la sua suite e aspettò di vedere il carrello delle pulizie accanto alla porta. Entrò a vedere cosa succedeva. Pensava di scusarsi dicendo che si era confuso. La cameriera era inginocchiata in bagno a pulire la tazza del water e non si accorse di lui. Jano vide la stanza con il letto sottosopra, come se Conrado avesse avuto un incubo, poi entrò nel salottino annesso e si sedette alla scrivania di fronte al finestrone che occupava tutta la parete. Probabilmente a Conrado piaceva lavorare vedendo tutta la città ai suoi piedi. Se la cameriera lo avesse sorpreso, avrebbe dimostrato che era un ospite dell'albergo e le avrebbe detto che aveva perso l'orientamento oppure che era un amico di Conrado e lo stava aspettando. Sapeva che era inevitabile che lo scoprissero, probabilmente la cameriera avrebbe chiamato la polizia, eppure non era capace di agire in altro modo. Era come se fosse mezzo ubriaco. Magari è così che si sentono quelli che lasciano che la macchina vada a sbattere contro un albero, quelli che si autodistruggono, che si annegano o che si lasciano sopraffare. Sentì l'affaccendarsi della cameriera che si avvicinava sempre di più. La percepì dietro di sé. Gli passò accanto e sentì che gli diceva: «Buongiorno».

E poi aggiunse che avrebbe cercato di non disturbarlo, che doveva soltanto passare l'aspirapolvere.

Fin quando non se ne andò, Jano curiosò nei cassetti e tra le carte. Si capiva che Conrado stava studiando varie campagne pubblicitarie televisive in vista dell'anno dopo e se lo immaginò solo, concentrato sul suo lavoro e nudo in quella stanza come una creazione assoluta e unica, che bastava a sé stessa. Sapeva di avere tutto il pomeriggio per godersi la stanza di Conrado. E anche se la prudenza gli suggeriva di dare una rapida occhiata e di andarsene, era più forte il desiderio di rimanere un altro po'. Su alcuni mobili dell'albergo Conrado aveva collocato oggetti personali: foto di suo padre, solo e con la moglie, e di sé con la sorella, alcuni trofei e targhe celebrative. Jano iniziò a rovistare in bagno. Per radersi Conrado usava il gel al posto della schiuma da barba. Tutti i prodotti da toeletta erano della Clinique. Rasoi usa e getta Gillette. Dentifricio a lui ignoto, probabilmente raccomandato dal dentista. Per i capelli, linea di shampoo e fiale anticaduta. Un pacchetto di preservativi. Jano toccava tutto, si sarebbe detto che sperava che tutte quelle cose gli lasciassero un ricordo intracellulare. Poi proseguì con l'armadio. Camicia per camicia, pantaloni per pantaloni, scarpa per scarpa.

Quando ebbe finito, era già l'una e mezzo e gli restava ancora molto da esaminare. Gli faceva orrore l'idea di lasciare il lavoro a metà, era una cosa che da quando andava a scuola non si era mai permesso di fare. Allo stesso tempo si sentiva un po' affaticato e affamato. Si aprì una birra, spiluccò quello che trovò e poi si stese sul letto e accese la televisione. Lo invase una piacevole sonnolenza, erano secoli che non si sentiva rilassato, che non riposava bene, che non aveva pace, era come se in quella stanza finalmente si sentisse al sicuro. Chiuse gli occhi e non si preoccupò, perché fino alle sette o alle otto Conrado non sarebbe rientrato. L'aria condizionata era così forte che dovette coprirsi con il plaid, ma una volta coperto si sentì talmente scomodo che decise di togliersi i pantaloni. Si addormentò.

Stava sognando che sua madre era così alta che arrivava al cielo, al sole, e che poteva vedere tutte le cose di questo mondo, tutti gli esseri e gli animali. Davanti a questa visione Jano si accoccolò in posizione fetale, che era quella in cui dormiva meglio, finché la mano sottile di sua madre con le unghie dorate sbucò dalle nuvole e gli strinse un braccio.

Prima di finire di svegliarsi, avvertì un colpo al fianco e poi si sentì atterrare sulla moquette. Aprì gli occhi. Mentre dormiva, si era fatto buio e qualcuno aveva spento la televisione, perciò non si distingueva un granché. Dalla parete di vetro che lo separava dallo spazio esterno entravano le luci della città mescolate a poche stelle. Su di lui un'ombra continuava a prendergli a calci ogni parte del corpo, non gli dava il tempo di reagire, non gli dava il tempo di alzarsi, aveva una forza assurda. Sentì un colpo sulla testa e subito dopo avvertì che sprofondava in una materia oscura e vellutata e scompariva.

Restò privo di conoscenza fino al momento in cui qualcosa di freddo non gli passò sulla fronte come se fosse sotto un fiume gelato. Sentì una voce familiare. Era quella di Conrado. Gli stava chiedendo cosa fosse successo e gli bagnava la fronte con un asciugamano umido. Vide il suo viso, ma la luce gli faceva male e chiuse gli occhi. Quando li riaprì, vide che Conrado gli stava mettendo i pantaloni e che portava i vestiti che di solito usava al lavoro. Poi tagliò la maglietta di Jano con un paio di forbici, gliela tolse e gli mise una camicia pulita. Subito dopo lo portò praticamente in braccio fino all'ascensore che scendeva al parcheggio, e dall'ascensore alla macchina.

«Non so cos'è successo, non so come sei arrivato nella mia stanza, spero che tu me lo chiarisca quando sarai in grado di parlare. In ogni caso, io negherò di averti trovato lì. Dove sei alloggiato?»

Jano era disteso sul sedile posteriore. Contemplava l'amata nuca di Conrado in mezzo a un vuoto sconcertante.

«Che mi dici? Dove vivi?» ripeté Conrado.

Jano emise un grugnito e con due dita tirò fuori dalla tasca laterale dei pantaloni la tessera della sua stanza. Non riusciva ad alzare il braccio.

«Prendi», disse con la voce impastata e sofferente.

Conrado rallentò, si girò e prese la tessera.

«Ah», disse. «Sei nel mio stesso albergo. Diremo che ti ho trovato nella tua stanza. Va bene?»

Jano grugnì affermativamente.

In ospedale i medici gli dissero che lo avevano riempito di botte, come se lui non lo sapesse già, e che per poco non gli avevano spappolato la milza. Due giorni dopo, quando stava già un po' meglio, gli chiesero di raccontare quello che era successo. Un medico non è un poliziotto, ma in qualche modo il camice bianco ha il potere di una divisa, e lui rispose con tutta la sincerità di cui fu capace che stava dormendo tranquillamente nella sua stanza quando qualcuno vi aveva fatto irruzione, lo aveva lasciato privo di conoscenza ed era andato via, fin quando era arrivato il suo amico e lo aveva trovato. Gli chiesero il nome del suo amico. Lui rifiutò di darlo, disse che non voleva coinvolgerlo in quella storia. In realtà non riusciva neppure a pronunciare il suo nome, lo amareggiava. Gli raccomandarono di sporgere denuncia, ma lui disse che ci avrebbe pensato e la sua risposta suscitò degli sguardi piuttosto sospettosi.

Conrado si era limitato a portarlo in ospedale, si era rifiutato di lasciare un numero di telefono e non si era più fatto vedere. Jano non rivelò mai il suo nome, sapeva che qualunque scandalo poteva danneggiarlo enormemente. E a poco a poco, durante i quindici giorni in cui rimase ricoverato, andò recuperando la calma. Cercava di discernere un viso tra i ricordi in ombra del pestaggio. Cercava di cogliere qualche dettaglio che lo mettesse sulla pista di chi fosse potuto entrare nella stanza prima di Conrado. Era qualcuno con accesso alla stanza e che si era profondamente irritato per aver trovato lì Jano.

Gli dico che probabilmente, di chiunque si trattasse, lo aveva confuso con Conrado. Forse qualcuno era entrato per rubare e si era spaventato. Jano non può sapere se dalla stanza di Conrado mancava qualcosa perché non aveva più avuto sue notizie e si vergognava di chiamarlo.

«La verità è che mi vergogno di chiamare chiunque. Ho l'impressione che, non appena mi vedono o mi sentono, le persone sapranno quello che è successo e, peggio ancora, che, non appena mi vedono, tutti sapranno che doveva succedere. Ho avuto il coraggio di confidarmi soltanto con te.»

Gli raccomando di riposare, gli dico che il tempo chiarirà tutto o che toglierà importanza alla faccenda e che, non appena potrò, tornerò con qualcosa da mangiare. Mi metto seduta sul letto con la testa che mi gira leggermente, il che indica che con questa storia mi è scesa un bel po' la pressione. Mi metto le scarpe e me ne vado.

Mentre torno alla Torre di Vetro compro qualche insaccato sottovuoto, un vasetto di pâté e del pane di segale per portarli a Jano quando uscirò dal lavoro. Faccio uno spuntino nelle vicinanze e salgo al mio semiufficio, dove sono arrivata a sentirmi meglio che in qualsiasi altro posto, meglio addirittura che a casa mia, che nei momenti no mi ricorda ancora Raúl. Sistemo la spesa in un armadio e mi avvio verso l'ufficio di Alexandro.

«Non c'è, lo hanno chiamato dalla presidenza», mi informa qualcuno quando passo per il corridoio che attraversa quello che prima era il labirinto.

Quanto è cambiato tutto. E a che scopo? Dove ci porta il corso degli eventi? Forse non c'è nessun posto che ci aspetta, nessuno scopo, si cambia forma per cambiarla nuovamente e così all'infinito.

Mi siedo ad aspettare Alexandro nella sua stanza, non voglio che si ritrovi solo quando tornerà, come successe al povero Sebastián Trenas. Anche se l'arredamento dell'ufficio è stato cambiato, sopravvive ancora il suo spirito e lo spirito dei giorni che passava qui come un leone in gabbia, un leone esausto, un leone che avrebbe avuto bisogno che qualcuno lo facesse ruggire. Forse questo non è il paragone più felice, ma un vecchio leone moribondo steso a terra nella gabbia a contemplare con totale indifferenza quelli che lo guardano è un'immagine che mi fa pena proprio come quella di Trenas. Aspetto pazientemente due ore, durante le quali approfitto per ordinare alcuni documenti, finché Alexandro non apre la porta. Mi sorride, è trasformato o meglio è come era prima di trasformarsi. In questo istante lo bacerei, ma poi l'istante passa. Dice che deve tornare in consiglio e che ha bisogno che gli stampi alcuni dati. Non dubita, sa quello che vuole.

«Va tutto bene?» chiedo.

«Be', ho io la colpa di questo disastro. Faccio fatica a credere di aver condotto l'azienda a una catastrofe simile.»

«Non credo che la colpa sia tutta tua», dico per dire qualcosa.

«Sì, lo è, ma non è la fine. Può cambiare tutto.»

«Non capisco. Fino a qualche ora fa non sapevi neppure chi eri.»

«Neanch'io. Mi sentivo uno schifo e adesso, all'improvviso, mi sono sentito bene, come se tutto fosse come prima e Jano fosse con me.»

Naturalmente non gli dico del ritorno di suo fratello, non per coprirlo, ma perché il mio mondo sotterraneo vuole che Jano abbia ancora un po' bisogno di me, vuole avere l'opportunità di ritornare all'appartamento con le cose che ho comprato e che le mangiamo nell'intimità del suo segreto. Quando vado via, Alexandro non è ancora uscito dalla riunione, ma vado via tranquilla, perché non è più solo e probabilmente neanche Jano. Chi avrebbe detto il primo giorno in cui sono entrata alla Torre di Vetro che sarei arrivata a pensare una cosa del genere?

Eppure, niente è semplice, neppure la semplicità di una situazione come questa in cui Jano praticamente immobilizzato aspetta in un appartamento nascosto di Madrid che io arrivi con la cena. Prima di bussare sento delle voci e ho la tentazione di andare via, ma già che sono qui e dopo tutto quello che ho fatto per lui non mi sembra il caso di voltarmi e andarmene, così suono il benedetto campanello. Sento dei passi agili che vengono verso di me. È suo padre, il chirurgo plastico, l'anziano allegro e sofferente con il foulard di seta al collo, l'uomo abbandonato con due figli che non sono neppure suoi. Mi invita a entrare. Mi ringrazia per quello che ho fatto per Jano.

«Ho portato un po' di cose per cena», dico.

«Ceneremo tutti e tre insieme, che te ne pare?» mi chiede il dottor Dorado mettendomi un braccio intorno alle spalle. È molto magro e allo stesso tempo pesante come una sbarra di acciaio.

Jano è seduto sul letto con i capelli arruffati, ma con un'espressione vivace sul viso che non aveva quando l'ho lasciato.

«Com'è andata ad Alexandro?» chiede.

«Io direi bene e male. È ancora con i consiglieri, ma non sembra turbato. Dice che tutto può cambiare.»

Con sollievo sento che il dottor Dorado sposta il braccio dalle mie spalle per mettere affettuosamente la mano sul ginocchio del figlio.

«Grazie a Dio quegli stronzi dei suoi aggressori non gli hanno danneggiato nessun organo vitale.»

«Sono ferite superficiali», dice Jano. «Ho già voglia di tornare al lavoro.»

Preparo la tavola nella piccola sala da pranzo come meglio posso, anche se non con l'entusiasmo con cui lo farei se io e

Jano cenassimo da soli. Il dottor Dorado trova una candela un po' deformata in un cassetto e l'accende. Mi chiede il permesso di cenare senza giacca addosso e poi sistema un cuscino sulla sedia di Jano. La sua felicità è tale che mi dà un bacio sulla fronte. Jano, invece, ha perso quasi tutta l'emotività di prima e le occhiaie gli si sono ridotte fin quasi a scomparire. Si vede che è concentrato su altri tipi di pensieri, i suoi occhi inquieti saltano dal televisore a un quadro sul muro e da quest'ultimo al divano e così via. Comincia a essere lo Jano di prima. Si ha l'impressione che dei tentacoli invisibili solchino l'aria che separa l'appartamento dalla Torre di Vetro mettendo in contatto i due fratelli.

«Magari ci daranno l'opportunità di rilanciare l'azienda, per quanto, se fossi in loro, io non lo farei», dice Jano. «Bisognerà pensare a qualche altra cosa.»

«I miei ragazzi sono molto speciali», dice il dottor Dorado e poi resta a guardarmi come se anche il mio viso avesse qualcosa di speciale, ma non dice niente.

Il consiglio ci mette una settimana a studiare il caso e a prendere le contromisure. È evidente che stanno facendo fatica a trovare un'alternativa che migliori le cose. Nel frattempo, Alexandro è molto tranquillo e concentrato su nuovi progetti. Assomiglia a quei registi, scrittori e scienziati che i contrattempi e le aggressioni del mondo esterno non sviano dal loro cammino. La domanda che finisce nel buco nero, nella pattumiera infinita, è dove si trovi questo cammino. Nel frattempo io e il dottor Dorado aiutiamo Jano a trasferirsi nell'appartamento che prima condivideva con Alexandro, il quale, venendo a sapere del ritorno del fratello, non si sorprende affatto, ma ha soltanto una conferma dei propri presentimenti.

È più o meno quello che mi aspettavo, un attico di circa trecento metri quadrati con la palestra. Appena lo vedo, Jano smette di farmi pena. Questo val bene uno o più pestaggi. Tra di noi è tutto cambiato, lo so perché fa una smorfia di dolore e io penso: "Che si fotta!". Sua madre lo ha abbandonato: "Che si fotta!". E Conrado gli ha dato il due di picche: "Che si fotta!". Io devo vivere in un appartamento di sessanta metri quadrati e devo uscire con uomini come Raúl, che mi lasciano quando il rapporto non li soddisfa più e, soprattutto – e questo è ciò che non gli perdono –, né lui né suo fratello si sono mai interessati alla mia vita. Fanno sì che nei loro occhi mi veda sfumata come nelle vetrine del Triangolo. Qualunque psicologo mi direbbe che non è colpa di nessuno se ho l'autostima sotto i tacchi, ma non è così, mi limito a vedere le cose per quello che sono. Questo non significa che smetterò di andare a trovare Jano. Andrò a fargli visita finché non gli toglieranno il gesso, quando non gli servirò assolutamente più a nulla. Anzi, se non fosse perché vedo le cose per quello che sono, mi innamorerei di lui. Soprattutto il giorno in cui gli taglio i capelli e gli faccio la barba.

«Voleva farlo mio padre, ma preferisco che lo faccia tu», mi dice seduto su una sedia con un asciugamano sulle spalle davanti alla parete a specchi della palestra. «Voi donne mettete più delicatezza in tutto, più amore. Non capisco come possiate essere così diverse da noi.»

Chiude gli occhi mentre lo toso con le forbici. Gli chiedo se non vuole controllare nello specchio il disastro che gli sto combinando. Fa cenno di no con la testa con un'espressione che mi pare divertita. Non cado nel suo gioco, perché se gli piaceva Conrado non gli piacerò io, che di solito non piaccio troppo.

«Ecco fatto», dico.

Apre gli occhi e scoppia in una risata che mi suona tetra.

«Ti avevo avvertito», lo rimprovero. «L'hai voluto tu.»

«Ma se mi piace moltissimo... veramente! È fantastico.»

Poi gli faccio la barba e socchiude di nuovo gli occhi. Sembra che gli sia indifferente ciò che faccio di lui. Sembra che desideri che qualcuno gli tagli la giugulare. Passo il rasoio con grande attenzione per non lasciargli segni e quando sto per finire apre gli occhi e avvicina la bocca al mio viso. Per fortuna mi scanso in tempo.

«Che ti salta in mente?» gli chiedo un po' infastidita.

Resta a guardarmi con gli occhi spalancati, spaventati.

Mi delude essere nel giusto, e il fatto che questa situazione non sia reale. Così nella parete a specchi vedo anche i miei occhi più aperti del normale. Si passa la mano sulle ciocche di lunghezza diversa.

«Ti faccio vedere una cosa», dice.

In questi giorni va in giro con bermuda, gesso, da cui spunta il tatuaggio sulla schiena, e scalzo, per cui anch'io di solito mi tolgo le scarpe per essere più in linea con lui. Dobbiamo camminare un bel po' per arrivare alla sua stanza, che è enorme e decorata con motivi marini; c'è anche una rete appesa al soffitto dove deve essere molto piacevole distendersi. Le tende sono come vele di una barca gonfiate dall'aria calda della terrazza. Il letto è disfatto e tra le pieghe delle lenzuola spunta un giornale.

«Guarda», dice mostrandomi la foto di Conrado. «Qui dice che due giorni fa Conrado Trenas, il braccio destro del presidente di Coca-Cola, è stato aggredito nella stanza del suo albergo da un uomo, si presume mandato da un presentatore televisivo risentito, che qualche anno fa ha subito il rifiuto della vittima, cioè di Conrado. Nell'articolo si scagliano contro questo presentatore così vendicativo, il cui rancore e abuso di potere non hanno limiti, e si augurano che nessuna televisione né emittente radiofonica si avvarrà della sua collaborazione in futuro. Trenas, in uno slancio di generosità, non vuole intraprendere azioni legali contro di lui. Conrado sta bene, chi è uscito peggio dall'episodio è stato l'aggressore. Alla fine se l'è cercata.»

Gli dico che questo spiega tutto e che lui è stato vittima di uno scambio di persona, che cercavano Conrado e che adesso ci hanno riprovato. Jano, però, fa tristemente cenno di no con la testa. Si direbbe che può esserci sempre qualcosa di peggio.

«Questa notizia mi ha rinfrescato la memoria, mi ha costretto a ricordarmi quel che mi è successo.»

La tenda calda mi si attacca alla schiena e poi si stacca piano portandosi dietro la camicetta.

«A mano a mano che le mie condizioni sono migliorate mi si sono schiarite le idee. Ogni giorno ricordo sempre meglio.

È stato Conrado che per poco non mi ha ammazzato», mormora abbassando la voce senza rendersene conto. «Alcune notti mi sveglia questa frase: "Questo è per mio padre, maledetto frocio!". Non è un incubo, è un istante di lucidità, un lampo e una rivelazione. Erano i suoi stivali, lo avevo visto uscire più di una volta dall'albergo con quegli stivali, ma non ho voluto capire, il mio orgoglio me lo impediva. Sono meccanismi interni di autodifesa, capisci?»

I suoi occhi restano ancora più aperti del normale. La stanza, me compresa, si riflette in essi con grande nitidezza, e c'è un istante in cui ho l'impressione che quella degli occhi non sia io, cosa che quasi mi terrorizza. Mi resterà sempre il dubbio se è come mi vedo nei suoi occhi che i suoi occhi vedono me.

Non so se le congetture di Jano siano corrispondenti al vero, ma mi sono sembrate sgradevoli come se lo fossero. Mi viene in mente anche che a furia di ripensare a quello che gli è successo, lo ha messo in relazione con la vessazione a cui lui e suo fratello hanno sottoposto il povero Sebastián Trenas e che quella frase che dice di aver sentito è l'espressione del suo senso di colpa. In fin dei conti in quei momenti non era cosciente del fatto che Conrado era figlio dell'uomo che avevano condotto alla morte e le cui fotografie erano dappertutto nella stanza del Westin Hotel. Ora invece lo è. Ora teme Conrado.

Questa è l'ultima volta che vado a casa di Jano. L'offerta che il consiglio fa a lui e al fratello per continuare a lavorare alla Torre di Vetro è inaccettabile e, com'è naturale, si dimettono. Raccogliamo le loro cose ai primi di settembre. E mi premuro di farle spostare in un ufficio che hanno affittato in una zona più centrale della città. So che questo è l'inizio della fine dell'azienda. Alexandro mi dà un bacio d'addio e mi dice all'orecchio che si aspettano di mietere presto grandi successi e che spera che io mi unisca a loro. Gli dico che sono d'accordo.

Il giorno dopo il loro allontanamento entro nel loro ufficio. Gli scaffali sono vuoti, con mucchi di riviste e documenti da buttare qui e là, eppure si respira una grande pace. So che è una follia, ma Sebastián Trenas è qui. Guardo nella cassetta del water, la bottiglia di whisky è sempre al suo posto con l'etichetta scolorita. È stata lì per tutto questo tempo, a nessuno è venuto in mente di guardare, e se qualcuno lo ha fatto ha pensato che fosse lì per un motivo. Mi siedo a terra, al centro della stanza, e chiudo gli occhi. "Non permettere che mi senta mai sola come te", penso. Subito dopo mi invade una grande felicità. Neanch'io posso credere a queste cose, sono sensazioni che nascono dal profondo di sé, ma è piacevole ingannarsi e pensare che forze invisibili veglino su di te.

Come fece a suo tempo Sebastián Trenas, anche i fratelli Dorado mi raccomandano davanti al consiglio d'amministrazione perché resti al mio posto. Chiedono solo questo favore, che viene concesso loro. Ad altri, però, non tocca la mia stessa sorte. Vengono mandate via almeno venti persone. Alcuni vengono prepensionati, altri ricollocati e altri ancora niente. Uno dei licenziati è Jorge, lo chauffeur della presidenza.

Anche se lavoriamo sullo stesso piano, è molto che non vedo Vicky, e non ho neanche più pensato a lei da quando non ho la necessità di rifugiarmi in bagno. Il mio semiufficio trasparente mi offre un'intimità sufficiente a far sì che la toilette abbia perso il suo fascino. Lo ha perso anche Vicky in confronto a Jano e Alexandro e alla mia nuova vita accanto a loro. Ora che questa vita finisce, la scopro di nuovo tra montagne di carta, con la sua chioma frondosa e i suoi occhiali. È come se il plasma della Torre di Vetro l'avesse riassorbita per tutto questo tempo e adesso la lasciasse emergere di nuovo.

Resta sorpresa nel vedermi di fronte a sé.

«Che fine hai fatto?» chiede.

Le dico che mi piacerebbe che all'ora di pranzo venisse nel mio ufficio per mangiare insieme: ho preparato due sacchetti di patatine e delle birre che tengo in fresco nel minibar dei miei capi. Mi aspetto che mi mandi a quel paese visto che in tutto questo tempo non ho affatto pensato a lei ma, contro ogni pronostico, accetta.

Alle due e cinque, dopo la fuga generale, la intravedo dal vetro smerigliato. Qualche macchia di colore che si avvicina e un incedere flemmatico. Appena entra le offro una birra. Beve una lunga sorsata e si accende una sigaretta.

«Mi ha sorpreso vederti oggi alla mia scrivania», dice. «Credevo che pensassi che fossi morta.»

«Be', sì, ho avuto molto da fare, ma ti ho pensato molto.»

«Non dire sciocchezze, da quando hai quest'ufficio sei cambiata, niente è più come prima.»

«Anche tu dovresti cambiare», replico infastidita dal rimprovero non inatteso. «Sai perché non venivo a trovarti? Perché non voglio vedere come ti consumi.»

Vicky è rimasta a bocca aperta sentendomi parlare, anche se in realtà non mi sta sentendo perché sorride.

«Devo raccontarti una cosa», dice. «Se non fossi venuta da me, sarei venuta io da te. Ho già trovato la casa e ho un appuntamento per discutere del prezzo.»

Rispondo che sono felice, che almeno lei ha un obiettivo e non si arrende.

«Quello che non so è se quando mi vedranno con questa faccia mi prenderanno sul serio.»

«Perché?» le chiedo, anche se penso che ha ragione.

«Perché per parlare di soldi bisogna avere l'aspetto di chi ce li ha.»

Le dico che forse non dovrebbe andare da sola e mi offro di accompagnarla. Lei declina l'offerta e per me è un sollievo, perché è meglio lasciare la Torre di Vetro con tutto ciò che contiene, Vicky compresa, al suo posto.

«Be', volevo dirti anche un'altra cosa», riprende. «Volevo dirti che i numeri non mentono e che in azienda le cose vanno peggio di quanto sembra. Da ora in poi colerà tutto a picco. Stai in campana.»

«Stai in campana» è una frase che a volte diceva mia madre. Voleva avvertirmi di non arrivare a fidarmi del tutto, a parlare del tutto, a distrarmi del tutto, a credere del tutto. Voleva avvertirmi di non considerarmi la più furba, perché c'è sempre qualcuno più furbo di te. Sembra che anche Vicky lo sappia.

«Troveranno una soluzione», replico.

«Una soluzione no, un miracolo», ribatte lei, mentre si apre un'altra birra e si accende un'altra sigaretta, che tiene con le dita lunghe e scheletriche. E per un attimo sono tentata di raccontarle la storia di Jano e Conrado.

Quando scopro che Jorge è stato licenziato, mi sento in dovere di mostrargli il mio affetto, in fin dei conti credo ancora di dovere a lui la prima spinta che mi ha portata ai piani alti della Torre di Vetro. E anche se da quando sono al diciannovesimo piano lo vedevo di rado, all'entrata o all'uscita dell'atrio, e ci limitavamo a salutarci vagamente – e, a volte, neanche quello –, mi sono sempre sentita legata a lui da un vincolo di gratitudine, di simpatia e fraternità. Perciò lo chiamo senza indugi al cellulare, ma visto che non è più disponibile perché l'azienda lo ha probabilmente già disattivato, provo a casa sua.

Risponde quella che deve essere sua moglie, una figura sulla quale non mi ero mai soffermata perché, a essere sincera, l'esistenza di Jorge si riduceva al pezzo del bancone della reception su cui appoggiava il gomito, alla Mercedes che guidava, al suo interesse per il mondo dei motori e a Hanna; si direbbe che qualunque cosa ci fosse dietro di lui, genitori, moglie, amici, forse figli, apparteneva a un'altra persona. Eppure adesso la voce di questa moglie, finora immersa nell'ombra, si manifesta in forma nitida e reale.

Mi presento.

Lei si chiama Luisa e conferma di essere la moglie di Jorge.

Le dico che sono venuta a sapere del licenziamento del marito e che ne sono disgustata perché l'ho sempre considerato un grande professionista. Lei ascolta in assoluto silenzio, come se avesse riagganciato.

«Non capisco cosa possa essere successo», proseguo a mo' di discolpa. «Jorge è uno degli impiegati più validi dell'azienda.»

«Eh», dice lei alla fine. «Io quasi quasi preferisco che le cose siano andate così. In fondo è meglio per tutti.»

La sua voce mi sta diventando familiare e nella sua perentorietà distinguo una leggera lamentela, come una lucina nel bosco. Mi invita a prendere un caffè a casa loro, dice che Jorge sarà contento che una collega senta la sua mancanza.

«Anche a me piacerebbe conoscerti, Emma», aggiunge.

Quando riaggancio, ogni traccia della moglie di Jorge scompare, tutto torna al suo posto, si direbbe che sono stata in contatto con l'aldilà, con l'aldilà di Jorge. Anch'io ho l'aldilà della mia famiglia e di tutto quello che gli altri non vedono, ho l'aldilà della mia infanzia e dei ricordi.

L'aldilà di Jorge è a quindici chilometri da Madrid in direzione est. Mi piace l'idea di fare una piccola escursione e respirare aria buona. Prendo l'autobus che mi ha indicato Luisa. Durante il tragitto sono distratta, lascio vagare lo sguardo su pompe di benzina e sporadici gruppi di case isolati, ma quando svoltiamo verso le macchie di villette di diversi toni cerco di concentrarmi su quello che vedo per distinguere i punti di riferimento che mi ha dato Luisa. Passiamo davanti a un Carrefour, una scuola media e un centro polisportivo. È un pomeriggio torrido e la gente indossa di preferenza bermuda e ciabatte. Tra loro mi aspetto di imbattermi nel completo blu mare di Jorge: nella mia mente lui è unito al suo completo come l'unghia alla carne.

Arriva un momento in cui penso di dover scendere dall'autobus e mi avventuro per strade identiche le une alle altre, silenziose e rumorose allo stesso tempo, cosa che risulta piuttosto strana. Trovo l'indirizzo che cerco senza quasi sapere come, perché nell'aldilà le cose sono diverse.

Apre quella che deve essere Luisa. È una donna seria, ma non antipatica, e non me la immagino in nessun altro posto che non sia questo, direi che non me la immagino neppure oltre la soglia di questa casa. Penso che abbia i fianchi troppo larghi perché i jeans che porta le stiano bene. Eppure ha un bell'incarnato, si nota che passa buona parte della giornata a curare le piante, che trasudano umidità e salute. I capelli un po' antiquati le arrivano alla vita e sono di un colore impreciso. Mi fa entrare, le dico che ha una casa bellissima.

«Richiede molto lavoro», commenta. «Jorge sta per arrivare. È in officina. I bambini stanno giocando a calcio, perciò noi potremmo prenderci un caffè belle tranquille.»

Si capisce che non ha tempo per stare da sola, magari non lo desidera neanche ed è possibile che non sia mai arrivata a esserlo, se non, forse, per qualche momento durante la giornata, qualche attimo pieno di perplessità. Mi chiede se voglio vedere la casa, anche se in realtà è lei che vuole mostrarmela. Mi lascio guidare lungo una scala di legno. Mi spiega qualche cambiamento che ha apportato, soprattutto nelle camere del piano di sopra per far stare più comodi i suoi cinque figli, e dopo la visita riscendiamo e ci sediamo nel giardinetto sul retro. Sui capelli le scivolano scintillii verdi provenienti dal fogliame intenso e quasi asfissiante.

«È stato molto brutto sapere dell'allontanamento di Jorge», dico a Luisa mentre sistema un vassoio sul tavolo.

«È andato via perché io gli ho imposto di dare le dimissioni», replica lei.

Le dico che non capisco, che anche se da un po' di tempo a questa parte io e Jorge ci incrociavamo di rado, non avevo mai pensato che si trovasse male alla Torre di Vetro.

«Non era Jorge. Ero io», dice. «La colpa di tutto è stata di Hanna. O forse mia, non ne sono sicura.»

Sulla bocca di Luisa il nome di Hanna sembra inventato.

«Hanna Ríos?» chiedo perplessa e con il leggero timore che improvvisamente un'altra persona mi riveli quello che è esistito soltanto nella mia mente sulla relazione fra Jorge e Hanna.

«È arrivato un momento in cui il lavoro di Jorge si è trasformato in un inferno. Mi sentivo a disagio per la piega che avevano preso le cose. Tra l'altro, lui è molto bravo con le macchine, è un genio, non deve accontentarsi.»

Faccio fatica a mettere a fuoco questa nuova immagine, quella di un Jorge unito a questa donna dai capelli lunghi.

Il momento della verità è arrivato. Luisa si accende una sigaretta e tiene lo sguardo fisso sul muro di mattoni che separa questo giardino da quello del vicino e si direbbe che quello che deve raccontare sia scritto sul muro.

A Hanna piacevano moltissimo i bambini e voleva avere a tutti i costi dei figli. Ma non poteva. Questo per Emilio Ríos non rappresentava in alcun modo un problema, perché i bambini non gli interessavano affatto, li guardava come si guardano centinaia di cose durante il giorno che semplicemente fanno parte di questo mondo. Non sentiva alcun bisogno di fare figli. Perciò, quando lei gli spiegò il suo disagio, lui le disse che nel mondo c'erano milioni e milioni di bambini e che non credeva che il mondo avesse bisogno proprio dei loro figli per andare avanti.

Prima di sapere questo, Jorge era scioccato dal fatto che Hanna gli facesse fermare la macchina in luoghi frequentati da bambini, come parchi o altri posti del genere, che rimanesse lì un bel po' a guardarli e che poi, quando lei tornava in macchina, lui non potesse evitare di vederla piangere nello specchietto retrovisore, il che lo turbava profondamente e gli faceva pensare che quella signora soffrisse di una terribile depressione. Donava anche grosse somme di denaro a organizzazioni che si occupavano dell'infanzia, cosa che attirava ugualmente l'attenzione di Jorge, che non credeva troppo a iniziative del genere, anche se è chiaro che la visione del mondo di un ricco e quella di un povero possono essere completamente diverse.

Quando Emilio Ríos era fuori città, e anche quando non lo era, Jorge dedicava gran parte della sua giornata lavorativa a Hanna. La lasciava davanti ai negozi e la aspettava seduto in macchina, la lasciava davanti alla banca o allo studio del medico o alla palestra e la aspettava seduto in macchina, sviluppando il modo per migliorare un motore o un nuovo sistema di riscaldamento, oppure riflettendo sull'idea che gli piaceva di più: quella di aprire un'officina tutta sua per la riparazione delle auto. Chiudeva gli occhi per vederla più nitidamente nella propria immaginazione. Visualizzava i macchinari, i motori estratti dalle pance delle automobili, le pile di pneumatici accanto al muro, gli operai con le tute azzurre, immaginava una stanzetta separata dal resto dell'officina da una vetrata e dentro Luisa che gli dava una mano con l'amministrazione, e vedeva il posto ideale per impiantarla in una zona industriale vicino casa sua. Era il sogno a occhi aperti che faceva più spesso. Valutava i costi e il tempo in cui avrebbe dovuto lavorare come chauffeur per poter intraprendere una simile avventura. Non aveva neppure bisogno di carta e penna, lo calcolava mentalmente. Mentalmente disegnava, sommava e moltiplicava e, quando all'improvviso Hanna compariva davanti al finestrino, doveva scuotere la testa per disfarsi di quelle fantasie come se fossero gocce di pioggia.

Hanna ci mise quasi un anno a scoprire che il suo chauffeur aveva cinque figli, che andavano dai due ai dodici anni, forse perché Jorge non suggeriva a nessuno l'immagine di un padre di famiglia. Dava l'impressione di vivere solo in un monolocale e di preoccuparsi soltanto di sé stesso. Gli mancava la tenerezza che hanno i padri e qualunque adulto che abbia a che fare con i bambini. Questa tenerezza non deve essere evidente, in molti uomini resta acquattata sotto la pelle e dietro la retina come un gatto nell'oscurità, fin quando arriva il momento di rilassarsi, come se le cellule si espandessero o si gonfiassero, per poter guardare o abbracciare quelle piccole creature senza spaventarle. Dal canto suo, Jorge non credeva che la sua vita privata potesse interessare a qualcuno, e men che meno ai suoi capi. Era dell'opinione che la vita dei capi si può ripercuotere su quella dei sottoposti, ma che quella dei sottoposti non si ripercuote sulla vita dei capi e che, pertanto, non ha motivo di interessare loro. Jorge era un uomo pragmatico, sapeva separare il lavoro dalla vita privata e i sogni e le chimere dalla realtà. Sapeva quanto era grande la distanza tra la parte anteriore e quella posteriore dell'automobile. Un giorno, però, in un momento di quel lavoro in cui gli andirivieni si confondevano con la mattina e il pomeriggio e con le attese e i progetti, qualcosa della sua intimità scivolò verso la parte posteriore della macchina e si trovò a nominare i suoi figli, i suoi cinque figli. A Hanna servirono vari minuti per reagire, durante i quali dovette pensare che il mondo è pieno di sorprese. E in effetti è così. Alcune sono piacevoli e altre incredibilmente spiacevoli.

Per Hanna fu senza dubbio piacevole, e non tardò nell'esprimere a Jorge il desiderio di conoscere i suoi figli. Una cosa del genere non rientrava neanche remotamente nel progetto di vita di Jorge, la sola idea di mischiare quei due piani della realtà gli sembrava inconcepibile e gli stravolgeva l'ordine in cui era riuscito a incasellare il mondo: il grande con il grande, il piccolo con il piccolo, la famiglia con la famiglia e i sogni con i sogni. Perciò declinò l'offerta con molta delicatezza e gratitudine. Era impossibile. Hanna, però, non era disposta a gettare la spugna. Voleva vedere quei cinque bellissimi bambini, voleva portarli allo zoo e invitarli a fare merenda. Non capiva perché non si potesse. E così continuò a insistere.

A Luisa quella signora lontana che suo marito portava qui e là e di cui le aveva raccontato che non poteva avere figli, quando era la cosa che desiderava di più al mondo, faceva pena. A essere sinceri, le piaceva provare pena per qualcuno che aveva tutto. E la soddisfaceva enormemente possedere in abbondanza qualcosa che l'altra desiderava con tanto ardore. Quella povera donna ricca non le aveva fatto niente di male, ma lei non poteva evitare di sentire una certa allegria nel sentire compassione verso di lei. Così non ci vide niente di male nel cederle un po' della sua felicità permettendo che distraesse i suoi figli, ancor più perché quella felicità, poi, le sarebbe tornata aumentata dall'infelicità di Hanna.

Quel venerdì, il pomeriggio dello zoo, al posto della Mercedes Jorge usò la sua monovolume perché potessero starci tutti i bambini e il passeggino del più piccolo che, avendo solo due anni, si stancava subito di camminare. E, a quanto parve, a Hanna piacque moltissimo il cambiamento. Si sedette accanto a Jorge, che le chiese scusa per essersi vestito in modo informale, per cui per gli altri lei era la moglie di quell'uomo, la madre di quei bambini e la padrona, in condivisione dei beni, di quella monovolume. All'inizio i bambini, che Luisa aveva preparato con grande cura, rimasero seduti sul sedile posteriore eccessivamente tranquilli, quasi rigidi, come pedine in una strana posizione. Si sarebbe detto che stessero aspettando un ordine, una pacca accompagnata da una voce che gridasse: "Azione!". Subito, però, lei, la signora di nome Hanna, si girò verso di loro per chiedere quali animali gli piacessero di più e cosa preferissero per merenda. Aveva gli occhi così chiari che sembrava non averli, pareva che dietro di lei ci fosse il cielo e che fosse cava, perciò la fissavano mentre rispondevano e iniziavano a muoversi normalmente e a addossarsi gli uni agli altri. Anche i suoi capelli erano chiari, la bocca sottile, i denti piccoli e la fronte liscia come la superficie di un piatto, per cui quando un raggio di sole attraversava il suo finestrino lei praticamente scompariva e restavano soli con il padre, finché dopo un po' non ricompariva. Questo la rendeva un essere semivirtuale e trasformava la situazione, all'inizio strana, in un gioco.

Era divertente uscire con Hanna e papà perché Hanna era sempre di buonumore e faceva tutto quello che volevano loro. Ripeteva migliaia di volte la stessa canzone o lo stesso racconto, giocava a nascondino e andava al cinema con loro mentre papà faceva qualche commissione. Non si arrabbiava, qualunque cosa facessero comprava loro dei regali. Neanche papà perdeva la calma ed era molto più tollerante del solito, e loro lo sapevano. Per questo il pomeriggio del venerdì era il migliore della settimana. E quando l'uscita doveva essere rimandata perché papà doveva lavorare sul serio, ne erano molto delusi.

Lo stesso valeva per Luisa. Si era abituata ad avere a disposizione quel pomeriggio libero e a fare programmi per quelle ore: se lo godeva al punto che lo aspettava tutta la settimana. Il venerdì sera i bambini rincasavano tutti contenti e andavano a letto felici, e Luisa dormiva più abbracciata che mai a Jorge. Luisa non aveva mai visto Hanna, non sapeva com'era; i bambini qualche volta le raccontavano qualcosa, ma non avevano piacere che la mamma facesse domande su di lei perché subito si sentivano interrogati e perché Hanna era una persona che apparteneva esclusivamente al loro mondo. E Jorge, quando cercava di descrivergliela, sembrava non ricordarne bene l'aspetto. Occhi chiari, anche se non rammentava se grigi, azzurri o verdi, né alta né bassa, né giovane né vecchia. Perciò si sarebbe detto che Hanna fosse inconsistente come le nuvole.

Finché un giorno a Luisa non venne in mente che forse avrebbe dovuto ringraziarla in qualche modo per le attenzioni che aveva nei confronti dei suoi figli. Magari doveva invitarla per un caffè o mandarle un regalo, ma che regalo avrebbe potuto fare a una donna così? Jorge le disse di non pensarci, che avrebbe buttato soldi per niente, perché Hanna nuotava nell'oro. Perciò sul momento lasciò le cose così com'erano, almeno per sei mesi. E in quei sei mesi Hanna introdusse nelle sue scorribande anche le compere. A quanto pareva, si divertiva da pazzi a mettere sottosopra i negozi. Scarpe da ginnastica per tutti, polo, pantaloni, vestiti bellissimi. Anche i bambini iniziavano a nuotare nell'oro, una volta al mese tiravano fuori dalla monovolume pacchetti su pacchetti che ricoprivano il pavimento del salotto.

«Secondo te va bene così?» chiedeva Luisa al marito.

«Sai già che io non ero del parere di farlo, e adesso è tardi per chiuderla qui», le rispondeva lui.

I bambini parlavano di Hanna tra loro. I piccoli conservavano i disegni che facevano a scuola per mostrarglieli il venerdì e i grandi sottolineavano sul giornale i film che interessavano loro perché Hanna li portasse a vederli il venerdì. Intorno a Luisa c'era un ambiente nel quale lei era di troppo. Si occupava delle faccende pratiche come i pasti e il bucato, si accertava che facessero i compiti, che si lavassero, si preoccupava di portarli e andare a riprenderli dalle attività extrascolastiche, ma non entrava nei loro progetti, nei piani futuri, nelle loro fantasie: lì ci entrava solo Hanna. Di sera, quando erano già a letto, i bambini aprivano i bei libri illustrati che Hanna regalava loro e si mettevano a contemplarli e ad ascoltare come se ci fosse lei a leggerli con voce immateriale.

A Luisa iniziò a non fare piacere approfittare della libertà dei venerdì: restava a casa con lo sguardo fisso sulla televisione ossessionandosi all'idea che stava perdendo l'affetto dei suoi figli. E forse anche quello di Jorge. Perché non sembrava che suo marito fosse disturbato da quelle uscite, che dovevano essere sfiancanti. Anche se non mostrava entusiasmo, Luisa lo conosceva molto bene e si accorgeva che non lo infastidivano neppure. Accarezzava anche l'idea di stare perdendo la ragione, perché cosa c'era di male nel fatto che Hanna coccolasse i suoi figli, che li distraesse, che li facesse felici? C'è gente che paga per queste cose senza risultati così buoni. Luisa capì che il problema non era di Jorge né dei bambini, né di Hanna, ma suo, e decise di approfittare del pomeriggio del venerdì per andare da una psicologa che, appuntamento dopo appuntamento, le confermava che soffriva di un gravissimo problema di affettività e che quell'altra donna non avrebbe potuto portarle via niente che non avesse già perso. Quella rivelazione la scosse. Fino a quel momento, fino all'arrivo di Hanna nelle loro vite, non si era resa conto di niente perché non era abituata a pensare a sé con la stessa intensità con cui pensava ai bambini quando erano malati. Probabilmente far funzionare la macchina quotidiana giorno dopo giorno l'aveva abbrutita, le aveva fatto perdere dolcezza e fantasia, forse non sapeva mostrarsi affettuosa come Hanna, dava per scontato che non fosse necessario, perché sia i suoi figli sia suo marito dovevano sapere che era lei la persona che li amava di più al mondo. La psicologa le consigliò di cercare il modo di aprirsi alle sue emozioni, di coltivarle e di esprimerle, di cercare di trasformare le incombenze quotidiane in occupazioni piacevoli. «Sei un essere umano, non una macchina», le disse.

Fu allora che successe. Il venerdì avrebbe sostituito Hanna, avrebbe cercato di essere Hanna. Li avrebbe portati al cinema, a fare compere – anche se ci sarebbe stato da tirare la cinghia –, avrebbero mangiato da McDonald's e non sarebbe stata a sgridarli tutto il tempo. Così lo propose ai suoi familiari.

«Questo venerdì usciremo tutti insieme», disse.

Sia Jorge che i bambini la guardarono senza capire. Avevano tutti la stessa espressione, lo stesso sguardo interrogativo.

«Ho deciso che da ora in poi faremo molte cose insieme», proseguì Luisa.

Ma non poté continuare a parlare, perché uno dei bambini si mise a frignare, poi un altro e un altro ancora: avevano già fatto dei programmi con Hanna.

«Vuoi soltanto dare fastidio», disse uno di loro.

Jorge non intervenne, li osservava tutti con un'espressione di circostanza, anche Luisa; e da questo lei capì che le spiegazioni non servivano, che i discorsi non servivano, da questo capì che la psicologa aveva ragione.

"Benissimo", si disse Luisa non appena la sua famiglia se ne fu andata a godersi uno di quei venerdì gloriosi, "adesso mi metto a piangere." Aveva sempre evitato di dare sfogo a questa debolezza perché le avevano detto che non era di nessun aiuto. Adesso invece pensava che se si può piangere un motivo ci sarà, e aveva anche visto un servizio in televisione in cui mostravano tutte le lacrime che versa una persona nel corso della sua vita con cinquanta secchi di zinco colmi fino all'orlo, e con un mare mostravano le lacrime versate da una città di cinque milioni di abitanti, mentre con le sue si sarebbe potuto riempire al massimo un secchio, per cui gliene rimanevano ancora quarantanove per essere come tutti gli altri. Si diceva anche che le lacrime puliscono l'occhio in profondità e che quelli lacrimali sono piccoli dotti situati in fondo all'occhio, che si comprimono per un'emozione intensa, sia per un dolore eccessivo che per un'eccessiva felicità, e che pertanto il dotto lacrimale non distingue il tipo di emozione, ma il grado. E non avrebbe mai più creduto alla storia che piangere non serve a niente.

Iniziò timidamente, lasciandosi trasportare dalla sua infelicità, dai pensieri neri, finché le guance e il mento iniziarono a tremarle. Quel tremore faceva in modo che i dotti lacrimali si comprimessero meglio. Controllare il tremolio della faccia è difficile come controllare un terremoto, perciò lungo il suo viso contratto e deformato scorse subito l'acqua come qualche volta l'aveva vista scorrere lungo i volti paurosi delle fontane di pietra. Provava piacere e dolore, come durante il parto. Non riusciva a smettere di piangere. Passava giorni e giorni a piangere, ma non in continuazione, interrompeva il pianto quando Jorge e i bambini erano in casa.

Però, non appena se ne andavano, le guance e il mento ricominciavano a tremarle. E le lacrime non smettevano di uscire, come un'emorragia che non si riesce a bloccare. Dopo aver saputo quanto potrebbe piangere una persona nel corso della vita, non le sembravano affatto esagerate le lacrime che stava versando. Il fatto era che quando stava così non voleva stare in nessun altro modo e non apriva la porta né rispondeva al telefono. Era quasi meglio che fare l'amore, e iniziò a chiedersi se non avesse preso il vizio del pianto come altri fanno con il fuoco o il sesso.

Finché un giorno successe quel che doveva succedere. Jorge rincasò prima del previsto dal lavoro e la trovò distesa sul divano. Erano due ore che piangeva senza sosta, per cui era in uno stato molto teatrale. Occhi gonfi, viso scomposto, capelli scarmigliati, corpo dolente, nausea. Per questo, anche se Luisa sentì allarmata una chiave che si infilava nella serratura e che girava, non ebbe il tempo di reagire, di frenare il pianto e tutta la sofferenza accumulata in quell'istante della sua vita. Riconobbe il modo di aprire la porta di Jorge. È curiosa la quantità di sfumature che è in grado di registrare l'udito umano. Il modo di camminare di ciascuno è diverso da quello degli altri e i suoi passi suonano diversi a seconda dello stato d'animo. Dalla voce si capisce se una persona è d'umore buono o cattivo, come dal modo di respirare, di lasciar cadere qualcosa su un tavolo e di girare la chiave nella serratura. Purtroppo Jorge entrò, alzò le persiane e, vedendola, ebbe un sussulto.

«Che ti succede?» le chiese cercando di abbracciarla, cosa che Luisa non gli permise perché era come consentirgli di abbracciare un mucchio di stracci; si sarebbe potuto dire che fosse un'escrescenza di sé stessa e non voleva che lui si vedesse costretto ad abbracciare quell'escrescenza.

Quel piccolo sussulto di dignità la fece ritornare coi piedi per terra. "Piangere non serve a niente", pensò, "e il problema non è in me, ma in quella donna che si è insinuata nella mia vita." E fu allora che chiese a Jorge di lasciare il lavoro e di installare una piccola officina in garage, perché si fidava ciecamente di lui e sapeva che ce l'avrebbero fatta. Luisa non tollerò rinvii né scuse. Le uscite del venerdì cessarono e costrinse Jorge a licenziarsi. All'inizio, ai bambini mancava lo stile di vita che Hanna aveva fatto conoscere loro. E Jorge, ormai senza lavoro, abituato ad avere un orario e a non dover pensare ai passi che doveva compiere durante la giornata, si sentiva perso e svogliato. Non vedeva più la necessità di farsi la barba né di svegliarsi presto e l'officina smise automaticamente di essere un sogno con cui riempiva le lunghe attese. Luisa, però, tenne il punto, non vacillò neppure un secondo, non dubitò mai di aver preso la decisione giusta e capì che era lei il perno di quelle vite e che avevano bisogno di lei come non potevano neppure immaginare.

Andò ancora una volta dalla psicologa per raccontarle quello che era successo e la dottoressa le disse che quella donna di nome Hanna non aveva colpa e che Hanna come la vedeva Luisa non esisteva: era una proiezione delle sue paure e delle sue fantasie, una costruzione mentale. Aggiunse che fuggendo dalle situazioni non si risolveva niente; aveva allontanato i suoi figli da una cosa che amavano, era come se avesse spento loro la televisione nel bel mezzo di un film perché non prestavano attenzione a lei. E aveva strappato violentemente il marito dal suo mondo abbandonandolo, in un certo senso, all'addiaccio.

«Lei non ha neanche idea di quello che stava succedendo, quella donna mi stava portando via la mia famiglia», replicò Luisa.

Le sue parole rimbalzarono sulla faccia incredula della psicologa, sull'espressione, senz'altro studiata, con cui doveva guardare e ascoltare i malati perché in essa riconoscessero il loro delirio, la loro demenza, la loro incongruenza e, in definitiva, perché dubitassero di sé stessi. Quei gesti-specchio arrivavano a essere aggressivi o dissuasori tanto quanto un coltello o una pistola. Luisa, però, resistette e tenne lo sguardo fisso su quella smorfia, forse di disprezzo, con grande serietà e serenità.

«Lei non ne ha neanche idea», ripeté Luisa.

«Va bene», rispose la dottoressa alzandosi e dando per conclusa la seduta.

Evidentemente stava utilizzando tutti i mezzi che impiegava nei casi difficili, ma era chiaro che su Luisa non facevano presa. Luisa aveva ormai la certezza che nessuno meglio di lei avrebbe potuto difendere ciò che era suo, assolutamente nessuno, ed era arrivata anche alla conclusione che la psicologa era una cantastorie. Perciò Luisa, Jorge e i bambini tornarono alla vita prima di Hanna, sebbene probabilmente la vita non fosse più uguale a prima.

«Adesso siamo veramente noi», dice. «E questo è ciò che conta.»

So che nel suo racconto Luisa ha tenuto per sé molte cose e che ne ha alterate altre, che ha esagerato e mentito, che vuole la mia approvazione.

«Non potevi fare altrimenti», commento.

Ci copre lo stridio degli uccelli, più in là dello stridio c'è il soffitto azzurro del cielo. Sembra che siamo in un giardino giocattolo, piccolo e quadrato. Luisa, però, è vera, è delimitata da tutto il resto, ha rilievo, si stacca dal fondo, ha volume, peso e durezza sufficienti. È come se si staccasse continuamente dal muro e dalle piante.

«Bene, ma in realtà tu sei venuta a trovare Jorge», dice lei alzandosi.

La seguo. Scendiamo una scala che porta al garage, che adesso è un'officina. Jorge è piegato su un tavolo e ha le mani macchiate di grasso.

«Ciao Emma», dice pulendosi con uno straccio.

Mi sono sempre chiesta se la serietà di Jorge travalicasse l'ambito lavorativo o se fuori di esso qualche volta si rilassasse e sorridesse. I suoi occhi, però, sembrano animati da un grande conflitto interiore.

«Ciao», rispondo io. «Che stai facendo?»

«Cerco di riparare una falciatrice. È di un vicino e probabilmente se viene bene me ne porteranno altre», spiega spostando di nuovo l'attenzione sul marchingegno poggiato sul tavolo. «È di una marca tedesca per la quale in Spagna non ci sono pezzi di ricambio, ma credo di aver trovato la soluzione.»

Anche la maglietta e i pantaloni sono macchiati, si direbbe che sia travestito da meccanico.

«Sono felice», dico.

«Sei un genio», interviene Luisa, fissandolo mentre lui continua a esaminare la falciatrice.

«Mi fa piacere che le cose ti vadano bene», riprendo. «Volevo solo che sapessi che su di me puoi sempre contare.»

«Immagino che lì vada sempre tutto come al solito», dice lui.

Mi fermo a pensare per un attimo che nonostante la vertigine perenne che viviamo nella Torre di Vetro forse ha ragione.

M'incammino verso la fermata dell'autobus. Dopo cinquanta metri mi giro per lanciare un'ultima occhiata alla casa. È la sindrome dell'ultima volta, dell'ultimo sguardo che registra quello che ci si lascia alle spalle. È un riflesso condizionato della memoria. Vedo la casa come un ricordo lontano, persa in una strada che dimenticherò.

Hanna non richiede quasi più i servizi del nuovo autista e io lo interpreto come un atto di fedeltà nei confronti di Jorge. Credo che a lui avrebbe fatto piacere saperlo, ma non mi è sembrato opportuno dirglielo davanti a Luisa una volta che mi sono resa conto del dramma che lei e la sua famiglia hanno vissuto per colpa dell'intromissione di Hanna nella loro vita.

Ho l'occasione di farglielo sapere un giorno all'ora di pranzo in cui lo incrocio all'uscita della Torre di Vetro. È venuto a prendere o a portare un documento alle Risorse Umane e io esco per andare a pranzo. Si offre di accompagnarmi.

«Da quando lavoro in casa, vengo a Madrid solo a sbrigare faccende burocratiche», dice.

Porta una cartellina azzurra con gli elastici sotto il braccio e indossa una camicia a maniche corte. Le sue mani sono diventate più grandi e si sono indurite, ma lo sguardo è lo stesso, uno sguardo abituato a restare fisso a lungo su qualcosa, prima su strade e autostrade e adesso sui congegni che ripara. Ci sediamo ai tavolini all'aperto di un bar. Io ordino un piatto misto e lui una birra; deduco che Luisa lo stia aspettando per pranzo. Mentre attendiamo ciò che abbiamo ordinato gli racconto qualche episodio successo in azienda, ma mi accorgo che non gli interessa, non gli interessa affatto. Durante il pranzo, lui mi racconta alcune storielle dell'officina, ma mi accorgo che neanche quelle gli interessano. Perciò gli dico: «Quando sono venuta a casa tua, Luisa mi ha raccontato la storia di Hanna e dei bambini».

Questo sì che gli interessa. Resta assorto a fissare il pollo che c'è nel mio piatto, il coltello che lo taglia, la forchetta che lo infilza e lo fa arrivare fino alla mia bocca. Mi sembra bellissimo con il sole che gli fonde la fronte, gli zigomi e il naso, facendoglieli diventare di bronzo, ma mi sembra anche che smetterà di esserlo molto presto, tra cinque anni al massimo. Ha una bocca meravigliosa e mi chiedo se Luisa sappia apprezzarla. A poco a poco sta perdendo la sua attuale ruvidezza.

«È stata tutta una follia. Credo di aver perso la testa e la povera Luisa si è ammalata.»

«Sembra che la signora Ríos ora vada in taxi dappertutto», aggiungo.

Jorge finisce in un sorso la birra e ne ordina un'altra.

«Sta bene?»

«Chissà», rispondo. «Da queste parti non si fa vedere.»

«Ah», dice. «Hanna è molto infelice. Non può avere figli e non si sente molto amata dal marito. Ha sempre sospettato che lui ami un'altra persona.»

«Ed è vero? Tu devi saperlo.»

«Non posso dire niente, noi chauffeur siamo pezzi di carne senza occhi né orecchie, senza sentimenti. Vediamo solo quello che abbiamo davanti mentre pensiamo alla nostra povera vita.»

Mi turba questa riflessione di Jorge, non me la aspettavo. E non me la aspettavo, devo ammetterlo, perché è un autista ossessionato dai motori.

«Ma è esattamente il contrario», continua. «La nostra professione ci costringe a stare in allerta, a tenere sempre gli occhi aperti. Appena saliamo in macchina ci si dilatano i pori, ci si aprono le branchie del collo, ci entrano in tensione le pupille, ci trasformiamo in spugne, capisci? Non possiamo ascoltare il sussurro del vento tra gli alberi davanti ai quali passiamo a tutta velocità e smettere di sentire quello che viene detto a pochi centimetri dalla nostra nuca. I suoni arrivano senza che lo vogliamo, e per non vedere alcune cose dovremmo chiudere gli occhi.»

«Tu la ami, vero?» gli chiedo come se lui stesso mi estorcesse le parole con i suoi pensieri. «Non è stata una coincidenza che ci vedessimo, volevi parlare con me. Volevi parlarmi di lei.»

Jorge fa una smorfia che suggerisce dolore mentale. Con il boccale di birra tra le mani la smorfia si contrae sempre di più, come se il dolore dovesse iniziare a gocciolare da un momento all'altro.

«Non mi piaceva neanche, la prima volta che l'ho baciata. Era così delicata che mi dava l'impressione che avrei potuto attraversarla con la mano. Un giorno era così disgustata per qualcosa che le aveva fatto il marito che cominciò a sentirsi male e fui costretto a fermarmi e lì iniziò tutto. La abbracciai per compassione e la baciai per compassione, perché ci sono situazioni in cui un uomo non può non fare certe cose se non vuole passare per un insensibile. Poi mi ci sono abituato, lei faceva sì che mi abituassi a tutto facilmente. Mi sono abituato a lei come ci si abitua a dormire su un materasso di piume invece che a terra, capisci? Ho scoperto qualcosa nel nostro rapporto che non avevo neanche immaginato esistesse.»

«Probabilmente lei proverà la stessa cosa.»

Il mio commento gli provoca di nuovo la smorfia. Sospetto che ormai sarà per sempre un uomo con un dolore occulto e cronico.

«Lei ora non ha tempo per me, sarà preoccupata per l'amicizia di don Emilio con quella ragazzina, Anabel», dice, e scoppia in una risata cupa. «Io al posto suo sarei piuttosto angosciato.»

Non c'è posto migliore di un ufficio condiviso per otto lunghe ore per conoscere il vero carattere di una persona.

In fondo, se sono salita al trentesimo piano, lo devo a Corrado. In sostituzione dei fratelli Dorado viene nominata vicepresidente l'arrivista Lorena Serna, che non mi include nella sua squadra, per cui vengo destinata all'ufficio di Teresa, accanto a quello di Emilio Ríos, che adesso è il mio capo diretto. Mio padre mi fa i complimenti, come anche Vicky, e alcuni abitanti del vecchio labirinto mi augurano buona fortuna. Eppure in tutto ciò c'è qualcosa che non mi piace. In questo tempo ho imparato ad «ascoltare» la Torre di Vetro; magari non è il modo più azzeccato di esprimerlo, ma ho l'impressione che quando le cose stanno per andare bene la Torre sia un palazzo risplendente e quando stanno per andare male sia una fortezza nera e fredda, piena di prigioni sotterranee. Si direbbe che i suoi materiali siano buoni conduttori dell'energia umana, dei suoi successi e fallimenti, dei suoi sogni e rancori. Così come ci sono persone a cui fa male una gamba quando il tempo sta per cambiare, la Torre subisce avarie o si presenta avversa e antipatica quando stanno per nascere problemi. E questo è ciò che percepisco adesso, mentre salgo al trentesimo piano reggendo una scatola con i miei inutili effetti personali di un'altra epoca. La luce fioca dell'ascensore mi fa presagire un autentico disastro. Alcune parti dello specchio sono in ombra e sembrano pieghe nelle quali io e la scatola scompariamo. Intuisco con la forza di una pazza che la Torre sta cambiando e con lei tutti noi, anche se forse sono solo io a cambiare.

Nel mio nuovo incarico, la prima cosa di cui mi rendo conto è che Jorge ha ragione e che l'amicizia di Emilio Ríos e Anabel si è approfondita notevolmente rispetto a quando lei venne dalla Francia per assistere al funerale del padre.

La seconda cosa di cui mi rendo conto è che per un collega di lavoro non c'è niente di più temibile della curiosità.

Teresa occupa una scrivania lunghissima ed extrapiatta, ai cui lati sono stati sistemati altri due tavoli aggiuntivi, perciò dall'ingresso produce la strana sensazione di essere divisa a metà e che improvvisamente le vedremo le gambe da una parte e il busto dall'altra. A sud-est rispetto alla sua grande scrivania è situata la mia piccola scrivania. Quando si entra non mi si vede e una volta dentro l'ufficio mi si percepisce come una protuberanza, una collina senza importanza nei pressi dell'Himalaya. A volte qualcuno si accorge di me e mi chiede l'ora, mi chiede il giornale o fa una considerazione sul tempo. Io, indotta dal bisogno di materializzarmi davanti a qualcuno, mi sforzo di essere amabile e servizievole, cosa che Teresa non vede di buon occhio, visto che sorveglia con grande zelo la sua area di influenza in cui non lascia entrare nessuno. Non fa i salti di gioia neppure quando mostro interesse per il funzionamento del programma informatico che utilizza, che è davvero molto complesso. «Perché vuoi saperlo?» mi chiede con lo sguardo torvo. Per cui cerco di chiudere gli occhi davanti al programma e davanti a qualunque cosa che intuisco di non dover sapere, e imparo anche a dissimulare e a far passare per indifferenza il mio interesse per qualunque fatto che riguardi l'azienda, perché, come ho già detto, qualunque segno di mia curiosità fa scattare in Teresa un immediato segnale di allarme, e direi anche d'angoscia.

Credo che non dia valore alla sua efficienza, ma che faccia risiedere il suo potere nella messe di informazioni che ha passato anni e anni a immagazzinare e il cui possesso esclusivo si è trasformato in un vizio. Immagino che abbia iniziato proteggendo i dati importanti del suo capo e abbia finito per avere il braccino corto, come si suol dire dei taccagni in generale. Quando devo aggiungere dei nomi ai miei schedari o in qualche documento che per disattenzione Emilio Ríos affida a me e non a lei, devo rivolgermi ad altri dipartimenti per non dover sopportare la reazione sgradevole di Teresa. Nessuno mi ha proibito di entrare nell'ufficio di Ríos, eppure l'ordine è stato dato tacitamente e non mi passa neanche per la testa di farlo. Sento limitata la mia libertà d'azione e di parola, anche di sguardo, perché se mi viene in mente di mettermi a guardare mentre lei parla al telefono o con qualcuno, le mie occhiate non sono ben accolte. Non so perché il rifiuto altrui crea un certo senso di colpa. Si tende a pensare che il non essere amati o l'essere odiati dipenda dalla propria natura individuale, quando in realtà dipende da chi ci ama o ci odia. Per questo nei primi giorni non mi rendo conto che il comportamento di Teresa non lo alimento io, ma la paura, una paura patologica che le portino via qualcosa di quanto ha accumulato con pazienza e fatica in questi anni. E più ancora che, senza rendersene conto, trasportata dal rapporto personale o dal cameratismo, me lo possa regalare lei stessa, cosa che non si perdonerebbe mai.

In ogni caso il comportamento di Teresa non è poi così eccezionale. Tutti tendono a trattenere le informazioni: i governi, la CIA, la polizia, il portiere di casa mia e la famiglia. Raúl, prima di abbandonarmi, mi teneva nascosta la sua nuova relazione e immagino che anche all'altra centellinasse le informazioni su di me. Sarà per questo che di fronte alle domande tutti, chi più chi meno, si mettono sulla difensiva. La domanda, per inoffensiva che sia, contiene un pizzico di aggressività: è come se tra i nostri diritti fondamentali si contemplasse quello di non essere interrogati. Sono pochi i professori che ricordo ammettessero con piacere le domande degli allievi, la maggior parte di loro si irrigidiva perché rispondere li innervosiva o perché temevano di non saperlo fare. Durante le visite i medici di solito sono molto laconici nelle loro risposte, perché più o meno sanno quello che bisogna fare oppure perché non lo sanno, e una visita non è una lezione di medicina. Agli sportelli gli impiegati danno informazioni a metà, perché hanno ripetuto la stessa risposta a tante persone e così tante volte che suppongono che tutto il mondo l'abbia già sentita. I genitori rispondono sempre svogliatamente alle domande dei figli. In realtà, genitori e insegnanti uccidono progressivamente la curiosità dei bambini finché questi ultimi non imparano che quello che gli interessa e che è essenziale per la loro vita non devono domandarlo, devono scoprirlo da soli. Uno scrittore che ha successo, per esempio, non spiegherà mai come ci è riuscito, cosa ha fatto, con chi ha parlato, che bocconi amari ha dovuto ingoiare, se ha insistito, se si è limitato ad aspettare, se gli è costato molto, se gli è costato poco. Non bisogna chiederglielo perché non lo rivelerà mai, non dirà la verità. E lo stesso succede con colui che fallisce: dirà mille cose, ma non quella che conta davvero. Alle persone piace fare chiacchiere, raccontare nei minimi particolari come funziona l'orologio della loro nonna, ma non piace che si facciano loro domande, e ovviamente la risposta sarà una bugia.

La terza conclusione a cui sono arrivata stando qui è che un ufficio è il posto ideale per sviluppare una bella schizofrenia.

Tutto comincia con dei sospetti da parte di Teresa sul fatto che qualcuno le rubi i documenti dalla scrivania e anche che cambi loro di posto, per cui le cartelle che devono essere archiviate sotto la P sono sotto la W.

«Qualcuno sta boicottando il mio lavoro», dice guardandomi con un'espressione torva e sospettosa.

Le propongo di denunciare la cosa al direttore delle Risorse Umane o direttamente al presidente, che al momento e per i prossimi quindici giorni sarà in viaggio in vari paesi dell'America Latina. Per prima cosa cerco di far sì che Teresa mi escluda dai suoi sospetti, a cui sono l'unica candidata.

«Non mi è mai successa una cosa del genere», dice. «Quando ero sola queste cose non accadevano.»

Cerco di fare orecchio da mercante su queste e altre frasi simili, ma ogni giorno mi pesa di più entrare nella Torre Nera, nell'incubo in cui si è trasformato questo edificio. Non so mai cosa mi aspetta, non so mai cosa Teresa crederà che io possa aver architettato contro di lei. È talmente convinta e sicura della mia colpevolezza che riesce a farmi sentire in colpa, anche se in modo vago. Di mattina apro la porta con la ritrosia del colpevole, la saluto con espressione colpevole e aspetto le ultime novità con lo sguardo spaventato. Mi vedo così terribilmente colpevole ai suoi occhi che nessun poliziotto dubiterebbe che io lo sia davvero.

Una mattina di ottobre con le nuvole nere all'orizzonte mi sorprendono le risate di Teresa, che suonano davvero tetre. Cerca qualcosa nei cassetti della sua scrivania e non sta parlando con nessuno di visibile, pertanto nessuno le sta raccontando niente di divertente: con ogni probabilità se lo sta raccontando da sola. Fin qui niente di troppo straordinario. Io stessa frequentemente intrattengo conversazioni e veri e propri dibattiti con persone che, benché esistenti, non sono presenti e con cui, con ogni probabilità, nella realtà non intavolerei mai e poi mai alcuna discussione. Si tratta di conversazioni molto plausibili su faccende che per negligenza, pigrizia o timidezza non affronto o non lascio concluse come voglio e che solo in queste polemiche immaginarie risolvo a mio piacimento, anche se a volte devo stare attenta a non muovere le labbra per strada e altre finisco per esaltarmi e avere il cuore in gola, perché in una discussione, per immaginaria che sia, possono saltare fuori risposte impreviste. Diciamo che uno ha sempre bisogno di completare nella propria mente quello che nella pratica resta a metà o non del tutto risolto. In fin dei conti, scrivere è un modo di parlare da soli.

Forse quest'abitudine l'ho presa da una mia zia di primo grado, che quando si tratta di esprimere i propri pensieri non si trattiene mai, che la si ascolti o no. E chiarisco che non solo non è mai stata né è pazza, ma anche che grazie a questa pratica è sopravvissuta piuttosto bene alle frustrazioni e limitazioni della sua vita. Abita a Barcellona e la chiamiamo Liz per la sua somiglianza con Liz Taylor. Sia lei che Liz Taylor sono invecchiate e si sono deformate allo stesso tempo. Anche a mia zia piacciono i gioielli e ha avuto vari amanti. Possiede due pellicce di visone e una di martora che pensa di lasciarmi nel suo testamento. Dà per scontato che mi piacciano e che desideri ereditarle. A volte beve un po' più del dovuto per dimenticare, anche se è un dimenticare un po' strano perché cerca di dimenticare ciò che non le succede.

Eppure la grande differenza tra mia zia e Teresa consiste nel fatto che Liz è capace di interrompere in qualsiasi momento le sue conversazioni fantasma, cioè controlla la sua realtà interiore, che è grossomodo ciò che fa uno scrittore, mentre Teresa non solo non controlla il suo mondo interiore, ma le sta sfuggendo di mano anche quello esteriore. Gli psichiatri definiscono queste persone «psicotiche» e i momenti nei quali si rivela la loro psicosi «episodi psicotici acuti». Chiaramente io in questi istanti non mi rendo conto che sto assistendo a un episodio psicotico, non è facile valutarlo fin quando non arriva l'ultimo secondo e accade il disastro. Attualmente la situazione è questa: Teresa cerca nei cassetti della sua scrivania, negli archivi e negli armadi. Ha ricevuto una lettera urgente dalla Germania per Ríos, che ha conservato nei suoi cassetti e che, come per magia – dice questa cosa della magia con autentica malvagità – si è volatilizzata. Mi offro di aiutarla a cercarla e lei, contro ogni previsione, accetta.

«E va bene, metteremo tutto sottosopra finché non comparirà», dice.

Deve fare un grande sforzo per parlare. Dà l'impressione di essere in pieno processo di metamorfosi e convulsione interna. È possibile che il fatto che Emilio Ríos sia via per un viaggio d'affari la alteri ancora di più, perché durante i viaggi del presidente le visite al nostro ufficio diminuiscono considerevolmente e le ore passano con una lentezza esasperante, cosa che non fa affatto bene a una fantasia malata come la sua.

Cerchiamo e cerchiamo, ma la busta non compare. A me tocca esaminare i cestini e un grande sacco nero di plastica, dove gli addetti alle pulizie li svuotano. Agisco con cautela, foglio per foglio, cercando di non toccare i fazzoletti sporchi di muco né le mele mordicchiate, né i residui di unghie né le altre cose che di solito si gettano nei cestini degli uffici e, quando finisco, metto di nuovo tutto a posto. Teresa, invece, lascia cadere i libri dalle mensole con grande ostentazione facendo molto rumore, e copre il pavimento di fogli.

I colleghi di passaggio, chi più chi meno, restano a osservare per qualche secondo questo spettacolo e le gambe di Teresa, che salgono e scendono da una scala. A lei di tanto in tanto scappa una parola ad alta voce, che cade sulla moquette come un meteorite favorendo la sensazione di caos. E il caos è una cosa che non posso sopportare: i traslochi, i lavori di ristrutturazione in casa, le macerie per strada, le grandi pulizie, forse perché, per quanto vagamente, ricordano in qualcosa le guerre, le distruzioni e le ricostruzioni, e noi spagnoli ci siamo passati di padre in figlio le cicatrici della nostra guerra civile.

Arriva un momento in cui mi restano da esaminare solo i miei cassetti, cosa assurda perché di solito li lascio chiusi a chiave quando me ne vado e nessuno tranne me può avervi nascosto la lettera. Perciò chiunque può immaginare il sussulto che ho quando vedo una busta imbottita e urgente, indirizzata a Emilio Ríos, proveniente dalla Germania, nel primo cassetto della mia scrivania. Provo l'impulso di tirarla fuori e farla vedere a Teresa perché quest'incubo e questa distruzione terminino, ma decido di tenere in conto ancora una volta il consiglio di mio padre e contare fino a cento. Ciò che urge è farla comparire in un altro posto. Ma come fare, con Teresa che va e viene per la stanza e mi lancia per tutto il tempo occhiate sospettose? Se mi scopre a mettere la busta da un'altra parte è capace di farmi licenziare dopo avermi umiliato e aver calpestato la mia dignità; se confesso che è nella mia scrivania, ma che non ho la minima idea di come ci sia arrivata, farà la stessa cosa; e se non dico niente e lascio passare il tempo, non potrò sopportare l'idea che la causa di questo disastro si trovi in mio potere.

La paura mi impedisce di agire per un quarto d'ora: la paura di Teresa, la paura di essere umiliata, la paura di perdere il lavoro, la paura del caos, la paura della paura. Non c'è niente che sia efficace quanto la paura per paralizzare e annullare l'avversario. Si introduca la paura nella mente del nemico, una paura che cresce e si moltiplica, e si avrà vinto. Bisogna scoprire solo di cosa ha paura l'altro, se del ridicolo, di essere povero, della malattia, della vecchiaia, del discredito sociale. Con il passare del tempo mi renderò conto che a volte, aprendo la porta della paura, ciò che troviamo è un'altra porta della paura e così via, perché la paura è un tempio che si va costruendo poco alla volta.

Con le dita tremanti e sudando, avvolta in un terrore infantile, deposito la busta a terra accanto alla sua scrivania e con il piede la spingo per metà sotto il mobile. Poi faccio qualche passo e mi metto accanto ai fogli sparpagliati sulla moquette. È curioso il rilievo che assumono i particolari in azioni come mentire, ingannare, nascondere, rubare. Per questo i romanzi di John Le Carré o di Patricia Highsmith sono pieni di particolari, a volte piuttosto grossolani, che i loro personaggi non possono fare altro che mettere insieme per sopravvivere. Anche mia zia Liz è una maestra per me su questo terreno. Uno degli argomenti favoriti nelle sue conversazioni immaginarie erano le possibili infedeltà di suo marito, il mio affascinante zio Ángel, che mi ha insegnato a nuotare e mi comprava libri e fumetti. Un giorno d'estate e di mare, quando avevo dieci anni, si produsse una di queste situazioni tese e piene di particolari grossolani.

Liz era in acqua con me e mio zio giocava a pallone con gli altri bambini. I nostri vestiti erano ammucchiati sulla sabbia. A quel punto a Liz venne in mente di controllare il portafogli del marito in cerca di qualche indizio dell'infedeltà da cui era ossessionata, ma bisognava avvicinarsi ai vestiti, estrarre il portafogli dalla tasca dei pantaloni e portarlo da Liz, che aspettava in acqua e che mi scelse come strumento dei suoi desideri. Io non sapevo cosa fare perché volevo bene a entrambi, e per compiacere l'una dovevo tradire l'altro, ma non ero una ribelle e non riuscii a sottrarmi. Così compii l'atto vile e volgare di tirare fuori il portafogli dalla tasca dei pantaloni del mio adorato zio e di metterlo tra due ciabatte, come se fosse un sandwich, come mi aveva suggerito di fare Liz. Stetti malissimo mentre compivo quella terribile operazione, anche se in fondo ricordava i microfilm che gli agenti segreti infilano nelle salsicce o nei polli arrostiti o la spia che si fa passare per venditore di phon. Eppure, il particolare delle due ciabatte che sorreggevano il portafogli diventò scabroso quando la mano di mio zio le prese delicatamente dalle mie. Adesso so cosa mi fa veramente paura, ho paura di provare vergogna. Provai molta vergogna davanti all'espressione sorridente e sorpresa del mio zio preferito. «A cosa ti serve il mio portafogli?» chiese. Dietro di lui la sabbia si estendeva fino ai pini, e io sprofondai nei suoi punti dorati perché avevo bisogno di sprofondare in qualcosa, alzando le spalle in quel gesto che vuole significare "non lo so". E mentre mio zio mi giudicava una volgare ladruncola, Liz si era immersa a pancia in giù in acqua e si alzava e si abbassava con le onde.

La verità si alza da sola, ma la bugia o il simulacro devono essere alzati con lo sforzo individuale e mantenuti in alto a forza di braccia e senza alcun tipo di distrazione. Chi li pratica deve essere un grande osservatore e stare attento proprio a tutto, a quello che succede, agli sguardi, alle parole, alla posizione di ciascuno, alla posizione del sole. La bugia è un film dove gli antichi romani non possono portare l'orologio da polso, per così dire. Esige somma concentrazione e comunque c'è sempre qualcosa di sbagliato che ti fa cadere faccia a terra e rompere i denti. Io non stetti abbastanza allerta e mio zio mi sorprese.

«Credo che dovremmo iniziare a mettere a posto questo caos», dico a Teresa, che va e viene senza sapere più dove guardare.

Si volta verso di me con odio. Magari le dimostrazioni di amore si potessero considerare così chiare e inequivocabili come quelle di odio.

«Sospetto che tu sappia dov'è quella lettera. Sospetto che tu l'abbia nascosta», ribatte.

Non solo Teresa non cerca di dissimulare l'odio, ma pretende anche che sia il più feroce possibile. Quest'odio mi farebbe paura se ormai non sapessi che ciò che mi fa paura è provare vergogna.

«Mi stai accusando di aver rubato la lettera?»

Senza volerlo, con il ricordo ancora vivo del portafogli di mio zio tra le due ciabatte, dico «rubare». La forza di questa parola fa sì che per un istante Teresa recuperi il senno.

«Non ho detto questo.»
«Lo hai insinuato», replico io.
«Ho detto che l'hai nascosta, e in realtà volevo dire persa.»
«Fa lo stesso, sono stufa. Fanculo la lettera.»
Anch'io probabilmente la sto guardando con odio, ma è un odio ridicolo in confronto al suo.
«Raccogliamo tutte queste cose», dico indicando il lago di fogli e libri formatosi in mezzo all'ufficio tra la sua scrivania, la mia, la porta che dà sul corridoio, quella che dà sull'ufficio di Ríos e quella che dà sulla sala riunioni. «Io inizierò da questa parte e tu da quella», aggiungo indicando la zona vicina alla lettera, che dovrebbe scoprire non appena si metterà a catalogare i documenti e sposterà lo sguardo alla sua destra; anzi, l'angolo della busta dovrebbe attirare il suo sguardo da un momento all'altro e finalmente potremmo riposarci.
«E da quando dai gli ordini qui?» chiede.
Mi sono già messa in ginocchio e sto esaminando un foglio alla volta senza perderla di vista. Ci mette un po' a decidersi e alla fine si siede a terra. Ci sono momenti in cui sembra che si sia accorta dell'angolo della busta, ma subito sposta l'attenzione da un'altra parte: è così offuscata che non si rende conto di niente. Mi viene in mente di fargliela notare io stessa, anche se sarebbe disastroso, sarebbe come confessare. A un certo punto, però, si concentra su quella parte del pavimento più di prima. Io continuo a fare rumore con i fogli mentre tengo lo sguardo fisso su quello che lei fa alla mia sinistra senza smettere di guardare di fronte a me, cosa che comporta uno sforzo titanico. Più che vedere percepisco che allunga la mano e afferra la busta con naturalezza, non sospetta che si tratti della lettera tanto anelata. Ma quando la vede intera, l'indirizzo, i timbri, il mittente, quasi si alza di scatto. Poi ci pensa su e mi lancia un'occhiata con la coda dell'occhio che dura un'eternità e che io sopporto con finta indifferenza. Senza dubbio, mentre mi osserva, pensa. Pensa che metterà a posto la maledetta lettera e che non mi dirà proprio niente. Ed è così che fa. Io continuo a essere immersa nei miei fogli. Si alza, va verso la sua scrivania, apre un cassetto, ci mette la lettera dentro, gira la chiave e si siede di

nuovo a terra, tutto nel modo più grossolano possibile. Anche la mia indifferenza è grossolana e anche i nostri due corpi lo sono rispetto alle pantere e ai delfini, che in posti remoti corrono e nuotano, e all'acquazzone che è appena scoppiato nella mattinata buia.

Con la storia della lettera siamo arrivati all'ora di pranzo. E l'ultima cosa che farei al mondo sarebbe salire al bar panoramico con Teresa. Voglio soltanto perderla di vista il prima possibile. Ciò che provo è nostalgia di Trenas, dei fratelli Dorado, del labirinto e di Vicky, cioè di un passato che non credevo sarei arrivata a rimpiangere e che non avrei mai neppure pensato dovesse diventare «passato». All'epoca non mi passava neanche per la mente che Alexandro e Jano, con le loro vecchie e costose scarpette da ginnastica e i loro tatuaggi sulla schiena, potessero essere il mio passato.

Anche se si tratta di scendere undici piani, l'ascensore si comporta come la macchina del tempo. Sono passati cento anni dall'ultima volta che sono stata qui, al diciannovesimo piano. Attraverso quello che una volta era un labirinto. Alcuni dei vecchi abitanti che incrocio alzano la testa e mi salutano, altri continuano a fare le loro cose. L'ufficio della vicepresidenza, adesso occupato dall'arrivista Lorena, ha la luce accesa e la porta aperta, e delle figure umane vanno da una parte all'altra, mentre in fondo continua la giornata buia. Faccio uno sforzo per tornare a provare la vecchia sensazione di insicurezza dei giorni lontani in cui sono entrata qui per la prima volta, adesso che non può turbarmi, ma è debole e fioca quanto un raggio di sole al tramonto.

Da Vicky scorrono fiumi di carta continua, perciò le si vedono soltanto i capelli e gli occhiali.

«Riesci ancora a sopportare tutto questo?» chiedo a mo' di saluto.

Lei volta verso di me i suoi enormi occhiali: non ha cambiato modello da quando si portavano le lenti panoramiche

che occupavano mezza faccia, e inoltre il viso le si è consumato ulteriormente, perciò, se è possibile, gli occhiali risultano ancora più grandi. Mi mostra la dentatura grigia, se è possibile ancora più grigia di prima. Si suppone che metta da parte tutto per la sua maestosa casa con la porta nera, ma probabilmente spende i suoi soldi per il consumo delle mille porcherie che prende.

«Devo parlarti», dico.

Le do appuntamento in bagno come un tempo. Vado alla macchinetta del corridoio e prendo due caffè macchiati e delle barrette di cioccolato. E aprendo la porta con il ventaglio provo una sensazione confortante, di pace, la sensazione di tornare a qualcosa di conosciuto. Questo è il bello, il bello è che tornare sui propri passi in certi momenti ha qualcosa di tranquillizzante, come vedere il lavoro già fatto o i figli educati o tutti i piatti lavati e la cucina in ordine. Il grigio della giornata si mescola al candore dei lavabi. Apro il rubinetto e l'acqua rimbalza schizzando e diramandosi in rivoli.

Vicky arriva dieci minuti dopo di me, cosa di cui le sono grata perché così posso godermi da sola la lontananza da Teresa e comprendere che se lo volessi, se lo desiderassi veramente, potrei non tornare mai più al trentesimo piano, né alla spiacevole atmosfera dell'ufficio, impregnato di Teresa fino ai più remoti angoli, cassetti, cartelle e cantucci. Nessuno mi obbliga a tornarci, nessuno mi punta una pistola contro, potrei andarmene a casa e cercare un altro lavoro. Potrei arrivare a pensare che la Torre di Vetro non sia l'unica torre di vetro di questo mondo e spezzare l'inclinazione ad adagiarci che abbiamo noi esseri umani. L'abitudine è una prigione. E l'ufficio è una prigione per me, il pensiero è una prigione per Teresa e forse le droghe sono una prigione per Vicky. Voglio bene a Vicky e, quando la vedo entrare, sono molto contenta di vederla. È come vedere qualcuno con cui si è trascorsa l'infanzia.

«Ci hai messo così tanto che il caffè si è freddato», le dico.

«Non potevo lasciare quel quarantotto sulla mia scrivania. Lorena è un tipo molto esigente.»

«Quarantotto» è un'espressione che usava molto la mia

povera mamma e che non immaginavo di sentire di nuovo sulla bocca di qualcuno così diverso da lei. Mi accorgo che incredibilmente Vicky continua ad avere i capelli di un rosso castano brillante e bellissimo, si direbbe che in lei stia morendo tutto tranne i capelli.

«Come va con la casa? Sei riuscita ad arrivare a un accordo con i proprietari?»

«Mi chiedi sempre la stessa cosa», dice prendendo un sorso di caffè e accendendosi una sigaretta.

«Pensavo che ti piacesse parlare di casa tua, della sua grande porta nera, dei vasi di terracotta, dei lampadari di cristallo del Rastro.»

«Non mi prendere in giro, cazzo. Non mi fa ridere.»

«Bene, e allora come sta tuo figlio?»

«Mio figlio sta bene. I miei genitori dicono che se vado a trovarlo è un bene e che se non ci vado è meglio ancora.»

«Ma quando avrai la casa cambierà tutto, no?» le dico prendendola per le spalle e scuotendola un po' perché si tiri su e rendendomi conto che è scheletrica.

«Ancora con la stronzata della casa.»

«Dammi una sigaretta, visto che non mangiamo almeno fumiamo. Oggi mi è successa una cosa strana in ufficio. Teresa, che è un fascio di nervi, aveva perso una lettera e abbiamo passato tutta la mattinata a cercarla. E indovina dove è ricomparsa?»

Vicky fuma in un modo strano, con leggerezza, come se tutta la sua persona stesse galleggiando e l'unico elemento concreto fosse la sigaretta, e anche perché non se la avvicina alla bocca, ma dirige tutto il busto verso di essa.

«Nel mio cassetto, che era chiuso a chiave», aggiungo.

«Sembra un trucco magico della TV», commenta.

«Esatto. Avrei potuto mettercela solo io e ti giuro che non me ne ricordo. Tu hai notato qualcosa di strano in me?»

Vicky ride di gusto e nel ridere, visto che è così magra, le fanno male le costole e deve reggersele con le mani.

«Ho visto persone più pazze di te.»

«Senti, seriamente, a te è successo qualcosa con la questione della casa, se no non saresti così scontrosa», le dico.

Vicky finisce il mio caffè freddo e schifoso, se ha una caratteristica è che non è schizzinosa. Poi lascia cadere la cicca nel bicchiere e si accende un'altra sigaretta. La finestra del bagno è aperta ed entra un meraviglioso odore di bosco, anche se non c'è nessun bosco nei paraggi e neppure lontano da qui.

«La casa non c'è più. Punto e basta. Così la smetterai di darmi i tormenti.»

«Come la casa non c'è più?»

«No, bella, mi hanno fregato. Ho dato come caparra tutto quello che avevo e i tizi sono scomparsi. E adesso passiamo ad altro per favore.»

«Ma tu sai tutto di numeri! Sei un genio dei numeri, non riesco a credere che abbiano potuto ingannarti.»

«Me lo hai chiesto e io ti ho risposto, d'accordo? E adesso devo andarmene, anche se dopo questo ricco banchetto non so se potrò lavorare», dice ridendo amaramente, il che mi fa pensare che magari l'hanno fregata davvero, ma potrebbe anche essere che abbia perso i soldi in un altro modo.

Mi irrita che Vicky, che potrebbe essere almeno il direttore generale di una grande banca, sprechi così la sua vita, che non possa stare con suo figlio e che per lei sia un sogno così impossibile ottenere una casa che qualsiasi cretino ha.

Teresa si chiude sempre di più in sé stessa dopo l'episodio della lettera. Di tanto in tanto muove la testa come negando qualcosa, aggrotta la fronte contrariata, sospira, lascia cadere in maniera plateale un oggetto sulla scrivania, si alza e le sue gambe, sempre più magre, corrono verso l'archivio aperto che viene precipitosamente chiuso con un colpo secco della scarpa, e a volte parla al telefono in un modo che mi fa sospettare che stia parlando da sola. Le giornate si fanno interminabili, l'ufficio è sempre più grande e la distanza fra le nostre scrivanie maggiore, i soffitti più alti e il cono di luce e particelle di polvere che a metà mattina arriva al centro della moquette la sbianca e la sfuma sino a farla sparire, per cui bisogna costeggiare questo buco aperto dalla luce per non esserne risucchiati.

A volte, invece, il silenzio è tale che i rumori che facciamo con il telefono, i fermacarte e le matite contro la scrivania o i cassetti che scivolano quando si aprono e si chiudono sono come pietre che cadono in acqua, uno sciabordio nel silenzio, e allora mi chiedo cosa succede a Teresa o cosa succede a me. Se sono stata io a prendere la lettera e a custodirla sotto chiave non me lo ricordo affatto, perciò soffrirei di amnesia parziale, ma se soffrissi di amnesia parziale avrei notato sintomi in altre occasioni, certamente non sono io a poter ricordare ciò che dimentico. Non posso negare che dopo questo episodio sto sempre allerta e forse do un'importanza eccessiva a piccole disattenzioni, lapsus momentanei, interpretazioni erronee della realtà. È molto difficile capire se non si altera ciò che è fuori da sé stessi. Come si può sapere una cosa del genere, come si può essere così svegli da rendersi conto che non si percepisce la realtà così com'è? Per esempio, a meno che il paziente non creda di essere Napoleone, come fa uno psichiatra a essere sicuro che non giudichi ingiustamente il proprio padre o la propria madre, il proprio marito o la propria moglie o i propri figli, visto che il medico non li conosce? Che parametri utilizza per sapere se il funzionamento della sua mente è distorto o se semplicemente sta vivendo un inferno reale? Magari io sto deformando Teresa nella mia mente malata e Teresa è una persona assolutamente normale, una lavoratrice efficiente che confondo con il mio comportamento da folle. Ma se fosse così, perché non mi ha detto di aver trovato la lettera? Forse non voleva riconoscere di averla avuta per tutto quel tempo sotto il naso, come si suol dire, e ammettere di essersi sbagliata e aver perso la testa. Tutto può essere.

Perché non devo dubitare di me stessa? Neanche a farlo apposta, a conferma dei miei timori, sento raccontare in televisione un caso ripugnante pieno di particolari grossolani, che non avrei saputo giudicare se fosse toccato a me. Prima parla una donna normale, borghese, con il caschetto biondo, la faccia pienotta e gli occhiali tondi dorati, della quale all'inizio non c'è motivo di sospettare, che racconta ciò che segue: suo padre, deceduto di recente, anziano e quasi cieco, aveva bisogno di cure costanti, pertanto viveva in un ospizio, situazione a cui si opponevano sua sorella, figlia dell'anziano, e suo cognato, che lo invitarono ad andare a stare a casa loro. E qui iniziò l'inferno dell'anziano. Secondo il racconto della donna, la sua lentezza, causata dai problemi di vista, e il fatto che urinasse a letto irritavano profondamente il genero dell'anziano, che lo sottoponeva a costanti umiliazioni, lo violentava e lo obbligava a praticare sesso orale. La figlia che racconta era stata insospettita dai lividi che notava sul corpo dell'anziano e, soprattutto, dal fatto che in seguito al trasferimento in quella casa suo padre rifiutava disgustato banane e latte. La donna mise subito in relazione banane e latte con il cognato.

A questo punto sono felice che mio padre non stia vedendo la televisione con me. Subito dopo questa rivelazione appare sullo schermo la coppia di presunti aguzzini, la sorella e il cognato della donna. Hanno circa quarant'anni e la faccia da malvagi, da mostri. Lei fuma e ha il viso pieno di macchie. Lui, con la barba di due giorni, porta gli occhiali, le basette e i capelli lunghi, si direbbe unti, raccolti in una coda di cavallo. La scena è ripresa nella loro casa, una sala da pranzo con *boiserie* antiquata, in legno scuro come il tavolo e le sedie. Raccontano adirati al giornalista che sono vittime di un complotto e che dietro tutta questa storia c'è una faccenda di soldi. A questo punto mi sovviene che la tizia con gli occhialini dorati ha detto qualcosa sui soldi di una pensione, affermazione che, di fronte alla storia delle banane e del latte, è passata del tutto in secondo piano. Evidentemente sono colpevoli. Sopra la loro immagine, in un riquadro, c'è la foto dell'anziano, con occhiali dalle lenti grandi, spesse e biancastre. È morto dopo essere stato riportato in ospizio. Non è un'immagine facile da concepire quella del pover'uomo con gli occhiali appannati che viene violentato e pratica una fellatio al genero di quarant'anni. È un'immagine impossibile.

Il programma consta di due parti, una girata in esterni e un'altra in studio. E in studio i presunti maltrattatori hanno completamente cambiato aspetto. Lei non fuma e le macchie sul viso sono scomparse sotto il trucco. Lui è perfettamente rasato, senza occhiali e con i capelli un po' più corti e sciolti, che appaiono molto più puliti che nel filmato. Sono accompagnati da un giovane avvocato donna dalla vaporosa chioma dorata e dall'eloquio agile. Lui è stato condannato a tre anni sulla base della prova dei lividi, eppure si mostrano sereni. Sembrano più innocenti rispetto al filmato. Lei è costernata e piuttosto timida, dice che non è la prima volta che accolgono in casa propria persone abbandonate dalla famiglia. Lui spiega che suo suocero era cieco, che sbatteva contro i mobili e cadeva e, pertanto, non è strano che avesse contusioni qui e là. Non è facile immaginarselo che violenta il suocero, perciò quando ripete che c'è una questione di soldi dietro accuse così infamanti e compare in un riquadro la faccia pienotta con gli occhiali tondi, la guardo con sospetto e la trovo malvagia. Adesso si coglie molto meglio il suo smisurato interesse per la pensione del pover'uomo.

Chi dice la verità? Solo l'anziano la sapeva, ma potrebbe essere anche che immaginasse cose che in realtà non succedevano. Sono tutti pazzi? La giuria, evidentemente, si è basata sulle prove, sui lividi, ma continuiamo a non conoscere la verità. La sentenza ci conduce a uno scenario che oscilla tra verità e menzogna, apparenza e realtà, realtà e desiderio, sonno e veglia, ci lascia nell'incertezza che i particolari grossolani della violenza e della fellatio fossero veri. Quel che è certo è che quando le cose stanno succedendo non si può sapere se sono del tutto verità o menzogna, e neppure quando sono già successe.

Devo uscire molto spesso per andare alla macchinetta del caffè del corridoio e rimanere assorta davanti al piccolo rivolo marrone che cade nel bicchiere bianco di plastica. A volte passeggio avanti e indietro, ma alla fine non posso far altro che rientrare e tornare a sedermi alla mia scrivania.

Ormai non posso più cercare rifugio nei bagni come in passato, perché io e Teresa disponiamo di una nostra toilette personale, che non condividiamo con il resto del piano, dove restano sempre pietrificati sul ripiano del lavabo i nostri nécessaire, i nostri spazzolini da denti. E scarpe e oggetti di Teresa da tutte le parti, anche la valigetta nera con le rotelle, con i vestiti dentro, potrei giurarci, che soleva portare con sé durante quegli ormai lontani viaggi d'affari con il presidente, la cui visione rompe qualunque possibile armonia. Solo lanciare un'occhiata a quello che si accumula lì conferma che Teresa ha una concezione piuttosto sovraccarica della vita.

Io continuo a sospettare, fin dal mio periodo come receptionist, che Teresa sia innamorata di Emilio Ríos e dentro di me ho sempre imputato il suo comportamento stravagante alla sofferenza che le provoca. Sotto questa luce mi è relativamente facile mettermi nei suoi panni, proprio come succede quando Emilio Ríos ritorna dal suo lungo viaggio in Sudamerica.

Il nuovo receptionist, il ragazzo dalla pelle di seta, mi avverte dal telefono interno che Ríos sta salendo in ascensore.

«Sembra piuttosto contento», dice, pensando che la cosa mi farà piacere.

Per un attimo provo l'impulso di comunicarlo a Teresa, ma poi mi ricordo la storia della lettera e di quando mi ha lasciato sola come un cane ad Alicante e mi trattengo, il che potrebbe sembrare un gesto meschino se non si sa che le cose che si fanno, che si pensano e che si dicono in un ufficio condiviso possono essere comprese soltanto da persone che lavorano in un ufficio condiviso.

Dopo cinque minuti Ríos apre la porta e vedendolo Teresa ha un sussulto. Di solito entra direttamente nel suo ufficio senza passare dal nostro, tranne quando torna dalle vacanze o da viaggi di più di tre giorni, perché in quel caso ha l'abitudine di passare dall'ufficio di Teresa per salutarla, e adesso anche per salutare me, sebbene io faccia molta attenzione a non avvicinarmi a lui finché Teresa non si è accaparrata le sue prime parole e il suo primo sguardo. Poi mi avvicino discretamente e mi limito a chiedere se ha fatto buon viaggio e, senza quasi aspettare che finisca di rispondere, torno al mio posto. Ha un aspetto molto sano, con un'abbronzatura dorata che lo colloca più sul suo yacht e sulla sua isola che in un viaggio d'affari. Immagino che Teresa stia pensando la stessa cosa. Osservo il suo sguardo, che segue Ríos finché non si immerge nella penombra della sua stanza, e a quel punto lei cade abbattuta sulla poltrona con le gambe molli come una bambola rotta. Resta in questa posizione vari minuti tenendo lo sguardo fisso di fronte a sé e subito dopo scuote la testa, cosa che mi rende piuttosto nervosa. Non so se la pazza sono io o è lei, né se mi dedico a fare cose che poi non ricordo, come infilare lettere nel mio cassetto, e mi chiedo se a volte non resti anch'io con lo sguardo fisso nel vuoto come lei e se muova le labbra senza accorgermene.

Un po' prima delle due ricevo un'altra chiamata dal receptionist dalla pelle di alabastro il quale mi annuncia che Anabel, la figlia del defunto Sebastián Trenas, sta salendo da noi. Non è la prima volta da quando sono qui che Anabel viene a fare visita a Ríos. Di solito non entra direttamente nella sua stanza, ma è lui a venire nel nostro ufficio e da qui se ne vanno insieme. E provoca un certo imbarazzo osservare come, quando la vede, il presidente di questa azienda si trasformi in un ragazzino spensierato, solo che, non essendo veramente un ragazzino spensierato, la cosa suscita allarme.

Di solito Anabel lo aspetta contemplando dal finestrone le nuvole e gli uccelli del cielo per tutto il tempo necessario. Non fa assolutamente caso a quanto siamo vestite male io e Teresa, come sarebbe lecito aspettarsi da una persona che lavora nel mondo della moda. Per lei gli abiti devono essere come per me le macchine, che al di là della loro utilità non mi suscitano alcuna emozione. Per il resto, è all'apice della sua bellezza, e questo provoca una certa irritazione, non so perché. Ha sempre un libro in mano, una passione che le avrà trasmesso il suo povero padre e che Ríos, che continua a scrivere male come quando era giovane, troverà senz'altro bizzarra. Quando si stanca di contemplare quel cielo che noialtri guardiamo solo a intermittenza perché, per quanto bello, stanca subito, si mette a leggere, e a quel punto mi ricorda moltissimo Trenas. I suoi occhi accarezzano il libro, le punte dei capelli lo sfiorano, i polpastrelli sorvolano le pagine. Mi piace considerarla una mia potenziale lettrice. Sulla mano destra porta un anello costellato di piccoli brillanti che temo le abbia regalato Ríos. Potrei giurare che non l'attirino neppure i gioielli e che se lo metta per non fargli una scortesia. Ogni tanto guarda verso di noi e ci sorride senza voler interrompere le nostre incombenze, anche se nel mio caso si tratta di osservare lei. Non è mai altezzosa o vanitosa, se non ci rivolge la parola è per rispetto del nostro lavoro. In realtà si ha una falsa idea sulla vanità, si tende a credere che sia direttamente proporzionale alla bellezza, quando potrei assicurare che il direttore delle Risorse Umane è infinitamente più vanitoso di Anabel e infinitamente più brutto. Senza contare che è senz'altro possibile che persino il più brutto si consideri bello e viceversa. Mia zia Liz, per esempio, è dell'opinione che l'eleganza delle persone risieda nelle estremità e che per questo Marilyn Monroe, nonostante tutto, in fondo si sentiva insicura perché aveva i piedi e le mani molto tozzi.

La relazione tra Ríos e Anabel è sempre più evidente. Quando non viene lei a cercare Ríos, lui se ne va all'ora di pranzo canticchiando e annuncia che non tornerà prima delle cinque. A volte non torna neppure. Credo che tutti in azienda sappiano perfettamente con chi si incontra in quelle occasioni, ma facciamo finta di niente, neppure io e Teresa commentiamo la cosa.

Dopo pochi minuti da quando il receptionist mi ha avvisato, Anabel compare sulla soglia.

«Emilio mi sta aspettando», dice con un bel sorriso e la sua voce profonda e si dirige discretamente verso la finestra.

Ma non fa in tempo ad arrivarci perché Ríos, che sembra avere un sesto senso affinatissimo per accorgersi della sua presenza, esce subito a riceverla. Vederli mette un po' in allarme perché, anche se ufficialmente non hanno fatto il viaggio insieme, tutto lo fa credere: la stessa abbronzatura, lo stesso grado di felicità e quasi lo stesso grado di giovinezza. Si potrebbe dire che Ríos sia ringiovanito fino a estremi inquietanti. Io e Teresa, senza dissimularlo, ci scambiamo un'occhiata complice. È uno di quegli sguardi che scappano, e scappano perché in momenti del genere si ha bisogno di qualcuno con cui scambiare qualche parola, per quanto muta, uno specchio umano in cui osservare la nostra reazione. È come quando in mezzo alla strada si verifica una discussione e gli sguardi dei presenti hanno bisogno di incrociarsi.

È evidente che tutto questo sta mortificando Teresa. E la sua sofferenza è per me una rivelazione, un avvertimento del fatto che è meglio proseguire sulla linea di non desiderare niente. Se non c'è desiderio, non c'è frustrazione né amarezza, non solo perché il proprio desiderio non si realizza, ma anche perché spesso si deve sopportare di vedere che si realizza per tutti gli altri e questo risulta ancora più crudele. Che si voglia qualcosa con veemenza, che a forza di volerlo gli si dia forma, si faccia posto a quel desiderio e, dopo tanto sforzo ed energia sprecati, l'oggetto del desiderio, come un missile deviato dalla sua traiettoria, si diriga verso un altro, che sia un altro il suo beneficiario, è troppo crudele. In questo caso il desiderio di Teresa si è realizzato per Anabel, che probabilmente non lo aveva neppure nutrito. Non faccio neanche fatica a immaginarmi Teresa che subisce delusioni simili a scuola, al liceo, in discoteca, durante le vacanze e ad Alicante con Ramón. Non c'è bisogno di essere una psicologa per capire che come io ho paura di provare vergogna, lei ha paura di qualunque tipo di perdita.

Normalmente, quando Ríos e Anabel escono dalla stanza noi torniamo alle nostre occupazioni, tranne oggi perché Teresa esclama: «Che vergogna, addirittura con sua figlia!».

«Cosa?» le chiedo. «Che volevi dire?»

«Volevo dire quello che ho detto», risponde.

«Che Anabel è figlia di Emilio Ríos?»

«Sì», risponde con un'espressione che sottintende che non è poi chissà che notizia, che è evidente e che inizia a innervosirsi.

«Come puoi esserne così sicura?» mi azzardo a chiedere, perché gli aspetti sordidi della vita mi spaventano più del sangue, delle deformità e anche della morte.

«Ci sono cose che preferirei non vedere né sapere e preferirei non dover chiudere gli occhi davanti ad alcune cose», dice lasciando la porta aperta a ogni genere di speculazione.

Dopo quest'affermazione, per quanto sia l'affermazione di una disturbata, non potrò più guardare Emilio Ríos senza sospettare di lui. Lo vedo e mi viene in mente Anaïs Nin. Ríos, dal canto suo, ha scelto di dare a tutto l'aspetto più naturale possibile, così naturale che non si può fare altro che pensare che abbia adottato sentimentalmente Anabel come figlia. Mi chiedo se Nieves, la madre di Anabel, sarà a conoscenza dello stretto rapporto tra i due.

Sotto l'influenza di Teresa, la Torre di Vetro si è trasformata nella Torre Nera, ed Emilio Ríos e Anabel in mostri. E di mattina vedo questa Torre Nera sotto il cielo azzurro in mezzo a edifici normali e inoffensivi, tra gente che non fa neanche caso alla Torre e a me che ci entro. E mi fa pensare che la vita deve essere piena di torri nere che a tutti gli altri sembrano di vetro.

Oggi Teresa continua a comportarsi come negli ultimi giorni, né meglio né peggio. Per questo credo che ciò che verrà più avanti sarà il culmine di un processo inevitabile. Le chiedo se andrà a pranzare al bar e non si degna di rispondermi. Forse non mi ha neppure sentito: la vedo tutta assorta a mettere a posto gli evidenziatori secondo il colore e la grandezza. Perciò ne approfitto per andare io al bar e comprare dei panini caldi con prosciutto e formaggio, poi scendo al diciannovesimo piano, prendo dalla macchinetta del corridoio due caffè macchiati ed entro in bagno. Mi siedo sul davanzale ad aspettare che vada via una ritardataria dell'antico labirinto che si sta rifacendo il trucco e della quale so che ha il rossetto e l'ombretto permanenti grazie a una tecnica di pigmentazione, come se fosse nata truccata. Non capisco come io abbia fatto ad arrivare a sapere tanto di questa persona con cui non ho mai parlato. So che si alza alle cinque del mattino per andare in palestra prima di venire qui, che si è messa le protesi al seno e nel sedere e che è sfortunata con gli uomini. Ammiro la sua costanza. Ho sempre ammirato le persone che si curano, che vanno dal dentista anche quando non ce n'è bisogno, che non ingrassano e che si vestono bene per andare a comprare il giornale. Ammiro questa voglia di piacere agli altri, ma non capisco quelli che dicono che a loro basta piacere a sé stessi. Perché dovrei voler piacere a me stessa, che gusto c'è in questo?

«Arrivederci», dice uscendo.

«Arrivederci», rispondo io.

Subito dopo compare Vicky.

«Ho aspettato che se ne andasse quella», spiega.

«Voglio che lo mangi, è caldo», le dico dandole il panino. Anch'io scarto il mio.

Vicky mi guarda con un'espressione ostile, si accende una sigaretta e beve un sorso di caffè.

«È meglio che impari ad avere cura di te e che le opere di carità le faccia verso te stessa, che ne hai bisogno.»

Sposto lo sguardo verso la finestra, non voglio vedere Vicky, è una stronza. Il cielo è piuttosto sporco e le nubi restano disegnate sulla sporcizia.

«Ti sei arrabbiata?» chiede con una cattiveria che non mi aspettavo da lei.

«Non so cos'hai preso oggi, non sembri tu.»

«Non sono venuta per sentire prediche, ho molto lavoro. Sono venuta per dirti che Teresa ha le chiavi di tutte le porte e i cassetti dell'azienda. Me lo hanno detto alle Risorse Umane. Dopo un problema che c'è stato un po' di tempo fa si è deciso che sarebbe stato opportuno che qualcuno conservasse la copia di tutte le chiavi. E la scelta è ricaduta sulla segretaria personale del presidente, cioè Teresa. Naturalmente le chiavi si possono usare solo in casi estremi.»

«Quindi non sono pazza.»

«No, tesoro. Conserverò il panino per dopo. A volte quello che mi succede mi rende un po' irritabile.»

Torno piuttosto contenta per non aver rovinato la mia amicizia con Vicky e pensando che è possibile che abbia ragione sul fatto che divento pesante quando si parla delle sue cose. Mi fa vergognare il pensiero che io mi comporti sempre come se fossi migliore di lei. Teresa è ancora in ufficio. Mi lancia un'occhiata sospettosa. Io la guardo negli occhi, ciò che so della chiave mi rende forte. Sto quasi per dirle che ha nascosto la lettera nel mio cassetto, ma mi trattengo. Visto che mi ha fatto dubitare, adesso voglio essere io a controllare la situazione. Mi osserva come se intuisse qualcosa, probabilmente è tanto che mi osserva così.

«Non hai mangiato?» le chiedo.

Scuote la testa. Oggi ha i capelli raccolti in una treccia un po' ritorta e non si è messa gli orecchini. In realtà non mi sembra un buon segno che non mangi niente. Trascorriamo un'ora nel solito clima teso, tenendoci sotto controllo con occhiate traverse, quando sentiamo un rumore nell'ufficio del presidente.

«È già rientrato», dico per ricordarle che deve passare da lui come fa sempre quando Ríos torna dal pranzo.

Oggi, però, rimane seduta guardando di fronte a sé con uno sguardo troppo intenso e brillante, come se i neuroni stessero per scoppiarle.

«Non vai?» le chiedo.

«Vuoi stare zitta?» ribatte con fatica, riuscendo a fare in modo che le parole le escano scricchiolando tra i denti.

La cosa più sensata sarebbe tacere come mi chiede di fare, l'anormalità della situazione me lo suggerisce. Ma non ci riesco, in questo momento mi domina un istinto che non so come classificare. Sembra che lei non riesca a smettere di fare quello che fa e neanch'io, come se fossimo telecomandate da remoto.

«Sai? Oggi ho saputo una cosa, una cosa molto importante», dico.

Sposta su di me il suo sguardo strano. Ha la fronte aggrottata.

«Riguarda quella lettera per il presidente», continuo. «Quella che è sparita e che non abbiamo mai trovato, per la quale abbiamo messo a soqquadro tutto l'ufficio.»

Non dice niente. Io mi sto divertendo. Qualcosa di folle esce da me con una forza tale che quasi mi viene la nausea. Calpesto risoluta la moquette dove ho svuotato il sacchetto della spazzatura cercando quella maledetta lettera. Mi avvicino temerariamente alla sua scrivania.

«Alla fine la lettera è ricomparsa, vero?»

Teresa resta muta.

«L'hai trovata sotto la tua scrivania, qui», dico indicando il punto esatto. «E poi l'hai messa nel cassetto.» Mi avvicino al cassetto, ma Teresa mette la mano sulla maniglia. «Sai perfettamente da dove ci è arrivata. Ma sì che lo sai.»

Giro intorno alla scrivania. Non posso smettere di comportarmi come sto facendo, si direbbe che è lei che mi ispira, mi dà coraggio e mi spinge verso il disastro.

«È arrivata dal mio cassetto. E chi l'ha messa nel mio cassetto? Tu lo sai?» chiedo con tutto l'odio di cui sono capace.

«Tu sei pazza», si limita a dire.

«Non sono pazza», replico chinandomi su di lei. Mi accorgo di essere piena d'ira e con la tensione alle stelle. Mi viene voglia di afferrarla per la treccia, di schiaffeggiarla. «Tu hai aperto il mio cassetto e ci hai messo la lettera per potermi accusare di averla nascosta. Ma perché? Perché volevi danneggiarmi? Che ti ho fatto?»

«Sei molto pericolosa», replica con la sua faccia da gattamorta. «Sei molto, ma molto pericolosa.»

Il suo modo di parlare mi instilla un veleno sotto il cui effetto potrei essere capace di uccidere; di fatto già inizio a parlare come lei, facendo stridere le parole. Si direbbe che io sia posseduta da una forza maligna, ma non tanto da non accorgermi che i lineamenti le si contraggono in modo rapido e visibile, come in un effetto speciale. Perciò capisco che è arrivato il momento di tornare alla mia scrivania, capisco anche che forse è arrivato il momento di abbandonare per sempre la Torre di Vetro. Capisco che avrei dovuto contare fino a cento prima di affrontarla. E non posso continuare a capire più niente, perché quando me ne rendo conto Teresa, con una furia diabolica, con la faccia rossa, sta già distruggendo tutto ciò che trova, i fogli, le agende, i giornali, e con un oggetto nella mano che potrebbe essere un pugnale, ma che è un tagliacarte, fa a pezzi la tappezzeria della poltrona. Le chiedo per favore di calmarsi, ma si gira verso di me e, vedendomi, s'infuria ancora di più. È fuori di sé. Prende a calci gli archivi come gli ubriaconi del mio quartiere prendono a calci i bidoni dell'immondizia, perciò non mi sembra prudente cercare di bloccarla, né toccarla e neppure avvicinarmi a lei. Penso che dovrei gridare, ma come mi successe quando trovai il cadavere di Sebastián Trenas non mi viene per niente facile, forse per la mancanza di abitudine.

Dopo qualche secondo non mi resta altro da fare che uscire in corridoio per chiedere aiuto. Accorre uno che sta prendendo un caffè alla macchinetta e insieme cerchiamo di bloccarla, mentre lei grida parole incomprensibili che attraversano la porta della stanza di Emilio Ríos e lo costringono a uscire. Quando vede quello che sta succedendo, si unisce a noi e ha la peggio, perché Teresa si accanisce con furore contro di lui. Chiamiamo un'ambulanza, che ci mette dieci minuti ad arrivare, tempo sufficiente perché accorra anche il direttore delle Risorse Umane, che entra nell'ufficio chiedendo a tutti calma e massima discrezione. Gli infermieri la legano alla barella con delle cinghie. Il medico dice che queste crisi sono più frequenti di quanto si creda e che potrebbe trattarsi di un attacco isterico o di un episodio psicotico.

Quando restiamo soli, Ríos mi chiede di andare nel suo ufficio. Una volta dentro gli chiedo se vuole bere qualcosa mentre apro il mobile bar.

«Magari un whisky, grazie.» E mi consiglia di prenderne uno anch'io. «Hai avuto paura?»

Gli rispondo di no e aggiungo che Teresa è inoffensiva, ma era sovraccarica e io avrei dovuto accorgermi che stava per succedere qualcosa.

«Sovraccarica di lavoro?» chiede con il whisky in mano, le gambe incrociate, contemplando la nuvolosità del pomeriggio come chi si affacci su un'enorme tazza del water.

«Sovraccarica di tensione, di emozioni.»

«Ah», esclama. «Ho il difetto di non prestare troppa attenzione alle persone. Non mi ero accorto di niente.»

Se non avessi avuto a che fare con Trenas, non avrei la minima idea di com'è Ríos, ma adesso so che è tutto il contrario di lui. Trenas era affettuoso, compassionevole e si preoccupava delle persone – tranne di Anabel, ovviamente. E sembrava molto più vecchio, mentre Ríos conserva un aspetto da eterno ragazzo e non pare che lo preoccupino troppo gli altri, tranne Anabel negli ultimi tempi. Lo avverto che gli sanguina una mano e che si è macchiato i pantaloni.

«Non è niente», minimizza. «Quella poverina lo ha fatto involontariamente.»

Prende il bicchiere con la mano ferita, perciò anche il vetro si sporca di sangue, e se lo porta alla bocca. È un'immagine piena di significato, anche se non so quale.

«Ultimamente era molto eccitata, irritabile, sospettosa», dico.

Il whisky mi sta dando coraggio. L'alcol rende noi che soffriamo di pressione bassa più vivaci e loquaci.

«Cosa pensi che le sia successo? Problemi sentimentali?»

Sono seduta sul bordo della poltrona e tengo il bicchiere sulle ginocchia. La cosa peggiore del mio corpo dopo i capelli sono senza alcun dubbio le ginocchia e non voglio continuare a vedermele, perciò appoggio il bicchiere sulla scrivania. Ríos segue il mio gesto con lo sguardo.

«Sì, credo che fosse questo», rispondo.

Si alza e si serve altro whisky. Non sembra aver voglia che io me ne vada.

«Hai vissuto momenti critici in questa azienda. La morte

di Sebastián e adesso questo, e io non ti ho mai ringraziato. Voglio farlo adesso.»

Solleva il bicchiere per fare un brindisi. È evidente che lo fa per bere ancora un po' e non stare da solo, della vicenda di Teresa in fondo non gli importa un tubo.

«La vita è complicata. A volte succedono cose che non si è mai pensato che potessero succedere. Improvvisamente qualcuno entra nella tua vita e tutto cambia.»

Adesso sono io ad alzarmi e a versarmi altro whisky. Sento di avere una grande responsabilità e che è il momento di scrollarmela di dosso. Sento, con l'acutezza che mi dà il whisky, che non posso restare con le mani in mano, che sarebbe una codardia non dire niente.

«Un giorno Teresa mi ha raccontato una cosa», dico senza guardarlo. «Non so se è vero o no e non mi interessa neanche, ma credo che sia mio dovere dirglielo. Oggi, qui, mentre beviamo insieme, mi sembrerebbe sbagliato tacere, ho già taciuto una volta e non me lo perdono. Ma non so neppure come dirlo, mi costa molta fatica.»

Ríos lascia il suo posto dietro la scrivania e si siede accanto a me, si pulisce il dorso della mano sui pantaloni, perciò i pantaloni assumono un aspetto disastroso, con varie striature di sangue. Sa già che quello che sto per dirgli riguarda lui.

«Teresa era preoccupata. Molto preoccupata. Pensava che Anabel fosse figlia sua, non di Sebastián Trenas.»

Ríos si ferma a riflettere per un momento, muove gli occhi in tutte le direzioni come cercando quel pensiero e si alza. Si passa la mano insanguinata tra i capelli, così anche i capelli si sporcano.

«Le pulisco la ferita.»

«No, no, per favore», ribatte andando su e giù nella stanza e pensando. Non dissimula lo spavento. A volte si ferma a fissare un punto come se quel punto gli facesse orrore.

«Mi dispiace», mormoro. «L'ho saputo senza volerlo.»

«Se Anabel fosse mia figlia, Nieves me lo avrebbe detto. Ci siamo conosciuti quando eravamo molto giovani, quando io e Sebastián abbiamo fondato l'azienda. Ormai non ci si può più fare niente», dice, mentre cala il sole e a me inizia a fare un po' male la testa.

Lui parla. Parla per sé o per un mondo fatto per essere visto da questa grande finestra che corre laggiù come una lucertola e che pertanto non raggiungeremo mai. Parla per me, che resto in silenzio al mio posto guardando passare la vita piena di cose che non torneranno.

Racconta prima del suo rapporto con Nieves e poi con Hanna. Delle parole lo portano ad altre, delle immagini ad altre, delle sensazioni ad altre. A volte deve sforzarsi di ricordare, cosa che mi risulta un po' pesante, e quando finisce resta a guardarmi pensoso e dice che aveva sempre tenuto segreti questi avvenimenti mentre adesso si accorge che in realtà non hanno tanta importanza.

Esco dalla Torre di Vetro intorno alle undici di sera e mi sento così depressa che devo entrare in un bar. La storia che mi ha raccontato Ríos mi ha lasciato a pezzi, non per il contenuto in sé, ma per il fatto che io non ho storie simili in mio possesso. È come se stessi sentendo da un altoparlante la voce di mia madre che mi avvisa che mi sto buttando via, che è come dire che mi sto trasformando in un rifiuto. Non potrei più raccontare la storia di Raúl e mi farebbe vergognare raccontarla perché è una storia del cazzo in cui uno dei personaggi, cioè io, passa la vita aspettando che l'altro lo chiami.

Il cameriere mi chiede cosa voglio. Gli dico che non lo so e lui replica che la cosa migliore sarebbe che prendessi un caffè, il che significa che si accorge della nausea che provo. Gli dico che ho bevuto qualche whisky con il mio capo. E lui ribatte che avrebbe almeno potuto accompagnarmi a casa. Ha gli occhi arrossati e un po' deformati dalle palpebre inferiori, che gli si stanno staccando dal bulbo oculare, il che gli conferisce uno sguardo piuttosto concreto e obiettivo. Perciò gli chiedo se lui, che non mi conosce per niente, che mi sta vedendo per la prima volta in una condizione terribile, se lui pensa che io sia una persona con un futuro, se crede che prima o poi scriverò qualcosa che piaccia alla gente. Bevo il caffè e avverto una nausea così impressionante che devo andare di corsa al bagno. Siccome non faccio in tempo ad arrivare alla tazza, combino un disastro. Mi pulisco le scarpe con la carta igienica e mi lavo la faccia, ho i capelli appiccicati alla testa, sembro una morta, e per un attimo capisco molto bene Teresa e me la immagino legata a un letto, o anche non legata, ma completamente sedata in ospedale.

Il cameriere mi osserva avanzare verso il bancone. Dal modo in cui mi guarda capisco che sa cosa è successo in bagno.

«Stai bene?» chiede.

Cerco di sorridere e gli lascio una buona mancia.

Mentre torno a casa su un taxi guidato da un tassista più ubriaco di me, continuano a tornarmi in mente le parole di Ríos. Non ho chiesto niente al mio capo, perciò ha pensato che le sue storie personali non mi interessino e per questo si è sentito a suo agio nel raccontarmele. È questo il motivo per cui la gente si confessa sui taxi, ai banconi dei bar e in qualunque posto dove la sua vita non interessa a nessuno.

Emilio Ríos non sapeva che cos'era quello che gli piaceva di lei, sapeva solo che al suo fianco era come se tutti i pezzi di questo mondo, altrimenti disordinati, si incastrassero l'uno con l'altro. Per questo non rifiutava mai gli inviti a casa del suo socio Sebastián Trenas. Emilio riconosce di non essersi mai sentito tanto a casa come da Sebastián e Nieves. Neppure quando fece costruire a La Moraleja una casa praticamente identica a quella che avevano loro nel parco Conde de Orgaz, arredata con mobili antichi come i loro e divani uguali. Neppure quando si sposò con Hanna, circa cinque anni fa. Neppure in queste circostanze i pezzi arrivavano a organizzarsi armonicamente, perciò il suo stato naturale era quello di un uomo leggermente irritato. Si sarebbe detto che avesse dentro un gatto che non faceva altro che graffiarlo. Cosciente di ciò e per non disturbare nessuno, sceglieva di lasciarsi assorbire dagli affari e dalle preoccupazioni, perciò vagava per corridoi e saloni con lo sguardo fisso a terra, come se il pavimento fosse pieno di esseri minuscoli che potessero essere schiacciati alla prima disattenzione, semplicemente per non doversi guardare intorno. I problemi gli facevano piacere, non lo spaventavano. Soleva dire: datemi un problema e io ve lo risolverò. Sebastián, al contrario, andava nel panico all'idea che qualcosa lacerasse la morbida stoffa in cui viveva avvolto.

Emilio e Sebastián si conobbero all'università ed erano così diversi che andarono subito d'accordo: si completavano. In realtà già allora Emilio era sempre nervoso, anche quando era seduto in aula muoveva instancabilmente la gamba destra. E Sebastián era sempre tranquillo, attento alle spiegazioni, non aveva fretta che il tempo passasse. Il loro comportamento faceva pensare a infanzie radicalmente diverse e il loro aspetto fisico a un gatto e a un orso. Al temperamento pacifico di Sebastián si adattava bene una fidanzata e questa fidanzata fu Nieves. Nieves era un po' più grande di lui e lavorava in una delle migliori pasticcerie di Madrid. Alcuni clienti solevano dirle che il dolce migliore di quella pasticceria era lei e le chiedevano se la potevano incartare per portarsela via. Era stufa. Nessuno sa quanto siano appiccicosi i pasticcini. Per quanto li prendesse con la paletta, per quanto non li toccasse direttamente con le mani, sentiva sempre le dita appiccicose, una lieve inclinazione del vassoio e cadeva un po' di meringa, che poi qualcuno calpestava e che veniva sparpagliata per tutto il negozio, e non c'è niente di più brutto e sporco di un pavimento su cui si appiccicano le scarpe. Anche l'odore di caramello si attaccava alle pareti del naso, come quello di vaniglia, di finta fragola e finto limone. Di mattina, quando si metteva dietro quelle vetrine piene di torte e pasticcini con ciliegine rosse e creste di panna con il suo grembiule pieno di volant, si trovava assurda, ridicola. I dolci erano infantili e ingannevoli. Chi mangiava un pasticcino mangiava una fantasia piena di colesterolo e glucosio, per questo la prima cosa che viene eliminata da tutte le diete sono i dolci. Ma non era facile uscire da lì.

Finché un giorno, per caso, Sebastián passò per la pasticceria e lui e Nieves si sposarono. Sebastián era molto innamorato di Nieves e, chissà, forse anche lei lo era di lui. L'amore non si sa ancora che cos'è.

Affittarono un appartamento nella zona dei boulevard, dove Nieves, che ormai non doveva più andare in pasticceria, aspettava Sebastián. Lo arredò con un certo gusto e, soprattutto, sapeva creare una bella atmosfera, sapeva fare in modo che entrarvi fosse una delizia. D'estate le persiane erano chiuse a metà, il rumore arrivava da una media distanza e le linee di luce serpeggiavano sulle pareti come l'acqua in una piscina. Nieves camminava scalza, senza fare rumore, ma lasciandosi sentire. Era così mora che sembrava araba. Veniva da Siviglia, dove tutti sanno creare ombre e fili di brezza senza ricorrere all'aria condizionata. Tessuti pesanti sui balconi che non lasciano passare il sole e patii ombreggiati di piante e acqua, a volte anche tendoni da un lato all'altro delle strade.

A quell'epoca Sebastián ed Emilio avevano messo in piedi una società e si dedicavano a ideare nuovi business e a cercare di venderli. Aveva sede in un antico palazzo della Gran Vía, occupato da file di piccoli uffici, agenzie di viaggi e studi medici. L'impersonalità dell'androne era tale che sembrava un vicolo. E i corridoi erano così interminabili che si sarebbe detto circondassero un perimetro maggiore dello stesso palazzo. La vernicetta del parquet scricchiolava così tanto che Emilio aveva la sensazione che potesse aprirglisi sotto i piedi e che sarebbe scomparso in un abisso oscuro di vecchie pulegge di ascensore e travi ossidate. L'ufficio suo e di Sebastián affondava nella curva più pronunciata del corridoio dell'ottavo piano e l'interno aveva una forma strana, instabile e pericolosa, dove erano riusciti a far entrare con grande sforzo due scrivanie.

Sebastián però si trovava a suo agio lì dentro. Apprezzava in particolare l'impianto rumoroso dell'aria condizionata, il piccolo frigorifero, che faceva persino cubetti di ghiaccio, e la vicinanza del bagno, che si trovava quasi di fronte alla curva. Arrivava alle otto del mattino vestito impeccabilmente con giacca e cravatta, senza dubbio stirate da Nieves. Per lavorare appendeva la giacca alla spalliera della sedia, ma se sentiva un qualunque movimento dall'altra parte della porta, per non dire una chiamata, con un atto riflesso se la metteva subito. Era dell'opinione che se loro per primi non davano serietà, rispettabilità e tutta l'eleganza possibile alla loro impresa, nessuno lo avrebbe fatto.

Emilio non poteva non apprezzare l'atteggiamento di Sebastián. Per quanto fosse esagerato, era certamente efficace. Rimandava all'idea di uffici ampi con buoni mobili e viste su un mondo migliore, un mondo migliore per loro. Notò anche che solo quando era vicino a Nieves si tranquillizzava e si sentiva come se finalmente fosse arrivato alla sua meta. E gli risultava troppo lungo e intollerabile il tempo che doveva passare senza vederla.

Perciò un pomeriggio si decise. Chiamò Sebastián dalla strada per dirgli che ci avrebbe messo un po' per tornare, il tempo necessario a sistemare alcune faccende, e soprattutto per accertarsi che rimanesse chiuso in ufficio. Sebastián gli disse di non preoccuparsi, che a quell'ora stava meglio lì con l'aria condizionata che a casa. Erano le quattro del pomeriggio e il sole cadeva sulle spalle come una lapide. Ogni meridionale sa ciò che succede a quell'ora, sa quanto si è intontiti, offuscati: è un'ora, per così dire, irreale.

Emilio salì in macchina e si avviò verso casa di Sebastián. A quell'ora Nieves doveva essere sola. Non sapeva ancora cosa le avrebbe detto. Sebastián probabilmente stava dormicchiando nell'aria condizionata della piccola grotta della Gran Vía. La macchina andava da sola, pensava da sé, prendeva decisioni. Emilio non poteva fare altro, era capace soltanto di immaginare Nieves che lo aspettava senza saperlo tra pareti galleggianti. Le case, gli alberi, le strade, le sensazioni erano disposti in modo tale che si sarebbe detto che Emilio fosse vittima delle circostanze. Ogni volta che pensava con più determinazione di tornare indietro desiderava con più forza continuare e, quasi senza rendersene conto, si trovò a parcheggiare.

Quando bussò alla porta era già troppo tardi per pentirsene. Nieves aprì. Si sorprese o, meglio, si spaventò nel vederlo. Adesso sì che non si poteva tornare indietro.

«Sebastián non è tornato dall'ufficio», disse Nieves senza invitarlo a entrare.

La caratteristica dell'estate è che tutti portano abiti molto leggeri. Quello di Nieves sarebbe potuto svanire con un soffio.

«Sì, lo so. Anch'io dovrei essere in ufficio.»

Parlavano sulla soglia, tra l'ingresso e il pianerottolo. Il tono di lei era molto basso, quasi un sussurro, e i loro corpi erano piuttosto vicini; bastava che spostassero un po' in avanti il piede e si sarebbero sfiorati e proprio questa sensazione era ciò che stava facendo sentire male Emilio. O forse era stato il caldo della macchina: era bagnato di sudore e, entrando nel portone, il sudore aveva iniziato a raffreddarglisi addosso e adesso quasi tremava.

«Potresti darmi da bere? Non mi sento bene.»

Nieves guardò verso la porta socchiusa del salotto, che consentiva di vedere soltanto un frammento di meravigliosa penombra.

«Mi dispiace, vorrei... ma non posso.»

Nella testa di Emilio suonò un allarme.

«Che vuoi dire? C'è qualcuno lì?»

Nieves lo guardava fisso, forse con un'espressione di sfida, di sicuro non era disposta a dargli spiegazioni. Ed Emilio provò una grande disillusione, una grande sorpresa, si sentì incredibilmente stupido e umiliato. In quel momento, la penombra che si intravedeva dal buco della serratura si agitò come per una turbolenza. Un corpo grande, maschile, l'aveva appena smossa attraversando il salotto.

«Devi andartene», disse Nieves a voce ancora più bassa.

«Questa storia non mi piace. Non mi piace andarmene così», disse Emilio spostando un piede in avanti e abbracciandola.

«Sei venuto così. Non puoi fare altro», sentenziò Nieves spingendolo leggermente e chiudendo la porta.

Di ritorno in ufficio guidò frastornato. Sapeva che non sarebbe stato facile dimenticare ciò che aveva visto in casa del suo socio Sebastián. L'ombra maschile che attraversava il salotto, Nieves con quel vestito che era come una cartina per sigarette – non ne ricordava neanche il colore, anzi, non aveva neppure un colore –, la sua inquietudine, i suoi immensi occhi neri, i piedi scalzi, il silenzio, il suo corpo così caldo in quell'abbraccio, il bagliore accecante quando era tornato in strada.

Una volta in ufficio, circumnavigò il corridoio e, arrivato alla curva, prese fiato, non per Sebastián, ma per Nieves e l'energumeno che nascondeva nel salottino di casa sua. Sebastián non apparteneva alla storia dell'energumeno e pertanto apparteneva solo in parte a quella di Nieves. Perciò, quando Emilio entrò e lo vide mettersi precipitosamente la giacca, gli sembrò più elegante e strano che mai.

«Hai fatto presto», disse Sebastián. «Ma ho avuto il tempo per fare due telefonate importanti. Domani abbiamo due appuntamenti, alle undici e alle quattro.»

Sebastián era instancabile nel suo entusiasmo, forse perché viveva nel limbo e non inciampava mai nel pietrisco incandescente dell'inferno.

«Ho un buon presentimento, soprattutto con Codes. Credo che sia il nostro uomo. Potremmo festeggiare, vieni stasera a cena a casa nostra.»

«Hai il vizio di vendere la pelle dell'orso prima di averlo ucciso, sei incorreggibile», disse Emilio infastidito perché Sebastián non stava soffrendo come soffriva lui.

Come al solito Sebastián non fece caso ai commenti del suo socio e chiamò la moglie per annunciarle che Emilio sarebbe andato a cena da loro, per poi rimanere in silenzio ad ascoltare la risposta di lei con espressione contrariata. Sebastián non sapeva di partecipare solo tangenzialmente a quella situazione, al contrario di Emilio, che lo faceva con grande intensità. Sebastián si alzò con il telefono attaccato alla faccia e si diresse alla finestra cercando senza dubbio un po' di intimità. Lì, a voce più bassa di prima, disse: «Fai uno sforzo, tesoro». In quel momento Sebastián avrebbe dovuto fare pena a Emilio o ispirargli un certo rispetto, ma non fu così. Pensava soltanto a Nieves all'ingresso che si faceva abbracciare, probabilmente per non attirare l'attenzione dell'energumeno. Si sentiva un po' spregevole, e sentirsi spregevole, al contrario di ciò che crede la gente, era come avere le ali, era sentirsi leggero come una piuma, libero. E la cosa peggiore era che doveva sentirsi così anche Nieves, e le ali di Nieves erano quelle che più lo tormentavano.

Uscirono alle otto dall'ufficio, era ancora giorno, anche se con un sole più debole, che si andava staccando da marciapiedi e facciate come una mano di vernice trasparente. Viaggiavano a bordo della macchina rossa di Emilio. Sebastián non faceva altro che parlare provando il discorso, decisamente affettato, che pensava di sciorinare a Codes il giorno dopo. Emilio guidava con un'espressione seria, rimuginando.

«Secondo te non va bene?» chiese Sebastián riferendosi al discorso, quando la macchina si fermò accanto al suo portone.

«Ho pensato che è meglio che io non salga», disse Emilio all'improvviso.

Sebastián girò tutto il suo corpaccione per guardarlo in faccia. I suoi occhi, grandi e pacifici per natura, erano incapaci di riflettere la rabbia che provava, e intuendolo aggrottò la fronte in un'espressione strana.

«Nieves ha preparato la cena. Quando l'ho chiamata oggi pomeriggio non si sentiva bene e ciononostante si è messa a cucinare. Non puoi farle questo torto.»

«Non penso che sia così grave», ribatté Emilio. «Dille che mi dispiace, che non ricordavo di avere un appuntamento.»

La macchina rossa si mise di nuovo in moto su un asfalto ancora caldo. Si privava di vederla di nuovo, si privava di mortificarla con la sua presenza e di ricordarle la scena del pomeriggio, ma quello era l'unico modo per far sì che pensasse a lui. Dapprima avrebbe provato un gran sollievo nel non vederlo, finché a poco a poco avrebbe iniziato a chiedersi perché non era salito. A letto, distesa accanto a Sebastián, circondata dalle lunghe gambe e dalle lunghe braccia di Sebastián, avrebbe pensato a lui, a Emilio; si sarebbe chiesta cos'era riuscito a vedere quel pomeriggio, se un'ombra, se il corpo intero di un uomo o se proprio niente. Emilio parcheggiò accanto al suo piccolo appartamento da scapolo a Chamartín. Magari Nieves si sentiva in colpa, pensò mentre mangiava un panino in un bar. Era molto meglio che essere a cena con loro e doversi accontentare di lanciare qualche occhiata furtiva a Nieves, e sopportare che Sebastián gli spiegasse ancora una volta quello che avrebbe detto il giorno dopo a Codes su quanto gli convenisse permettere loro di sfruttare il suo progetto di sicurezza privata. In realtà era una grande idea: si immaginò eserciti di agenti in uniforme addestrati che vigilavano davanti alle porte delle banche, delle aziende, dei negozi, delle case dei vicini. Se li immaginò negli aeroporti, nelle stazioni ferroviarie e degli autobus, nei cinema, nelle discoteche e nelle chiese.

Sebastián ammetteva senza riserve che scriveva cinquanta

lettere al giorno, faceva altrettante telefonate e cercava di perfezionare continuamente la sua oratoria e retorica per lottare per Nieves e i loro futuri figli. Emilio non lo ammetteva, neppure con sé stesso, ma anche lui lottava per Nieves. Nelle notti in bianco e in qualunque attimo di solitudine gli piaceva pensare che, come Sebastián, anche lui era incoraggiato e spinto da qualcuno, e quel qualcuno era Nieves. Il mondo era più piccolo di quanto sembrasse e il pensiero ancora di più, il pensiero si accontentava di una piccolissima parte del piccolo mondo. Così erano le cose, non come dovrebbero essere né come ci piacerebbe che fossero, ma come in realtà sono.

Quell'estate del 1975 fu cruciale nelle loro vite. Sebastián con la sua oratoria e retorica, la sua serietà autentica, il suo sguardo sincero e forse i suoi completi, convinse Codes a fidarsi di loro in cambio di un ipotetico futuro luminoso per tutti. La costanza e il lavoro di Sebastián conquistavano il rispetto immediato di Emilio e lo convincevano che non avrebbe potuto avere un socio migliore.

Avevano appena il tempo per vedersi con altre persone e per divertirsi, erano in quel momento della vita in cui non si può perdere tempo. Passavano la giornata insieme o cercando di convincere una terza persona e Nieves era l'unica ad avere accesso a quel clan ridotto. Il suo nome aleggiava nell'aria. Nieves qui e Nieves là. Nieves al telefono o Nieves che era uscita a fare compere e si trovava dalle parti dell'ufficio. In quelle occasioni Emilio le faceva un vago cenno di saluto e continuava a fare le sue cose con una stretta allo stomaco, desiderando con tutto sé stesso che non andasse via, che si avvicinasse a lui e gli desse un bacio o che semplicemente lo toccasse. A quel punto, però, Sebastián la portava in corridoio, mormoravano qualcosa e poi lei si allontanava facendo scricchiolare il parquet vecchio e già levigato e lucidato mille volte finché non arrivava agli ascensori. Sebastián entrava in ufficio di cattivo umore e gli chiedeva che gli succedeva e perché trattava così male Nieves.

«Sei un essere egoista e asociale, non so come ti sopporto», diceva.

«Lavoriamo contro il tempo, non so se te ne rendi conto. Quando finiremo, potrete andarvene in vacanza», replicava Emilio, mentre gli veniva in mente l'ombra di quell'altro, il terzo uomo.

Di sicuro Sebastián era quello che svolgeva il lavoro pratico ed effettivo, il più faticoso; fu lui che riuscì a far quadrare i costi del progetto di Codes in una maniera incredibile.

Una sera alla fine di luglio, quando Emilio salì nel suo piccolo appartamento, dopo aver cenato con un panino al bar dell'angolo, squillò il telefono. Era Nieves.

«Ehi, senti, credo che dovremmo parlare», disse.

«Di cosa?» chiese Emilio semplicemente per trattenerla, per continuare a sentire la sua voce, perché quel momento magico sorto a metà della serata non svanisse.

«Di noi. Sì, insomma, di me. Devo raccontarti una cosa. Ho avuto molti dubbi, ma ormai mi sono decisa.»

Il suo accento andaluso, che trasformava le C in S, era come un coltello che tagliava il burro, come la seta cruda. Emilio non sapeva spiegarlo, ma aveva qualcosa di contraddittorio.

«Hai sentito cosa ti ho detto?» chiese lei.

«Sì», rispose Emilio. «Sebastián è lì?»

«No, ti chiamo dalla strada. Lui non sa niente e non deve saperlo, capisci?»

Emilio non rispose, non voleva offrirle scorciatoie e, soprattutto, non voleva che riattaccasse.

«Devo andare», disse Nieves. «Gli ho detto che andavo a controllare la cassetta della posta ed è capace di uscire a cercarmi. Aspettami domani a casa tua alle quattro, trova una scusa e assicurati che lui resti in ufficio.»

Nieves non diede a Emilio la scelta di accettare o rifiutare, era evidente che era sicura che avrebbe detto sì. Quell'abbraccio all'ingresso l'aveva resa forte. Emilio non era disposto a far sì che si ripetesse, a darsi di nuovo così apertamente, eppure si sarebbe presentato e avrebbe fatto ciò che lei voleva perché, in caso contrario, non avrebbe potuto dormire per il resto della vita.

Così alle tre Emilio annunciò a Sebastián che aveva un appuntamento dal dentista e che sarebbe tornato non appena avesse finito. Guardando l'orologio Sebastián disse: «Le tre. È l'ora peggiore per uscire, ti arrostirai».

Se Emilio avesse dovuto descrivere il suo stato d'animo in quei momenti avrebbe detto che era di entusiasmo, tra entusiasmo e felicità, allegria, un'allegria un po' dolorosa perché incerta, esagerata, assurda. Da lì non ci avrebbe messo più di dieci minuti per raggiungere casa sua, ma voleva sistemare l'appartamento prima che lei arrivasse, voleva che fosse tutto in ordine. Aveva comprato fiori e una bottiglia di champagne e adesso aveva il dubbio di averla dimenticata nel freezer e che si fosse gelata; ovviamente non le avrebbe neppure detto che c'era lo champagne, non gli sembrava proprio il caso. Se ci pensava con obiettività, era un'idea ridicola e stereotipata. Era come dare per scontato che ci fosse qualcosa da festeggiare quando non sapeva neppure di cosa volesse parlargli. Al diavolo lo champagne, che si congelasse. Aveva anche il dubbio che quella dei fiori fosse una buona idea. Sarebbe stato meno azzardato offrirle birra e caffè. Il salotto era più o meno pulito e i vestiti al loro posto. Aveva un bel po' di tempo per farsi la doccia e cambiarsi. Un poliziotto gli fece fare una deviazione, c'era stato un incidente e la Castellana era stata chiusa. Il caldo era atroce. Dovette immettersi su una strada lungo la quale non c'era modo di avanzare con la macchina. Pensò che, se invece della macchina avesse preso il taxi, a quel punto avrebbe potuto abbandonare quell'inferno e andare di corsa a prendere un autobus o la metropolitana. E invece era in una trappola per topi, ormai non avrebbe più avuto il tempo neanche per farsi la doccia. E non voleva neppure immaginarsi che Nieves trovasse la porta di casa chiusa e che lo interpretasse come uno sgarbo, una dimenticanza o come un modo di fare marcia indietro. Aveva aspettato tanto quel momento e adesso si trovava intrappolato nella calle Zurbano, angosciosamente intrappolato. E, per quanto volesse rassegnarsi come il resto degli automobilisti e darsi per vinto, non ci riusciva. Non riusciva a togliersi dalla testa Nieves davanti alla porta, che aspettava. Alle tre e mezzo era avanzato di duecento metri e alle quattro meno venti di duecentocinquanta. Calcolò che in otto minuti sarebbe potuto arrivare di corsa a una stazione della metropolitana e in un quarto d'ora o venti minuti a casa sua. Perciò senza pensarci ulteriormente scarabocchiò il suo numero su un foglietto e lasciò la macchina dov'era, con le chiavi nel quadro perché potessero spostarla senza problemi o perché la rubassero: per lui era lo stesso. Alcuni automobilisti, vedendo che abbandonava il veicolo e usciva correndo, si misero a suonare all'impazzata. Era sorprendente avere conferma del fatto che la gente non ti aiuta, ma ti controlla.

Non girò la testa neanche una volta, il suo obiettivo era l'ingresso della metropolitana di Nuevos Ministerios. Dirigeva lo sguardo di fronte a sé a una velocità maggiore di quella della luce. Doveva penetrare il vetro spesso di quelle ore, attraversare strade e aggirare il cemento armato dei palazzi. I suoi piedi seguivano il suo sguardo quanto più velocemente potevano. Sudava come mai prima di allora. Non poteva permettersi il lusso di perdere minuti né secondi davanti ai semafori e decise di rischiare la vita schivando le macchine. Non poteva permettersi il lusso di fermarsi perché materialmente stava correndo dietro quei minuti e secondi. Ci fu un momento in cui dovette fermarsi davanti alla biglietteria della metropolitana e questo gli fece perdere due minuti. Altri tre fino all'arrivo del treno. La pazienza della gente lo esasperava. Salì correndo scale interminabili. Le tempie gli pulsavano come non mai. Dopo essere uscito in strada continuò a correre e dovette attraversare una piazza. Grondava sudore. Di fronte al portone di casa sua fece un respiro profondo e si asciugò il sudore del viso con un fazzoletto. La trasparenza dell'aria dava un aspetto di sculture agli alberi, alle macchine parcheggiate e alle maniglie d'ottone del portone. A Nieves dava un aspetto di scultura naturalista di donna anonima del nostro tempo.

Nieves gli confessò che ormai da molti giorni la sua vicinanza le faceva venire la pelle d'oca, ma lo avvisò che voleva molto bene a Sebastián e non aveva intenzione di lasciarlo per niente al mondo.

Più o meno un anno dopo nacque Anabel e l'anno dopo

ancora Conrado. Gli affari andavano così bene che Sebastián e Nieves poterono comprarsi una bella villa nel parco Conde de Orgaz. Nel frattempo, Ríos e Nieves continuavano a vedersi regolarmente. Nieves si occupava di comprargli i vestiti e lo aiutò ad arredare la sua nuova casa a La Moraleja e ad assumere il personale di servizio. Facevano l'amore una o due volte a settimana. Ríos fu sempre meravigliato dal fatto che Sebastián non si accorgesse di niente, che non sospettasse: aveva una fiducia cieca nell'amore di sua moglie e nella sua fedeltà e c'era da riconoscere che era riuscito a tenerla sempre al suo fianco, sotto lo stesso tetto, era riuscito a dormire con lei per molti anni, finché non era morto. Il cambiamento maggiore nella vita di Sebastián si produsse forse quando comprarono la Torre di Vetro e gli affari iniziarono a sfuggirgli dalle mani.

Arrivata a quarant'anni, Nieves si tagliò i capelli e i suoi tratti si ingrandirono straordinariamente, come quando si aprono le finestre di una casa. Si truccava di rosso la grande bocca e di nero i grandi occhi. La preoccupava talmente l'idea di diventare flaccida che iniziò a fare pesi e si rassodò così tanto che neppure a vent'anni, neppure a quindici, aveva avuto un corpo così. Di solito si vedevano all'ora di pranzo o a metà pomeriggio, in quei momenti dedicati ai pranzi di cortesia e alle compere, in quelle ore perse in cui Sebastián aveva sempre colazioni di lavoro: erano momenti non contabilizzati. Le sere per loro erano proibite, a meno che non coincidessero in qualche posto sotto i riflettori del resto del mondo.

Di solito si davano appuntamento in un hotel, visto che a Nieves non sembrava opportuno trascorrere più tempo del dovuto a casa di Emilio. Perciò Emilio aveva l'impressione che tanto i giardini, con i loro angoletti romantici, quanto i salotti e i salottini, le stanze da letto, i bagni, il sole che di mattina picchiava sulla facciata principale, i giardinieri e tutto il personale di servizio, che tutto questo non fosse assolutamente sfruttato, che fosse smisurato, che fosse tutto troppo per lui. Che bisogno ne aveva se doveva vedersi con Nieves in un hotel? A cosa serviva? Guardava ciò che aveva con indifferenza. La sua vera casa si riduceva all'impersonalità di una camera d'albergo. Lì andò osservando i cambiamenti che si producevano nel corpo di Nieves. Prima le gravidanze, poi delle forme più morbide e poi la sorpresa di un corpo che quasi non riconosceva e che cambiava di giorno in giorno.

Il problema era che gli costava sempre più fatica presentarsi a quegli appuntamenti clandestini di routine, che con il tempo si erano ridotti a uno ogni quindici giorni. Lo sfiniva dover mantenere l'entusiasmo remoto dei primi tempi. Le condizioni in cui si sviluppa una coppia convenzionale favoriscono la perdita graduale della passione senza traumi, ma è diverso per gli amanti clandestini, i cui incontri non hanno scopo né significato senza quella passione. Così un giorno Emilio si azzardò a trovare una scusa e invece di andare ancora una volta nella stanza di turno rimase a casa, nella sua grande casa, in quella casa che era sempre stata troppo per lui. Mangiò guardando il telegiornale e non sentì la mancanza di Nieves. In fin dei conti, in quella casa non c'era niente che gliela ricordasse. Le immagini intime restavano sparpagliate in letti anonimi, in lenzuola che sarebbero state usate di nuovo da altri, da altri e da altri ancora, in bagni dall'odore identico ad altri bagni simili, con minibar uguali di fronte al letto, con televisori orientati verso le testate del letto e tende che era impossibile chiudere del tutto, per cui era impossibile fare l'amore completamente al buio.

Dopo quindici giorni continuava a non avere voglia. Pensò che forse era l'età, ormai aveva cinquant'anni, magari l'eccessiva ripetizione di una situazione a cui si poteva facilmente mettere fine era un motivo sufficiente per non provare a fare nessuno sforzo extra, perciò chiamò Nieves e trovò una scusa. Lei ascoltò in silenzio, un silenzio triste come quello della casa quando era lì solo durante il fine settimana. Emilio sapeva che il suo comportamento poteva essere considerato da codardo visto che preferiva eludere le spiegazioni e magari una discussione, ma non era codardia quanto piuttosto economia. Lui, che passava la giornata a parlare, a negoziare, a convincere e a lasciarsi convincere, sapeva perfettamente quando le parole erano funzionali, necessarie, quando potevano alterare il corso degli eventi. Adesso non lo erano, la loro utilità sarebbe stata nulla, in quella faccenda le parole sarebbero arrivate tardi, sarebbero state come il polverone che viene dopo la macchina, la moto o il cavallo. La prospettiva di parlare tanto per parlare lo paralizzava e sperava che Nieves capisse che non era necessario farlo.

Quando arrivò il giorno del nuovo appuntamento dopo i due precedenti mancati, Emilio optò per darsi alla macchia e non telefonare neppure. Neanche in questo caso era una codardia, perché a cosa sarebbe servito dirle che la relazione era interrotta almeno temporaneamente? Non era necessario dirlo, visto che era evidente. E, con il passare dei giorni, il tempo dava ragione al suo comportamento. Finché arrivò un momento in cui riprendere quell'antica abitudine di fare l'amore con Nieves, di vederla spogliarsi ancora una volta, di vederla farsi la doccia ancora una volta e vestirsi e salutarlo ancora una volta gli risultò impossibile. Sebastián, dal canto suo, gli comunicò che era molto preoccupato per Nieves, che stava prendendo proprio male la faccenda dell'età. Questa è la grande differenza tra l'essere una coppia, una famiglia, e l'essere solo amanti. Gli amanti non devono farsi carico di cose del genere.

In ogni caso Emilio viveva la sua nuova vita senza Nieves temendo qualche reazione da parte di lei e, quando questa reazione arrivò, in fondo tirò un sospiro di sollievo. Si presentò una sera a casa sua. Ríos si era già messo a letto e stava esaminando dei dossier finanziari. Non appena sentì il clacson di una macchina seppe che era lei, non perché il clacson suonasse in un modo speciale, ma perché riconobbe il suo modo di toccarlo. Aveva finito per riconoscere i suoi passi, acuti e penetranti, il suo respiro all'altro capo del telefono, il suo modo un po' brusco di depositare qualcosa su un tavolo, la sua tosse.

Fu in dubbio se aprire il cancello. Le due persone di servizio che si occupavano della casa avevano la serata libera, perciò sarebbe dovuto scendere all'ingresso. Bisognava però considerare che sicuramente Nieves stava vedendo la luce accesa nella sua stanza. Perciò si mise un paio di pantaloni e una camicia.

La aspettò con la porta aperta. Lei appoggiò le mani sullo stipite, occupando la soglia d'ingresso della casa. La giacca del completo bianco si aprì lasciando scoperto un corpo invidiabile per la sua età.

«Sei molto bella», disse Emilio.

«Vorrei poter dire lo stesso di te. Non so se te ne sei accorto, ma ti sei lasciato andare», disse puntando lo sguardo sulla sua pancetta.

«Già», disse lui, che era quello che diceva quando non voleva dire niente. E si incamminò verso il mobile bar. Anche se non aveva voglia di bere, versò due whisky. Ne mise uno tra le mani di Nieves. Poi si sedette sul divano.

«Sono venuta per parlarti di una faccenda molto importante. Una settimana fa sarei venuta per cercare di chiarire le cose tra di noi, ma ormai questo non ha più importanza. Noi stiamo bene, quello che ha bisogno di aiuto è Sebastián.»

Era più o meno un anno che Sebastián si comportava a volte in modo, per così dire, nuovo. La salutava due volte di seguito, senza ricordarsi che l'aveva appena vista, e si arrabbiava perché non trovava alcune cose; si arrabbiava anche perché i consiglieri più giovani lo stordivano con loro logorrea incomprensibile. Era triste. Nieves lo aveva convinto ad andare dal medico. E i medici gli avevano detto che aveva iniziato a soffrire di demenza senile.

Emilio, a sua volta, le raccontò che era già un po' di tempo che Sebastián non rendeva sul lavoro, che si chiudeva nel suo ufficio e che si faceva scalzare dai consiglieri più giovani. A lui personalmente non importava: Sebastián si era guadagnato il suo diritto al riposo, mentre altri ancora se lo dovevano guadagnare. Anzi, sapendo questa notizia, avrebbe dato ordine di non assillarlo, di lasciarlo in pace: avrebbe cercato di tenerlo ai margini dei problemi più stressanti e per il resto tutto sarebbe continuato come al solito. Sebastián era prima di tutto il suo amico, il suo socio, il suo compagno in una lotta fortunatamente coronata dal successo.

«Mi fa piacere sapere che non dovrò affrontare tutto questo da sola», disse Nieves. «E che per qualche tempo tutto continuerà almeno in apparenza a essere come al solito.»

Nieves adesso era una donna elegante e sofisticata con una certa asprezza nella voce, che Emilio non aveva voglia di toccare, solo di osservare mentre andava su e giù per il salotto, con la gonna che le sottolineava un sedere perfetto, il maglione aderente alle forme di una ventenne. In una delle sue andate e venute, arrivata a un angolo, si girò e guardò Emilio con gli occhi spalancati, spaventati, ardenti, sorpresi. Subito dopo si tolse le scarpe. Emilio era inorridito dalla possibilità di doverla rifiutare. Nieves si abbassò la cerniera della gonna. Emilio si raddrizzò sul divano.

«Aspetta un attimo», disse.

Nieves si fermò, le mani sul fianco da dove già spuntava un po' del pizzo degli slip.

«Che vuoi dire?» chiese allarmata.

«Sta venendo una persona, sta per arrivare», rispose Emilio.

«Non ci credo», disse Nieves con il resto della forza che le rimaneva. «Ma se viene, che aspetti.»

«Non è così facile», replicò Emilio ormai in piedi. «Le persone cambiano, le situazioni cambiano, perché noi no?»

«E perché adesso? E per quale motivo? Non è obbligatorio cambiare.»

A Emilio non era mai passato per la testa che sarebbe arrivato un giorno in cui si sarebbe verificata una scena simile tra lui e Nieves. Lei era sul punto di perdere le staffe e lui la capiva, la capiva benissimo perché la conosceva e l'aveva amata molto e forse l'amava ancora un po'. La stava rifiutando in quello che era probabilmente il momento più delicato della sua vita, quando Sebastián era malato. Perciò per non sentirsi tanto spregevole le si avvicinò, l'abbracciò e fecero l'amore, lui un po' meccanicamente. In tanti anni era la prima volta che facevano l'amore a casa di Emilio, anche se non nella sua stanza, non nel suo letto. Eppure era la prima volta che, nudo, la prendeva per le spalle e lei prendeva lui per la vita e restavano a guardare il giardino con i suoi angoli romantici e ombreggiati pensati e progettati per lei.

«C'è un'altra?» chiese Nieves un po' volgarmente.

Emilio annuì e si mise i pantaloni. Era arrivato il momento di smettere di essere nudo e non era disposto ad allungare la faccenda con la solita doccia. Non voleva ripetere il momento della doccia, l'asciugamano, le riflessioni ad alta voce e in definitiva una familiarità eccessiva. L'intuito gli diceva che chiuderla lì era la cosa migliore sul piano estetico. Si mise anche la camicia per incoraggiarla a vestirsi subito e ad andare via.

«Starà per arrivare», disse Emilio, riferendosi alla finta visita.

Nonostante questo avvertimento, Nieves si vestì lentamente. Si mise il rossetto davanti allo specchio del caminetto. Guardandolo nello specchio gli chiese quando si sarebbero visti ed Emilio le rispose presto, che l'avrebbe chiamata lui. I loro sguardi confluivano nello specchio, e questo non smetteva di essere un modo strano di guardarsi.

Emilio continuava a non chiamare Nieves e non si preoccupava per niente del bene di Sebastián, si era quasi dimenticato della sua esistenza, isolato com'era nel suo ufficio al diciannovesimo piano. Teoricamente Sebastián aveva sotto di sé un'ampia fetta di personale, ma in pratica non aveva né responsabilità né lavoro e non poteva ordinare niente a nessuno, perciò per salvare le apparenze gli fu assegnata un'assistente, cioè io. Lui era ogni giorno più confuso e in generale veniva considerato inutile da tutto il personale e questo a volte a Emilio dispiaceva, perciò evitava di pensare a lui e sinceramente evitava anche di vederlo.

Quando Nieves mise Emilio al corrente della malattia di Sebastián, il comportamento di quest'ultimo in qualche modo acquisì un senso, e a volte Emilio si chiedeva se il suo socio non avesse sempre saputo della sua storia con Nieves e se non si fosse ammalato proprio per dimenticarsi di sé stesso. Del suo passato conservava soltanto il piacere di vestirsi bene e l'amore per la bellezza. Subito, però, Emilio sostituiva questo pensiero così sgradevole con quello di Nieves fino al punto da dimenticare che non aveva più voglia di andare a letto con lei e che gli faceva un po' di pena. In più di un'occasione gli sarebbe piaciuto raccontarle i suoi problemi e che lei gli desse la sua opinione o lo togliesse dalle ambasce. Alla prova dei fatti, però, si tratteneva perché sapeva che ormai Nieves non migliorava più la realtà, non la rendeva più appetibile. Anzi, Nieves era stata un tappo che non aveva lasciato scorrere il suo sangue.

Presentiva che fosse arrivata l'ora che succedesse qualcosa di nuovo nella sua vita, e così fu. Fu allora che conobbe Hanna e tutto cambiò.

Fu durante uno dei suoi viaggi di lavoro. Generalmente in quei viaggi non succedeva niente che non volesse far succedere, salvo ritardi degli aerei e smarrimenti dei bagagli. Passava così tanto tempo negli aeroporti che quasi gli piacevano, soprattutto perché sono posti di passaggio dove non si pensa, almeno non si pensa a faccende gravi né decisive. Hanno qualcosa di leggero, di provvisorio, come di tempo oscillante, si direbbe che siano una piattaforma sospesa sul nulla. Ed era arrivato a verificare che in certe occasioni non c'era niente di più terapeutico che passare due ore in aeroporto. Era pesante, ma depurativo come un clistere.

Quando il viaggio era lungo e l'agenda fitta di impegni, di solito lo accompagnava Teresa, che era la sua segretaria da dieci anni. Teresa era una creatura di cui la maggioranza del personale della Torre aveva paura. Con lei l'aeroporto acquisiva una sfumatura molto più irreale, visto che lei si occupava assolutamente di tutto e lui poteva dedicarsi a seguirla con la mente svuotata. Gli stessi negozi Gucci, Cartier, gli stessi corridoi, gli stessi bar, le stesse porte di imbarco. C'erano quelli che distinguevano un aeroporto dagli altri e si accorgevano delle differenze, quando invece la cosa bella era confonderli e considerarli tutti fratelli, tutti pezzi del limbo.

In quell'occasione il viaggio durava solo due giorni, con un'unica riunione di lavoro. Perciò la presenza di Teresa non era necessaria. In fondo era un modo per non trascorrere il fine settimana nella solitudine e nel silenzio della sua grande casa, dove più che la pace lo assaliva una grande ansia, al punto che a volte doveva prendere la macchina e vagare per le strade senza una meta. Altre volte intraprendeva lunghe camminate per i boschi vicini fino a sfinirsi. La lunga relazione clandestina con Nieves lo aveva abituato a non essere molto socievole e soprattutto a non parlare dei suoi rapporti con le donne, e questo lo trasformava agli occhi dei soci e degli amici in un essere molto riservato, eccessivamente riservato, in un uomo un po' strano.

Era novembre e Berlino era grigia. E anche se si aveva la sensazione di freddo, non faceva freddo, non troppo. Più che malinconica, l'atmosfera era un po' triste, ma era una tristezza che non lo riguardava, perché era lontana da casa sua; si sarebbe potuto dire che stesse visitando la tristezza altrui e che fosse uno straniero in quella tristezza. Il venerdì si tenne la riunione di lavoro in un ufficio situato in un palazzo a specchi di Potsdamer Platz, da dove si scorgeva una fantasmagorica Porta di Brandeburgo, anche se senza quel contorno l'ufficio avrebbe potuto essere anche uno della sua stessa azienda. I negoziati si prolungarono più del previsto e i presenti pranzarono senza interrompere la riunione. Le trattative si dilatarono soprattutto per la precisione con cui Xavier Climent, un giovane spagnolo dalla grande agitazione interiore, analizzava tutte le minuzie. Alla minima contrarietà o mossa azzeccata o errore altrui o proprio, si stirava i polsini della camicia, si passava le mani tra i capelli, sul viso, sulla cravatta e si agitava sulla sedia scomponendo la sua figura. Era stato sicuramente un insopportabile bambino iperattivo. Più che dal lavoro, Emilio fu distrutto dal dover assistere per così tante ore alla grande agitazione di quel manager.

Quando uscì dall'edificio e si ritrovò sulla piazza, era già sera e la temperatura era scesa di vari gradi. I suoi ospiti gli avevano proposto di andare a cena e poi a divertirsi un po', invito che certamente si sarebbe visto costretto a ricambiare quando loro sarebbero andati a Madrid, perciò si scusò dicendo che voleva riposarsi. Il giovane sembrò sollevato perché evidentemente non andava neanche a lui. L'ultima volta che Ríos aveva accettato un po' di divertimento aveva dovuto alzare il gomito, parlare e lasciarsi palpare da ragazze che venivano pagate per questo, cosa che non lo divertiva affatto.

Si mise a camminare verso l'albergo per un grande viale. A metà del tragitto si scatenò un diluvio e improvvisamente su tutti i passanti, come per magia, comparvero un impermeabile e un ombrello – ma non su di lui, che arrivò in albergo fradicio e con abiti e capelli in disordine. Chiese la chiave alla reception e il concierge gliela consegnò insieme a un biglietto. Era di Xavier Climent e gli diceva che, se gli faceva piacere andare all'opera quella sera, aveva i biglietti. Gli dava anche il suo numero di cellulare. Emilio rimase un po' sorpreso e cercò di capire rapidamente cosa potesse volere Xavier da lui: non sembrava una persona che perdeva tempo o che si preoccupava molto per gli altri. Prese l'ascensore sovrappensiero, soppesando tutte le possibilità. Magari voleva estorcergli delle informazioni, quelle che uno tende a lasciarsi sfuggire quando è disteso e grazie alle quali il manager avrebbe potuto fare ancora più bella figura davanti ai suoi capi. Forse voleva vendersi all'azienda di Ríos e andare a lavorare in Spagna. A dire il vero non sarebbe stato un cattivo acquisto.

Si fece la doccia e si cambiò d'abito come se dovesse uscire. La serata era ben poco invitante, il vento e la pioggia battevano gli ampi viali, gli alberi, la carrozzeria delle macchine e le finestre dell'albergo. Era sicuro che si sarebbe annoiato all'opera e che quel ragazzo fosse un idiota; poteva anche darsi che fosse gay e che cercasse una storia con lui. Eppure la curiosità lo solleticava. Si sedette sul letto e accese la televisione. Tutti i discorsi in tedesco sembravano importanti e decisivi, ma non appena comparivano le facce di quelli che parlavano quella sensazione svaniva.

Emilio si alzò in piedi pensando che la cosa migliore sarebbe stata cenare direttamente al ristorante dell'albergo e quando stava per uscire si decise a chiamare Xavier Climent per scusarsi.

«Xavier?»

«Come sono felice che tu abbia accettato l'invito.»

«Be', a dire il vero io...»

«Non preoccuparti di niente, passerò a prenderti tra mezz'ora.»

Xavier riagganciò. Il dado era tratto. Emilio prese l'impermeabile e scese ad aspettare al bar dell'hotel. Ordinò un martini per tirarsi su, era consapevole che in queste circostanze si fanno cose che non si fanno normalmente, perché ci si sente parte della scenografia. Per questo, sebbene non fosse un fanatico del martini, era lì seduto su uno sgabello con la coppa in mano, in sintonia con quello che deve essere un bar in penombra di un hotel. Ebbe il tempo di prenderne vari. A un certo punto un cameriere gli si rivolse. Emilio Ríos? La aspettano alla reception.

Non era Xavier, ma una ragazza, e questo introduceva un elemento di novità nella situazione. Parlava molto bene lo spagnolo e da ciò Emilio dedusse che poteva aver studiato in Spagna.

«Mi chiamo Hanna. Il mio fidanzato mi ha chiesto di venirti a prendere. Ci aspetta in teatro.»

Sotto il cappotto portava un vestito elegante. I capelli biondo cenere, lunghi fino alle spalle, le si erano scompigliati nel tragitto dalla macchina all'albergo e lei cercava con insistenza di rimetterli in ordine. Poi, dall'albergo alla macchina, le si scompigliarono di nuovo. Mentre se li sistemava, saltando con lo sguardo qui e là come un uccello irrequieto, disse: «Non voglio che arriviamo tardi. Voglio che tu non ti perda niente».

Emilio sorrise davanti alla fissazione della gente di attribuire agli altri i propri gusti e le proprie passioni, e pertanto anche le proprie paure e debolezze, e alla poca obiettività con cui funzionava il mondo. Dal cappotto le spuntavano delle gambe molto magre e dalle maniche dei polsi ugualmente sottili, così come le mani e il collo. Tutta la sua persona era eterea, delicata e nervosa. Non sapeva se gli piacesse o no.

L'acqua si ammassava sul parabrezza senza darle il tempo di eliminarla. La notte si scomponeva come un quadro di Picasso.

«Siamo arrivati», disse Hanna parcheggiando un po' bruscamente davanti a un milione di luci raddoppiate e moltiplicate dall'acqua. Le persone stavano entrando in teatro al ritmo con cui si entra nei teatri, nelle chiese e agli eventi culturali, mai di corsa, ma con una certa calma o serenità carica d'attesa, guardando da una parte e dall'altra, fermandosi dolcemente, si direbbe cercando il proprio posto.

«Aspetta un attimo», disse Emilio. «Quanto durerà questa cosa?»

«Quanto?» chiese a sua volta Hanna. «Niente, se tu non vuoi. Pensavo che ti piacesse l'opera.»

«Non lo so, non ci sono mai stato e non ho voglia di entrare.»

«E allora non entriamo.»

«In realtà non voglio rovinarti la serata», disse Emilio. «Vai tu. Io prenderò un taxi. Non preoccuparti.»

«Per me l'opera non è certo una novità. Se vuoi, possiamo cenare in un piccolo ristorante che si trova nei pressi della Nikolaikirche.»

«Ma Xavier starà aspettando.»

«Che aspetti», replicò Hanna rimettendo in moto con movimenti rapidi.

Guidava con il corpo proteso in avanti, cercando di scorgere la strada tra macchie di luce.

«Scusa la franchezza, ma mi piacerebbe sapere cosa vuole il tuo fidanzato da me. E non dirmi che tutti gli uomini d'affari che vengono a Berlino li invitate all'opera, che poi tu li vai a prendere in albergo e che, se all'ultimo momento cambiano capricciosamente idea, li accompagni a cenare in un ristorantino romantico.»

Emilio a quel punto preferì trattenersi. Forse era irritato perché si sentiva messo in mezzo da quell'idiota di Xavier in una serata da lupi per le strade di una città, in fin dei conti, straniera.

«Sono stata io a chiedergli di invitarti. Xavier mi ha parlato di te e mi è venuta voglia di conoscerti.»

Emilio non ci credette. Non credeva quasi a niente di ciò che diceva la gente. La gente mentiva in continuazione e non per cattiveria, ma perché senza volerlo la mente elabora bugie e quelle bugie vengono fuori da sole.

«E cosa pensa di me?»

«Ammira il tuo lavoro. Dice che ha infinite possibilità, che il futuro è nelle mani di aziende come la tua.»

«E per questo volevi conoscermi?»

Parcheggiò su una piazzola. L'aria si era fatta più rigida, la pioggia si muoveva incontrollata, gli ombrelli si piegavano verso l'alto. Quando finalmente si sedettero a tavola, Hanna sospirò.

«Per poco abbiamo rischiato di non trovare posto. E con questo tempo...» restò pensosa per un attimo con gli occhi spalancati, spaventati. «A volte le cose si fanno perché sì. E di solito quelle cose sono le più interessanti di tutte.»

Emilio non credette neanche a questo, ma che importava? Era la cosa migliore che sarebbe potuta capitargli quella sera, né troppo divertente né troppo noiosa. Hanna gli piaceva. Aveva un'aria stranissima, tra il romantico e lo smarrito. Ma se la si osservava con attenzione, come ebbe l'opportunità di fare per varie ore, saliva in superficie una creatura abbandonata. E fu quando Emilio piegò la testa per raccogliere il tovagliolo da terra e la guardò da quella nuova prospettiva che si rivelò una creatura tormentata. E tutto ciò che successe da quel momento in poi si attagliò a quell'immagine.

Dopo la cena, Emilio insistette per tornare al suo albergo in taxi, ma Hanna non glielo permise. Disse che sarebbero andati a casa sua, così avrebbero potuto bere qualcosa con Xavier. Emilio aveva un grande intuito per capire quando le situazioni sono arrivate alla fine e quando non si devono allungare con qualche pretesto per evitare di sciuparle, ed era proprio il caso di quella che stava vivendo. Sapeva che non doveva salire di nuovo nella macchina di Hanna. Hanna, però, era una creatura testarda, tormentata e testarda.

«La verità è che non voglio tornare da sola», disse, cosa a cui Ríos non diede un significato speciale, visto che forse dovevano a Xavier una spiegazione per non essersi presentati in teatro. Non chiese niente. Si lasciò portare. Ormai si stava abituando a vedere i polsi sottili e le mani di Hanna che maneggiavano il volante.

Le strade erano vuote, il suolo bagnato, la notte brillava sopra di lui, le luci erano tornate nitide e rotonde. Entrarono in un palazzo antico, in cui dovettero attraversare un portone enorme, un cortile e poi salire delle scale che sembravano sorgere dal centro della Terra. Perciò, quando giunsero alla fine di quel tortuoso cammino e Hanna aprì la porta, a Ríos sembrò incredibile che le finestre dessero sulla strada sulla quale dava il portone da cui erano entrati. Era un appartamento grande dai soffitti alti ed Emilio si mise ad ammirare l'arredamento postmoderno del salotto. Hanna camminava dietro di lui sempre più agitata e senza togliersi il cappotto.

«Voglio farti vedere una cosa», disse. E, dal modo di dirlo, non doveva trattarsi di niente di buono.

Aveva il pallore della disgrazia.

«E Xavier?» chiese Emilio.

Hanna però non rispose, si era già lanciata in un lungo corridoio e andava accendendo le luci a mano a mano che avanzava, pugni di luci, sciami di luci. «Da questa parte», diceva di tanto in tanto. Finché non aprì una porta alta e bianca con la cornice arrotondata.

«Eccolo qui», disse indicando Xavier steso a terra.

Prima Emilio fece un passo indietro e poi ne fece due in avanti per osservarlo meglio. Aveva del sangue sulla testa e un taglio sulla fronte.

«È... morto?» chiese chinandosi e tastandogli il polso. Gli mise anche la mano sul cuore. Batteva. «No, non è morto», aggiunse un po' agitato per quella situazione così inaspettata e tragica. «Deve avere una grave commozione cerebrale e ha perso sangue. Bisogna chiamare un medico.»

«Un medico?» chiese Hanna completamente alterata.

Emilio si stava esasperando.

«Sì, un medico, o per caso vuoi che muoia?»

«Sarebbe la cosa migliore per me, così non potrebbe raccontare niente di ciò che è successo.»

«Che vuoi dire?» chiese terrorizzato.

«Abbiamo litigato, l'ho spinto e ha sbattuto con la testa

contro lo spigolo del tavolo. Vedi?» disse avvicinandosi allo spigolo. «C'è del sangue.»

Emilio verificò che c'era del sangue.

«Si è trattato di un incidente.»

«No, io volevo ucciderlo. Se in quel momento avessi avuto una pistola gli avrei sparato, se avessi avuto un coltello lo avrei pugnalato.»

Emilio afferrò il telefono, molto irritato.

«Chiama un'ambulanza o un medico! Adesso!»

Hanna digitò un numero. La sua voce in tedesco rendeva l'atmosfera ancor più da incubo.

«Arrivano subito.»

Emilio, con un movimento deciso, afferrò da una poltrona quella che poteva essere una coperta da viaggio e coprì il corpo di Xavier perché non si raffreddasse. Ebbe il dubbio di toglierla quando si rese conto che sembrava un cadavere a cui avessero scoperto la testa.

Hanna camminava nervosa da un lato all'altro della stanza raccontando a Emilio ciò che era successo, con quel tono incerto che acquisisce qualunque dramma ormai passato.

Quasi sempre si capisce tardi, un minuto dopo rispetto al momento in cui si sarebbe dovuto capire. E quando Hanna si rese conto dell'errore che aveva commesso portando Xavier nel proprio paese e nella propria vita era già un minuto troppo tardi, e un minuto è tutto.

Hanna aveva trascorso due anni in Spagna a studiare ed era stato allora che lo aveva conosciuto. Xavier stava molto male perché aveva appena subito una terribile delusione amorosa e perché non trovava lavoro. Lei provò pena. Era irresistibilmente timido e schivo, dava l'impressione che se qualcuno non lo avesse curato sarebbe morto sul colpo da un momento all'altro in un posto qualunque. Perciò lo convinse a partire con lei per Berlino: il padre di Hanna era un imprenditore molto importante e avrebbe potuto aiutarlo a sistemarsi. E così fu. Si trasferirono in un appartamento grande e antico come piaceva a Xavier e dopo cinque mesi lui faceva già parte dello staff esecutivo di un'importante società. Dopo un anno era nel consiglio di amministrazione. Fino a quel momento, Hanna non si era resa conto di niente, forse perché aveva concentrato le sue energie nello spianare la carriera a Xavier e nel cercare di concepire un figlio, che non arrivava e le cui possibilità di arrivare andavano diminuendo drammaticamente, visto che il loro rapporto si era raffreddato tanto che Xavier ormai la toccava appena. Gli interessavano soltanto il lavoro e chissà cos'altro. Hanna era sicura che l'avesse usata fin dall'inizio, che avesse finto con lei e che quando si sarebbe sistemato del tutto negli affari, quando avrebbe potuto fare a meno di suo padre – che, ci avrebbe giurato, era ugualmente vittima dei suoi inganni –, l'avrebbe abbandonata.

Naturalmente Xavier negava tutto. Le contestava che l'ossessione di avere un figlio le stava facendo perdere l'equilibrio. Hanna dubitava di lui, ma anche di sé stessa. Magari era lei la causa di quella situazione, forse era malata, ormai riusciva a stento a scendere in strada perché le gambe iniziavano a diventarle molli appena sentiva la gente intorno a sé, le sembrava che le parole svolazzassero come insetti qui e là. I passi decisi dei corpi solidi e concreti degli altri la facevano barcollare e doveva tornare sui suoi passi. Entrava in casa e percorreva il corridoio come se attraversasse il sogno di un'altra persona. Si stendeva su un divano e sentiva freddo. La domestica le preparava un brodo e le faceva notare che ultimamente non mangiava niente, le diceva che era diventata come un uccellino. Adesso tutti i vestiti le andavano grandi, senza che questo la preoccupasse affatto, perché l'unica cosa che desiderava veramente era stare distesa sul divano.

Praticamente andava dal divano al letto e dal letto al divano. Gli alberi della strada formavano una barriera contro il rumore, contro il mondo, creavano un silenzio che si alterava solo quando Xavier, che era profondamente irritato nel vederla così, faceva girare la chiave nella serratura dell'ingresso. In quel momento, per non dover sopportare una predica sulla vita deprimente che conduceva, Hanna si chiudeva in bagno o si metteva a letto con le tende chiuse come se stesse dormendo. Per il resto del mondo formavano una coppia perfetta, e questo è ciò che succede con le situazioni perfette e ideali, che possono essere preservate solo a costo di sudore e lacrime.

Quella sera piovosa di novembre Xavier entrò, lasciò la valigetta nello studio come era solito fare e andò in cerca di Hanna. Lei si era chiusa in bagno appena aveva sentito la chiave nella serratura. Quando lui si mise a chiamarla bussando alla porta del bagno, lei aprì la doccia e si sedette a leggere su una poltroncina che aveva predisposto per quelle occasioni. Rimase così più o meno un'ora, ma non poteva restare lì tutta la vita, perciò non poté fare altro che uscire. A quel punto sentì che Xavier stava parlando al telefono in spagnolo.

«Ho appena invitato all'opera Emilio Ríos, un imprenditore spagnolo che mi interessa molto. Siccome non uscivi dal bagno non ho potuto consultarti. Preparati perché dobbiamo andare a prenderlo.»

«Io non vengo», replicò Hanna.

«Ho bisogno di parlare con lui fuori dalla mia azienda e questa è una buona occasione, perché è da solo.»

«Sicuramente puoi cavartela senza di me.»

«No, non posso, a quest'ora si starà chiedendo che cosa voglio da lui. È sorpreso. Non sa cosa pensare di me. La tua presenza lo tranquillizzerà. Gli diremo che avevamo tre biglietti, che ti ho raccontato che lo avevo appena conosciuto e che ti è venuta l'idea di chiamarlo. Probabilmente si annoierà, da come ha reagito all'invito non sembra che gli interessi la musica, perciò andremo a mangiare qualcosa da quelle parti. È assolutamente necessario che riusciamo a creargli intorno un clima di fiducia.»

«Non ho voglia di prepararmi», disse Hanna stendendosi sul letto.

Xavier stava cercando il miglior abbinamento possibile di camicia e giacca, aveva un'autentica fissazione per i vestiti, ma interruppe quell'attività per darle un avvertimento.

«Entro dieci minuti voglio vederti» – e aprì uno degli armadi – «con questo vestito rosso, gli orecchini di brillanti e delle scarpe nere con il tacco.»

Hanna non si mosse dal letto, rimase a pensare come avrebbe potuto cacciarlo di casa. Lo temeva. No, non era questo. Si direbbe che in fondo si teme di lasciare qualcosa anche se non ci piace o ci spaventa, e per questo la gente sopporta situazioni incredibili. Nessuno può essere sicuro che ciò che lo aspetta in futuro sarà migliore di ciò che ha adesso. Certamente era quella paura vaga e indefinita che la paralizzava. Guardò il vestito appeso nell'armadio, cercò con lo sguardo delle scarpe nere con il tacco, localizzò mentalmente un paio di calze, ma le sembrò che l'incombenza di truccarsi le avrebbe portato via mille anni, e poi non si era neppure fatta la doccia. In definitiva era un'impresa inaffrontabile, come quando sognava che cercava di correre, ma non aveva forza nelle gambe e riusciva appena, con un terribile sforzo, ad avanzare di un metro.

Quando gli restava solo da mettersi la cravatta, Xavier andò verso il letto come una furia e con uno strattone spostò il lenzuolo e la coperta. Poi prese Hanna per un braccio e tentò di trascinarla a terra, cosa che riuscì a fare. A quel punto lei lo prese a calci e cercò di resistere come poteva, finché lui perse l'equilibrio e cadendo sbatté la testa contro lo spigolo di un tavolo da colazione rettangolare che si trovava ai piedi del letto. Vedendolo steso a terra e coperto di sangue, Hanna provò orrore e sollievo. Più sollievo che orrore, a dirla tutta: il fatto che stesse lì senza mortificarla era davvero piacevole. Ovviamente, in realtà, non c'era, perché era morto o almeno lo sembrava. Hanna si godette quella sensazione per qualche minuto, ma subito dopo andò nel panico. Non voleva rimanere lì. Pensò che doveva agire in fretta, che doveva correre a gambe levate, ma davvero, e non come in un incubo. Doveva uscire di lì e andare a incontrare lo spagnolo come era previsto. "Non era questo che voleva facessi?" pensò. Quindi cercò nelle tasche di Xavier e trovò annotati su un foglietto il nome di Emilio Ríos e l'indirizzo dell'albergo, insieme ai biglietti per l'opera.

Non doveva decidere neppure cosa mettersi. Il vestito rosso, un paio di scarpe nere e gli orecchini di brillanti e sopra un cappotto ugualmente nero. Il battito le si accelerò, si truccò e si pettinò in un tempo da record. Niente di questo poteva stare succedendo davvero. Tirò fuori dal garage la sua macchina, molto più piccola di quella di Xavier, e si diresse verso l'albergo. Anche se pioveva e c'era molto vento, a lei, via via che si allontanava dalla casa, sembrava una serata meravigliosa. Non provava ancora rimorsi, la infastidiva solo che il corpo di Xavier non si fosse disintegrato e che dovesse vederlo quando sarebbe rincasata, ma a quel momento mancava ancora molto tempo.

Lo spagnolo non era schizzinoso né capriccioso, né sofisticato. Era così normale che le sembrava adorabile. E accolse con entusiasmo la sua idea di non entrare in teatro perché così il fatto che Xavier non si presentasse non avrebbe dovuto inquietarli. Cenarono in un ristorante molto carino e in qualche momento l'immagine di Xavier a terra in una stanza della sua stessa casa risultava assurda e lontana. Ciò che era sicuro era che di tanto in tanto Hanna provava una grande sensazione di libertà e stava scoprendo che fuori di casa c'era la terraferma e che il mondo non sprofondava non appena scendeva quella scala tortuosa. Lo spagnolo la osservava e ascoltava con attenzione, le dava valore. Hanna sarebbe rimasta con lui per tutta la serata, ma a un certo punto bisognava mettervi fine. Lui insistette per prendere un taxi ma lei fece in modo che andassero a casa sua.

Portarono via Xavier in un'ambulanza e non appena lui riprese le forze, in ospedale, chiese a Hanna cosa gli fosse successo.

«Hai avuto un incidente. Sei caduto e hai sbattuto contro lo spigolo del tavolo. Il medico dice che hai la pressione molto alterata e che forse hai avuto le vertigini», rispose lei.

Xavier fissò lo sguardo sulla parete di fronte a sé, che è ciò che si suole fare quando uno deve proiettare i suoi pensieri e ricordi su qualcosa di materiale.

Anche Emilio proiettò i suoi pensieri verso la pioggia argentata e l'oscurità che si vedeva da una finestra. Poi vide Hanna appoggiata al muro, con il vestito rosso dal quale uscivano braccia e gambe bianche dalle ossa lunghe, di modo che senza essere alta Hanna dava l'impressione di esserlo, e allo stesso modo, pur senza essere una bambina, lo sembrava. Dava l'impressione di essere una pennellata rossa sul muro del corridoio e dava l'impressione che, se Emilio l'avesse dimenticata, il vento e la pioggia di quella notte agitata l'avrebbero disfatta in mille piccoli pezzi rossi.

Emilio tornò in albergo intorno alle tre di notte. Mentre cercava di dormire, l'azzurro degli occhi di Hanna, schiaritosi una generazione dopo l'altra, si mescolava al rosso del sangue di Xavier. Non credeva del tutto alla versione che Hanna gli aveva dato dell'incidente e non capiva come fosse stata capace di lasciarlo disteso a terra per tanto tempo senza chiedere aiuto. Ovviamente lui non poteva provare gli stessi sentimenti che provava lei rispetto a Xavier.

Il giorno dopo, sabato, per scrollarsi la stanchezza di dosso, Emilio andò a farsi un giro per l'Isola dei Musei. Il cielo si era schiarito, era spuntato il sole e tutto sembrava più grande. Quando si stancò di avvicinarsi a statue e quadri e di chinarsi a leggere i cartelli, tornò senza fretta in albergo. Nella stanza c'erano ancora il letto disfatto e gli asciugamani a terra in bagno. Restavano mille posti da visitare, ma non provava un interesse speciale per nessuno di essi. Digitò il numero di Hanna, che rispose subito.

«Finalmente», disse lei. «Credevo che fossi arrabbiato con me.»

«Be', dovrei esserlo, ma ho pensato che forse ti farebbe bene venire a riposare qualche giorno a Madrid.»

Hanna non tornò più a Berlino. Si sposò con Emilio Ríos. E Ríos pensò sempre che era stato molto fortunato a incontrarla perché non avrebbe mai scoperto niente di peggio in lei di ciò che sapeva già.

L'anno dopo, in una delle sue visite a Berlino, Emilio incontrò Xavier Climent. Gli sembrò più maturo, più concreto, per quanto continuasse a essere inquieto: continuava a muoversi e a scompigliarsi i vestiti tutto il tempo. Appena lo vide, Emilio gli chiese della ferita alla testa che gli aveva procurato quella sfortunata caduta. Xavier non sembrò dare importanza all'incidente, anche se gli confessò che ancora non si spiegava come fosse potuto cadere.

«Per questo gli incidenti si chiamano incidenti, no?» disse Xavier.

Siccome non gli chiedeva di Hanna, Emilio, per creare una corrente di normalità, gli disse che era dispiaciuto per quello che era successo con Hanna e che andare a Madrid era stata una sua decisione.

«Va bene così», disse Xavier. «Ormai non importa.»

«Non ho mai saputo di cosa volevi parlarmi quella sera, quando mi hai invitato all'opera.»

Xavier si disfece e si rifece il nodo della cravatta mentre gli diceva che quello che voleva era ritornare in Spagna. Voleva chiedergli lavoro perché aveva bisogno di allontanarsi da Hanna. Lo stava facendo ammattire. Era ossessionata dall'idea che lui la ingannasse, che le mentisse e che si fosse approfittato della posizione di suo padre per sfondare. Non prendeva per niente bene il fatto di non poter avere figli e aveva perso la testa. Lui doveva fare così tanta attenzione a ciò che diceva e faceva che ormai non riusciva più a sopportarla, era una vita d'inferno, senza spontaneità, senza naturalezza, senza amore, senza niente. Emilio stava zitto, gli sembrava brutto parlare male di sua moglie con una terza persona, per quanto si trattasse dell'ex compagno di Hanna.

«Adesso», disse Xavier mettendo in moto tutti i meccanismi del suo corpo, «continua a tentarmi l'idea di lavorare con voi anche se per motivi esclusivamente professionali.»

«Benissimo, quando potresti iniziare?» concluse Ríos, che sapeva tenere separato il lavoro dalle questioni personali.

Io e Ríos ci comportiamo come se non ci fossimo mai ubriacati con il whisky nel suo ufficio e come se non mi avesse mai fatto le confidenze che mi ha fatto, cosa di cui gli sono grata perché lavorare in altre condizioni sarebbe molto imbarazzante. Osservo che ha riallacciato i rapporti con Hanna e che non mi ha mai più chiesto di Anabel, che io cerco di non menzionare. Non racconto niente neanche a Vicky, che ogni giorno si mostra più impenetrabile.

Adesso che non c'è Teresa, di tanto in tanto viene a trovarmi qui. Si siede su una delle poltroncine di velluto verde del vecchio ufficio di Sebastián Trenas, che ho recuperato dal magazzino e ho sistemato per lei di fronte alla mia scrivania, e ci prendiamo qualcosa: un panino, un caffè, un sacchetto di patatine. Vicky fuma per tutto il tempo, ma è da parecchio che non prende porcherie davanti a me. Non si trova tanto a suo agio come nei bagni, perciò di solito si trattiene poco.

Le propongo di andare a trovare Teresa all'ospedale psichiatrico, ma dice che quei posti la deprimono perché ha l'impressione di andarci per restare.

«E tuo figlio?» le chiedo.

«Sta bene. Guarda», dice tirando fuori dalla tasca dei pantaloni un foglietto piegato in cui si distinguono i colori vivaci di un disegno infantile.

«È bellissimo», dico. «C'è scritto "per mamma".»

«L'altro giorno sono andata a prenderlo a scuola. Pesa più di me. All'inizio ha fatto finta di non vedermi, ma poi ci siamo presi una Coca-Cola e gli ho fatto i compiti.»

«Perciò sei contenta.»

«Credo di sì.»

Stiamo così, a chiacchierare tanto piacevolmente, quando entra il direttore delle Risorse Umane e le chiede cosa fa qui; lei si limita a girare verso di lui i suoi enormi occhiali e resta a guardarlo senza sapere cosa dire.

«È venuta a trovarmi», devo dirgli io. «È l'ora di pranzo.»

«Non mi piace che quel tizio mi metta gli occhi addosso», dice Vicky dopo che lui è andato via, con la sua voce da telefono pubblico rotto.

«Non preoccuparti per quello», le dico. «Ti va di prendere qualcosa di più forte?»

«Hai della Coca-Cola?» chiede ridendo.

Mi alzo e porto la bottiglia di whisky di Ríos e due bicchieri. Vicky mi guarda sorpresa dai suoi grandi occhiali.

«Credo che ce lo meritiamo», dico.

La verità è che sospetto che con il tempo diventerò un'alcolizzata e che questo sia l'inizio. Vicky dal canto suo mi osserva con interesse.

«Voi represse siete le peggiori», commenta. «Siete pericolose. Quando vi fate, non avete il senso della misura.»

«Che vuoi dire?» le chiedo versandone un altro.

«Che non voglio che mi trascini con te. Ho bisogno di questo lavoro», dice bevendo in un sorso ciò che resta nel suo bicchiere e nel mio. «Me ne vado ed è meglio che tu rimetta a posto la bottiglia. Se le fai tu queste cose sono proprio brutte.»

È difficile sapere fino a che punto si può intervenire nella vita degli altri. La pattumiera infinita è piena di questa incognita ripetuta mille volte, il che significa che non ha una risposta chiara, come quasi niente. Io sono intervenuta raccontando a Ríos ciò che Teresa mi ha detto di Anabel, perciò in parte sono responsabile della situazione attuale di Anabel e questo in un certo senso mi costringe a continuare a intervenire.

Il giorno dopo la nostra conversazione, Ríos mi dà l'ordine di non passargli nessuna telefonata della ragazza. Perciò devo inventare una bugia dopo l'altra: è in riunione, è uscito, sta parlando al telefono. E tutte le volte devo sentire la voce via via sempre più morente di Anabel che mi ringrazia per averle mentito. La mia conoscenza della vicenda è paragonabile all'ascoltare una conversazione telefonica o al guardare dal buco della serratura. So di Anabel cose che lei ignora, so anche che in questo momento brancola nel buio, che non capisce e che questo deve provocarle una grande angoscia. L'aver vissuto con Raúl mi ha aiutato almeno ad apprezzare certe sfumature. Perciò so anche che da un momento all'altro lei si presenterà qui e dovrò inventare qualche scusa significativa per impedirle di entrare nella stanza di Ríos.

Anabel diminuisce la frequenza delle chiamate, ma non l'intensità che mette nella sua voce, già di per sé lacerata, in modo tale che, dopo aver riagganciato, resta sempre un'aura di tragedia che circonda il telefono. E anche se ci mette qualche giorno a presentarsi in ufficio, alla fine, come temevo, arriva. Ha scelto il tardo pomeriggio, cioè un momento della giornata in cui Ríos, se volesse, potrebbe andare via con lei. Appena entra mi accorgo che è cambiata o che sta cambiando, come suggeriscono i brufoli in faccia e i chili che ha messo su. Ancora non è grassa, ma se non si trattiene con il tempo potrebbe arrivare a esserlo. Al dito ha l'anello di brillanti in pendant con un cuore, anch'esso di brillanti, che porta al collo, probabile regalo di Emilio Ríos.

Le dico con la maggiore naturalezza e indifferenza di cui sono capace che è occupato.

«In ogni caso mi piacerebbe che sapesse che sono qui.»

Le chiedo di accomodarsi sulla poltroncina dove di solito si siede Vicky e pigio il pulsante del presidente.

«C'è Anabel», dico davanti allo sguardo fisso di lei.

Ríos ha bisogno di un minuto per pensare.

«Non dirle niente. Adesso esco», risponde.

Riaggancio e non dico niente. Anabel mi guarda con una drammaticità fuori luogo, perciò compongo il numero delle informazioni sul traffico per non dover parlare.

Sto sentendo che l'autostrada per La Coruña è paralizzata quando vedo uscire Ríos con la giacca su un braccio, la valigetta nell'altra mano e l'aria frettolosa.

«Anabel, non sai quanto mi dispiace, ma Hanna mi sta aspettando per portarmi in aeroporto. Perché non mi chiami giovedì o venerdì?»

Anabel non ha avuto neanche il tempo di alzarsi dalla poltrona, è rimasta letteralmente a bocca aperta.

«Credo che abbia detto di chiamarlo giovedì o venerdì», dice con la sua voce profonda e sconsolata. Io le sorrido e compongo il numero delle informazioni meteo.

«Vorrei sapere a che punto è la faccenda delle pratiche», dico al niente.

Lei resta seduta, le costa fatica andarsene a mani vuote, le piacerebbe parlare almeno con me. Io però preferisco intavolare una conversazione con uno di quei vecchi esseri immaginari di Teresa e Anabel non può fare altro che alzarsi. Dalla porta mi saluta con un cenno della mano e io ricambio.

Per togliermi questo amaro dalla bocca, telefono all'ospedale psichiatrico e chiedo di parlare con Teresa, ma lei, come altre volte che ho chiamato, sta dormendo, il che significa che non deve essere quasi mai sveglia.

NIEVES

Un giorno, sorprendentemente, ricevo una telefonata di Nieves, la vedova di Sebastián Trenas. E, ancor più sorprendentemente, mi chiede quegli oggetti personali di suo marito che ho conservato nella scatola. Le dico che ho sempre avuto un po' di remore a buttarli e che se le fa piacere posso portarglieli.

Durante la pausa pranzo mi dedico a cercare nel magazzino la famosa scatola, di cui alla vedova non importa niente, facendo mille congetture su ciò che vorrà dirmi. E alle sei sono nell'esclusivo parco Conde de Orgaz davanti a una casa identica alla casa dei sogni di Vicky, con una porta identica alla porta nera di Vicky e dei vasi ai lati ugualmente identici ai vasi di Vicky.

Nieves è meno alta di quanto ricordassi. E a prima vista risulta piuttosto ordinaria. Ma sono sicura che finirò per trovare qualcosa di speciale in lei, altrimenti non si capirebbe come abbia fatto ad accaparrarsi l'attenzione di Emilio Ríos e Sebastián Trenas per tanti anni. Mi chiede di accomodarmi a un tavolo così finemente laccato che è un vero peccato metterci qualcosa sopra. Dagli alti soffitti pendono lampadari di cristallo identici a quelli del Rastro di Vicky e alle pareti sono appesi arazzi e quadri. Negli angoli ci sono vetrinette che custodiscono oggetti che devono essere di grande valore, i mobili in generale sono d'antiquariato. Sembra un piccolo palazzo nobiliare.

«A Sebastián piacevano queste cose», dice lei seguendo il mio sguardo. «Quando aveva tempo, andava in giro per antiquari e partecipava anche a molte aste. Aveva occhio per le cose belle. Io, all'inizio, avrei voluto dei mobili più funzionali, più moderni. Adesso, invece, apprezzo moltissimo questa casa.»

Ho lasciato la scatola con gli effetti personali di Sebastián Trenas sul tavolo laccato e, anche se li ho spolverati, scopro che c'è ancora un po' di polvere qui e là. Capisco che questi ricordi da ufficio sono insignificanti. Nieves si sta chiedendo che cosa ci farà.

«Non mi sembrava opportuno buttarli», dico con l'impressione che sia una cosa che ho già detto prima.

Nieves sorride e gli occhi acquisiscono una sfumatura canzonatoria. Forse risiede qui parte del suo fascino, nel fatto che non arrivi a prendere sul serio quello che dicono gli altri. Riesco a immaginarmela perfettamente mentre non prende sul serio Emilio Ríos. Me la immagino giovane e con i capelli lunghi, con un vestito uguale a una cartina per sigarette, come quel pomeriggio di luglio in cui Ríos si presentò a sorpresa a casa sua, un appartamento modesto al centro di Madrid. Me la immagino che si burla leggermente delle sue pretese, lasciandosi però abbracciare. Mi immagino lui sconcertato ed eccitato, mentre vede passare l'ombra di un altro uomo davanti alla porta socchiusa.

Serve il tè con i polsi robusti, da tennista. Ha anche le caviglie robuste e le spalle larghe, in generale sono ossa piene di calcio. Quanto agli occhi, mi ricordano quelli di sua figlia Anabel, come due versioni molto diverse di uno stesso tema.

«Conoscevi bene mio marito, vero?»

«Be'», esito. «Non è stato per molto tempo. Ma credo di sì, le brave persone si conoscono subito.»

«Quando hai iniziato a lavorare con lui già non stava bene. Non si sentiva sicuro con quella malattia terribile. Io mi sforzavo perché tutto continuasse come prima, non mi rassegnavo all'idea che smettesse di essere chi era e lo spingevo ad andare a lavorare tutte le mattine. Il fatto che non fosse brillante come prima non vuol dire che non servisse più a niente.»

Secondo Nieves morire all'improvviso è stata la cosa migliore che potesse capitargli. Non aveva mai accettato la diagnosi di demenza senile precoce. Era convinto che i medici si sbagliassero e non faceva altro che sottoporsi a prove continue per verificare l'errore della diagnosi. Un giorno nascondeva qualcosa di insignificante dietro a dei libri su una mensola e faceva un segno sulla sua agenda che indicava che c'era qualcosa che doveva ricordarsi. Lasciava passare un po' di tempo, trascorso il quale, se vedendo il segno sull'agenda non riusciva a farselo venire in mente, Nieves doveva ricordarglielo. Un altro giorno nascondeva un'altra cosa e faceva un altro segno e così molti giorni e molti segni, per cui la casa era disseminata di prove, che lei stessa faceva fatica a ricordare: era un'autentica follia. A volte, improvvisamente, mentre Trenas leggeva o vedeva un film, diceva che una luce bianca gli attraversava il cervello e sentiva la necessità di ricordare qualcosa che aveva nascosto, dove, quando lo aveva fatto e la sensazione che aveva provato nel farlo. E a quel punto tutti dovevano mettersi a cercare fin quasi a smantellare la casa.

In certe occasioni non si trattava di nascondere o di cambiare posto a qualcosa per poi ricordare che lo aveva fatto, cioè per verificare che si ricordava, ma di fare un segno impercettibile con la matita su uno stipite di una porta, per ricordarsi che lo aveva fatto quando per caso lo avesse rivisto. Il problema sorse il giorno in cui sentì l'impulso di cercare i famosi segni impercettibili su tutte le porte e finestre, sui tavoli e le sedie e non li trovò. Nieves cercò di non dare importanza alla faccenda, ma lui era ossessionato dall'idea che se non trovava i segni era perché forse non li aveva fatti, magari gli era passato soltanto per la testa di farli, ed era possibile che si trattasse di un falso ricordo o che forse non fosse facile scoprire un punto tra le venature del legno. Quel giorno ebbe una crisi e dovettero chiamare il medico. Quello che gli venne in mente dopo, secondo quanto raccontò a Nieves qualche giorno prima di morire, fu nascondere una bottiglia di whisky da qualche parte in ufficio. Con quel gesto volle mettersi veramente alla prova, una bottiglia non è un segno sul muro. Volle farlo in un posto dove lei non avrebbe potuto aiutarlo. E perse, non trovò mai la bottiglia. Non fu in grado di ricordare dove l'avesse nascosta e questo lo depresse ancora di più. Nieves crede che il suo cuore non abbia resistito a quel dispiacere e abbia fatto *crac*.

L'immagine della bottiglia nella cassetta del water mi sembra così triste che preferisco non menzionarla, anche perché non credo che Nieves mi abbia fatto venire per parlare del passato. La storia di Trenas ormai è conclusa, appartiene al confine dei tempi. Tra la sua morte e questo momento sono esistiti i fratelli Dorado e la crisi di nervi di Teresa e la scatola con le cose di Trenas chiede a gran voce di essere buttata nella spazzatura. Così mi porto la tazza alla bocca aspettando che si riveli il vero motivo della mia visita.

«Mi manca molto», dice. «Ma quella che soffre di più per la sua mancanza è Anabel. In fondo ha sempre provato questo dolore perché Sebastián aveva una preferenza per Conrado.» Fa una pausa piuttosto significativa per la sua durata. «Questo è stato il suo unico e grande difetto, voler bene più a Conrado che ad Anabel.»

Ho appena capito che è Anabel il motivo della mia visita.

«Anabel è sempre stata ossessionata da suo padre», continua Nieves.

«Ah», dico per non dire niente.

«E ultimamente Emilio ha svolto questo ruolo. Per lei è stato un grande sollievo. Anabel ha anche deciso di non tornare in Francia e rimanere con me. Io e lei eravamo molto felici insieme in questa casa. Era come se Sebastián vegliasse su di noi.»

Mi bagno di nuovo le labbra e prendo un pasticcino, anche se preferirei qualcosa di salato, per esempio delle patatine.

«Emilio è un amico intimo di famiglia. Come sai, lui e mio marito hanno fondato insieme l'azienda e più avanti Sebastián gli ha venduto la sua parte. E... non so come continuare... il suo comportamento con Anabel è incomprensibile. La evita. Tu devi sapere che la evita. Potrei parlarne direttamente con lui, ma Anabel non me lo permette.»

Naturalmente Nieves sa come continuare, vuole sapere perché Ríos emargina Anabel, ma è stufa di dover dare tante spiegazioni a una semplice impiegata. Dà per scontato che io sappia quello che vuole sapere. E adesso potrei lavarmene le mani e non intervenire più nelle loro vite, ma mi risulta difficile andarmene come se non fossi mai venuta, come se non mi fossi mai seduta su questa poltrona di seta damascata e non avessi bevuto da questa tazza così antica, e come se Nieves non mi avesse mai fatto queste confidenze. Per il semplice fatto di stare qui il mondo è cambiato.

«Anche il presidente sembrava molto contento del suo rapporto con Anabel», dico.

«E allora perché si sta comportando in modo così strano? Perché le fa del male?» chiede sedendosi sul bordo della poltrona per poter allungare un braccio e toccarmi la mano.

Io mi sento paralizzata dal contatto con questa mano estranea e con gli anelli della mano e sospetto che lei non abbia intenzione di toglierla finché non risponderò.

«Probabilmente non sta a me dirlo, ma credo che il presidente pensi che Anabel sia sua figlia biologica.» Per come ritira la mano dalla mia si direbbe che io bruci.

Sposta lo sguardo verso sinistra, dove c'è una poltrona vuota, il che non vuol dire che guardi la poltrona perché la poltrona è un semplice ostacolo al suo sguardo.

«Com'è arrivato a questa stupida conclusione?»

«Non lo so», rispondo pensando a tutto quello che so della sua relazione clandestina con Ríos, della risentita Teresa, del risentito Trenas e della maltrattata Anabel.

«E allora ha deciso di dare un taglio netto», aggiunge per sé in un esercizio di introspezione.

Le dico che si tratta di faccende molto private di cui dovrebbero parlare tra di loro. E Nieves fa una smorfia di delusione.

«Ha preferito fuggire come ha sempre fatto. È un codardo.»

«Forse i suoi sentimenti verso Anabel non sono esattamente quelli di un padre e si è spaventato.»

«Dio mio!» esclama alzandosi e andando da una parte all'altra del salotto. «È mostruoso. Non voglio che Anabel scopra niente di tutto questo.» Va verso la porta e guarda fuori. «La vita diventa molto complicata quando non si parla chiaro e non si dice la verità, finché arriva un momento in cui si perde di vista l'essenziale.»

«E che cos'è l'essenziale?» chiedo realmente interessata.

«Non lo so più», risponde. «Diciamo che adesso l'essenziale è Anabel.»

Mi guarda e le nostre pupille si scontrano. Penetrano in un tunnel di velluto nero e ciò che posso dire di quest'incontro è che il velluto nero dei tunnel non è piacevole. Ma ho scoperto qualcosa in questo breve tragitto: che ormai Nieves non dà più nessun valore ai segreti, le sono indifferenti. È come il fumatore che smette di fumare e non prova più alcun interesse per il tabacco.

«Io ed Emilio siamo stati amanti per molto tempo e ciò gli ha potuto far sorgere questo dubbio su Anabel, ma perché adesso, perché all'improvviso, perché non quindici o vent'anni fa?» Si dirige verso l'altra porta del salotto pensando e ripensando a questa storia. Da qui la vedo lontana come le sue congetture. Nieves non arriverebbe mai a risultarmi vicina neanche se vivessimo in questo salotto, davanti a questo tavolo laccato, per mille anni.

Le dico che non ho visto nessuno così simile a Sebastián Trenas come Anabel, le dico che prendono anche i libri nello stesso modo. Ma lei non fa caso a questo commento e fra un secondo capirò perfettamente perché.

«Non è figlia neppure di Sebastián.»

La mia sorpresa è tale che istintivamente guardo verso la porta nel caso in cui la creatura chiamata Anabel passasse di lì e sentisse.

«Suo padre faceva il pilota, era sposato e aveva una vita molto instabile. Era uno sfacciato senza alcun senso della decenza. Stavo già con lui quando conobbi Sebastián ed Emilio, ma loro non sono mai venuti a sapere della sua esistenza. Tranne un giorno, molti anni fa, prima che Anabel nascesse, quando Emilio e il pilota si incrociarono a casa mia. Ricordo che era un pomeriggio molto caldo ed Emilio si presentò a sorpresa e dovetti bloccarlo sulla porta perché non vedesse il pilota. Lui aspettava in salotto, era salito un attimo per dirmi addio definitivamente, ma non ci riuscì. Continuammo a vederci ancora per qualche mese. E adesso niente di tutto questo ha importanza, non credi?»

«Lo ha raccontato ad Anabel?»

«No. Non vale la pena che lo sappia, non voglio darle un altro peso da sopportare.»

«Ma forse suo padre vuole conoscerla.»

«Lui non sa niente. Tra l'altro sono molti anni che non ci vediamo. Sono completamente sola.»

Adesso non mi sembra più per niente ordinaria. Ciascuno dei suoi lineamenti è andato maturando e acquisendo personalità davanti ai miei occhi. Non c'è niente che faccia più impressione di un viso che sembra normale e che poi non lo è.

«Non capisco come mai mi racconta una cosa del genere, una cosa così importante per Anabel.»

«Non ne posso più dei segreti. Portarsi i segreti nella tomba è una pretesa assurda. Non credo di dover raccontare adesso a mia figlia che suo padre è un altro, è già abbastanza turbata. Ma non mi importerebbe neanche che lo venisse a sapere. Lei non smetterà di essere quella che è solo perché è stata generata da un altro.»

«Non mi immischierò in questa faccenda, dalla mia bocca non uscirà assolutamente nulla», dico, dando per concluso il colloquio per evitare di compromettermi ulteriormente.

Dalle profondità degli antichi passaggi e dei pozzi bui del suo viso emerge un sorriso nient'affatto innocente. Ci alziamo. Si direbbe che in questo tempo sia cresciuta, e anche che sia diventata più forte e con un potere di attrazione tale che sembra che i quadri, i tappeti, i vasi cinesi e i posacenere d'argento stiano per staccarsi dal loro posto e mettersi a seguirla lungo il corridoio fino alla porta d'ingresso.

«Grazie per la visita», dice e resta a pensare per un attimo ricordando qualcosa. «Grazie per la scatola.»

La scatola con le cose del vicepresidente. Neppure lui sapeva di averle nei cassetti. Gli alberi sono rossicci e le foglie iniziano a cadere. Senza la famosa scatola cammino leggera verso l'uscita del parco. C'è un buonissimo odore. Non penso a niente finché non sento una voce dietro di me.

«Ciao.»

È Anabel in pantaloni corti, scarpe da ginnastica e felpa. È più grassa dell'ultima volta che l'ho vista in ufficio. Il viso le si sta deformando. Ha parecchi brufoli sulla fronte e sul naso.

«Ti ho vista uscire e ti ho seguito.»

«Perché?»

«Mi piacerebbe sapere di cosa ti voleva parlare mia madre.»

«Perché non lo domandi a lei?»

«Tu non ce l'hai una madre?» chiede, come lasciando intendere che tutte le madri sono uguali e che in queste circostanze nessuna racconterebbe niente.

Non le rispondo e riprendo a camminare verso l'uscita. Lei cammina al mio fianco e per poco non mi supera.

«Non voglio che si intrometta nella mia vita. Se Emilio non vuole vedermi, sono fatti miei.»

«Sono venuta soltanto a portare una scatola con le cose di tuo padre.»

«Quella scatola?... Non ho fatto in tempo a dirgli quanto gli volevo bene», dice.

«A chi?»

«A mio padre.»

«Perché non torni in Francia e non ti dimentichi di tutto questo?»

«Adesso non posso», risponde con una sincerità tale che mi commuove. «Guarda cosa sono diventata. Non mi farebbero lavorare.»

«Va bene. Ci vediamo», dico con un piede già sul marciapiede.

Ho già girato a destra e fatto qualche passo quando sento di nuovo la sua voce.

«Non mi hai detto cosa voleva mia madre.»

«Non so cosa vuole quella donna», dico a Vicky mentre fumiamo e prendiamo il caffè in bagno. Adesso passiamo anche molto tempo nel mio ufficio, lei seduta sulla poltroncina di velluto e io sulla mia poltrona dietro la scrivania, ma non mi piace che fumiamo lì e, soprattutto, che Vicky fumi uno dei suoi puzzolentissimi spinelli, perché, non so come sia possibile, in quell'ufficio gli odori si attaccano ai mobili e alla moquette come la polvere. E non posso sopportare le facce strane che fa la vicepresidente Lorena quando viene dal suo superiore e resta qualche istante a fiutare l'aria.

Il punto è che racconto a Vicky della conversazione con Nieves senza tralasciare un solo dettaglio, posto che se Nieves non mantiene i propri segreti non li manterrò di certo io. Vicky, da quando non prende niente davanti a me, da un lato è più consumata di prima e dall'altro si mostra più matura, seria e antipatica.

«Non credere a una sola parola di ciò che ti dice quella. Se te lo racconta è perché è una bugia», dice con convinzione, anche se sospetto che abbia ascoltato solo qualche parola. Questo non è affatto eccezionale, semmai è eccezionale che la sua chiusura rispetto al resto del mondo sia diversa dalle altre volte, adesso sembra che sia veramente preoccupata per qualcosa.

«Tu non racconteresti una cosa del genere a qualcuno come me?»

«No, no e no.»

«Neanche se fossimo amiche come lo siamo noi?»

«Certo che no.»

«Va bene. E allora, che faccio?»

«Non fare niente. Non ci pensare. Sono fatti loro. È molto meglio che ti metta a pensare a te stessa perché questa barca sta affondando.»

«Dici sul serio?»

«Molto sul serio. Sono in bancarotta. Lorena si crede tanto furba, ma non lo è. Sarebbe stato meglio se fossero rimasti i fratelli Dorado.»

«E sei preoccupata per questo?»

«Più o meno.»

«Se ci licenziano, che pensi di fare?»

«Mettere su un'attività tutta mia, sono stufa di farmi comandare.»

«Sì, ma con quali soldi?»

«Con quelli della casa.»

«Non te li avevano rubati?»

«Sì, ma li ho recuperati.»

«Ma dai, sono felice. Sono proprio felice.»

Vicky dice che conta su di me come socia e che le darò la mia parte quando potrò. È incredibile, mi chiedo come possano succederle tante cose stando otto ore chiusa qui dentro.

Dopo qualche giorno la questione Anabel passa in secondo piano. C'è una certa agitazione tra i dirigenti che obbliga la vicepresidente, Lorena, a entrare e uscire continuamente dall'ufficio di Emilio Ríos e dal mio. Compaiono spesso anche Xavier Climent, direttore dello Sviluppo Progetti, il direttore delle Risorse Umane con la faccia di chi deve ridurre il personale, e qualche altro consigliere. In realtà, ai livelli più alti, il modo di lavorare è parlare molto ed entrare e uscire dagli uffici. Da quanto riesco a capire, da quando i fratelli Dorado sono andati via la situazione dell'azienda è peggiorata notevolmente e Lorena lo imputa a una mano occulta, a una congiura contro di noi. In fondo è triste, perché a Jano e Alexandro le cose stanno andando molto bene nella loro nuova impresa con le energie rinnovabili e i motori verdi, un'iniziativa che Lorena considera sua e che loro non avevano mai voluto appoggiare.

Spesso Lorena deve sedersi ad aspettare sulla poltroncina di velluto verde, ed è lì che ho iniziato a conoscerla al di là dei suoi occhi azzurri e della sua aria risoluta. Senza volerlo, osservo come si sfrega le mani in continuazione con la crema battericida e come a volte resta in sospeso con le narici dilatate, si direbbe analizzando le molecole dell'aria viziata dell'ufficio. Se dovessi indicare il suo tratto predominante e definirla in una parola direi che è pulita, radicalmente pulita, e fa sì che mi senta a disagio, un po' contratta sulla mia poltrona da questo lato della scrivania. Riesce a farmi sentire impura, come se non mi fossi lavata in profondità e non mi fossi passata i bastoncini per le orecchie in profondità, come se avessi le unghie sporche. Persino il bianco dei suoi occhi è più bianco del mio. Dà l'impressione che, se dovesse morire come il vecchio vicepresidente, il suo corpo non si decomporrebbe. Mangia una mela a metà mattina e uno yogurt a pranzo e di tanto in tanto si sottopone alla pulizia del colon. Non entra nei bar e nei ristoranti esamina con attenzione piatti e posate, e se trova una macchiolina sulla tovaglia esige che venga cambiata. Non prende mai il caffè macchiato della macchinetta, ma porta alla Torre di Vetro il suo latte di soia e un tè giapponese ricco di calcio. Beve solo acqua minerale. Prima beveva acqua in bottiglie di plastica, ma quando è venuta a sapere che le molecole della plastica possono comportarsi come ormoni, è passata alle bottiglie di vetro. Attraverso queste banali chiacchiere, inizio ad ammirare il suo stile di vita e a essere consapevole dei pericoli microscopici che ci minacciano: tossine, batteri, acari, colesterolo, zucchero. Sto acquisendo il dono di visualizzare il mio fegato che cerca di filtrare con enorme fatica un filetto di vitello e il grasso delle patatine di cui di solito mi rimpinzo in bagno con Vicky. E faccio tutto il possibile perché anche Vicky si renda conto che tratta il suo corpo come una pattumiera.

Perciò capisco perfettamente la sofferenza che Lorena prova quando il direttore delle Risorse Umane, oltrepassando tutti i limiti dell'igiene, tira fuori il fazzoletto, lo spiega, si soffia il naso, e lo piega di nuovo su sé stesso per rimetterselo in tasca, passandoselo prima, la maggior parte delle volte, sulla bocca, per pulirsi la schiuma bianca che la saliva, come se fosse birra, gli lascia agli angoli delle labbra.

Avverto la sua sofferenza anche quando si parla di sesso. Qualche volta ho detto la parola «scopare» e le parole «cazzo» o «figa» per vedere come reagisce: s'irrigidisce e mi guarda la bocca come se fosse una tazza del water di un romanzo di Bukowski. E, senza volerlo, mi accorgo di una frase casuale di Lorena che mi fa sospettare che il suo orrore per lo sporco derivi dall'infanzia: «Dovremmo usare più guanti di lattice, come papà in laboratorio». Sono parole che mi fanno immaginare molte cose e addirittura una notte mi sveglio sentendola in sogno.

Si potrebbe dire che Lorena mantenga le distanze con gli

uomini, tranne che con Xavier Climent, di cui nessuno alla Torre di Vetro immagina l'antica relazione con la moglie di Emilio Ríos. Bene, l'altro giorno Lorena era seduta sulla poltroncina davanti alla mia scrivania e mi stava dicendo che avrei dovuto usare la scrivania extrapiatta di Teresa, quando entra Xavier e si avvicina al nostro angolo per dirle che gli piacerebbe discutere con lei alcuni punti di vista, che gli desse dei consigli su alcune questioni che riguardano lo sviluppo di certi progetti. Xavier spreca così tanta energia nel pronunciare queste parole, mettendosi e togliendosi gli occhiali e guardando dappertutto come a chiedere aiuto, che quando finisce gli scorre un rivoletto di sudore lungo la fronte.

«Possiamo pranzare insieme la settimana prossima.»

Le mie orecchie esperte captano una certa fragilità nella voce di Lorena.

Gli occhi verdi vagabondi di Xavier assentono alla proposta e lo vediamo andare via da solo, disarticolato, romantico.

«Mi fa pena», dice Lorena.

«Anche a me», le faccio eco io.

In realtà, non è pena ciò che le ispira e neanche a me, ma è molto simile alla pena. Xavier non è neppure esattamente fragile. E niente è ciò che sembra, altrimenti gli avvenimenti non si svolgerebbero come si svolgono da questo momento in poi.

La successiva visita di Lorena si verifica tre o quattro giorni dopo e la trovo molto più allegra. Il pranzo con Xavier Climent evidentemente è andato bene. Eppure tra di noi non c'è la confidenza sufficiente per farle un commento in proposito. Lorena propone al presidente di tenere in conto Xavier in una riorganizzazione futura del consiglio direttivo. Io sento queste cose senza alzare lo sguardo dal mio quaderno dove prendo nota di ciò di cui mi dicono di prendere nota.

Qualche giorno più tardi la trovo abbattuta, triste. Le chiedo se l'azienda vada ancora peggio. Risponde di no, che le perdite sono stabili. Allora attribuisco il suo stato d'animo a Xavier.

Il giorno dopo si presenta con un foulard di seta che le dona molto. È radiosa. Mi porta in regalo dei cioccolatini biologici. Le chiedo se stiamo risalendo la china e mi risponde che purtroppo sono più preoccupati che mai. Perciò la sua allegria deve dipendere da Xavier. Mi chiedo se siano andati a letto insieme, ma questa domanda, più di ogni altra, vola verso la pattumiera infinita.

Cosa vuole Nieves? La felicità di sua figlia, evitare che Ríos le faccia del male come ha fatto a lei? Il fatto è che tre giorni dopo la mia visita a casa sua con la scatola ammaccata piena degli oggetti inservibili del marito, Nieves si presenta alla Torre di Vetro. Il receptionist dalla pelle di seta annuncia che desidera vedere il presidente. Gli dico di farla salire e immediatamente informo Ríos della buona nuova circondata da una sensazione di orrore, perché Hanna sta per arrivare. Il mio lavoro, preso sul serio, è molto stressante.

Nieves entra come una regina, senza esitare e battendo i piedi a terra. Mi colpisce più dell'ultima volta. Le chiedo di accomodarsi sulla poltroncina di velluto.

«Perché stai a questa scrivania così piccola?» chiede osservando la grande scrivania extrapiatta di Teresa.

«Quella è di Teresa. È malata.»

«*Quella* Teresa», dice con assoluto disprezzo.

Le chiedo di Anabel e Conrado.

«Conrado è forte. Appena il vecchio andrà in pensione, sarà lui il presidente della Coca-Cola. Anabel è debole», dice con una smorfia di fastidio. «È troppo sentimentale. Cerca di mettere a posto la sua vita e non è neanche in grado di dimagrire.»

Emilio Ríos apre la porta del suo ufficio, appoggia le mani sullo stipite e incrocia una gamba sull'altra come se fosse crocefisso. La giacca gli si è aperta e lascia vedere un corpo minuto; i capelli li porta un po' scostati sulla fronte. Sembra molto più giovane di Nieves, anche se non lo è, e ricordano vagamente il laureato e Mrs. Robinson.

«Sto andando in aeroporto», dice a mo' di saluto.

Nieves si alza e va verso di lui con un aplomb ammirevole. Gli dà un bacio e gli sistema il nodo della cravatta.

«Sono venuta per dirti soltanto una cosa», dice varcando la soglia dell'ufficio.

Ríos non l'asseconda, sta cercando di non chiudersi in ufficio con lei.

«Non abbiamo tempo, è meglio che ci vediamo al mio ritorno», replica.

«Credo che ti accompagnerò in aeroporto. Così parleremo strada facendo.»

Ríos mi guarda chiedendo aiuto. Anch'io a mia volta lo guardo chiedendo aiuto.

«Mi accompagna Hanna. La sto aspettando.»

Ríos mi guarda di nuovo. Confida in me, nella mia discrezione, nella mia efficienza, nel fatto che miracolosamente sistemerò tutto. Alla fine chiude la porta. Sono tentata di sedermi alla scrivania di Teresa per controllare meglio l'ingresso di Hanna, ma non voglio farlo senza il permesso di Teresa, perciò chiamo l'ospedale psichiatrico e chiedo di parlare con lei. Lì si passano la mia telefonata quattro persone tra infermieri e infermiere che sembra controllino ciò che succede lì dentro tanto quanto me.

Alla fine una mi dice che Teresa adesso sta meglio ed è stata trasferita in una casa di cura in un paesino sperduto della provincia di Guadalajara, dove l'autobus da Madrid arriva solo una volta ogni quindici giorni. Chiedo se una delle volte che era sveglia le hanno riferito i miei messaggi. E la voce mi risponde che è loro abitudine informare ciascun paziente di tutte le telefonate e i messaggi che riceve, ma mi sa di presa in giro.

Anche se Hanna ha libero accesso alla Torre di Vetro, il receptionist mi informa che sta salendo in ascensore, perciò sono già preparata quando entra. Mi metto in piedi accanto alla porta e la conduco con la maggiore delicatezza possibile verso la poltroncina di velluto.

«Finisce subito», dico. «Ha avuto una visita imprevista.»

Hanna mi sorride amabilmente. La trovo cambiata, invecchiata. Le zampe di gallina le hanno rimpicciolito gli occhi.

Sembrano due cerchietti di cielo visti attraverso una penna vuota. I capelli bianchi si mischiano ai biondi.

«Se Emilio non finisce in fretta, è probabile che non riuscirà a imbarcarsi», dice.

E come tutte le volte che la sento parlare in spagnolo e assisto alla costruzione meditata di frasi che io costruisco meccanicamente e alla pronuncia meditata di suoni che io pronuncio meccanicamente, resto molto sorpresa che io parli quella stessa lingua. Ha il cellulare in mano e di tanto in tanto digita un messaggio. Mi chiedo se qualcuno di essi sia indirizzato a Jorge.

«Sei contenta qui, ti piace questo lavoro?» mi chiede senza alzare lo sguardo dal cellulare.

Le rispondo di sì, che quando ero stata assunta alla Torre di Vetro non avrei mai sognato di poter arrivare al trentesimo piano e men che meno all'ufficio del presidente.

«Mi fa piacere», dice come se stesse doppiando Marlene Dietrich. «È molto difficile ottenere quello che si desidera veramente.»

Intuisco che Hanna sappia che so che non può avere figli, della sua storia con Jorge e di quanto è successo con la famiglia di Jorge, ma non sospetta che io conosca il suo passato con Xavier Climent. Intuisco che Hanna potrebbe insegnarmi alcune cose sulla vita e che io ascolterei attentamente ciascuna delle sue frasi e ciascuno dei suoi suoni senza perdermi neanche un particolare. Ma la porta dell'ufficio del presidente si apre ed escono Ríos e Nieves con espressioni migliori di quelle con cui sono entrati.

«Ciao, Hanna», dice Nieves.

«Ciao, Nieves», dice Hanna.

Emilio Ríos ha la giacca addosso e tiene un'enorme cartella di pelle per il manico. Dà un bacio a Hanna in una zona intermedia tra la guancia e la bocca, all'angolo delle labbra.

«Bene, adesso vado. Quando tornerò parleremo», dice Ríos senza chiarire se si riferisce a Nieves o a me.

Hanna mi rivolge un ultimo sorriso, così spettrale che si fonde con il legno della porta, tanto che sembra ancora confusa con esso qualche secondo dopo essersene andata. Le parole del presidente – «quando tornerò, parleremo» – mi lasciano in uno stato di grande preoccupazione. Sono parole ancestrali nel mondo sotterraneo della mia memoria. Me le diceva mia madre da piccola quando si supponeva che avessi fatto qualcosa di riprovevole, e la maggiore punizione, il tormento, consisteva nel fatto che mi preannunciasse la punizione.

«Ti senti bene?» mi chiede Nieves. «Hai una brutta cera.»

«Mi dispiacerebbe che il presidente avesse una cattiva opinione di me, mi dispiacerebbe che pensasse che mi immischio in quello che non mi compete.»

«Lì dentro nessuno ti ha nominato. Gli ho detto che Anabel non è sua figlia e basta. Non ha voluto sapere altro. Si sente molto sollevato.»

Nieves si è seduta sulla poltroncina di velluto intenzionata a non andarsene. Perciò le chiedo se vuole che le porti un caffè dalla macchinetta. Lei però mi chiede se non ho qualcosa di più forte. Si passa le mani tra i capelli corti, neri e folti. Probabilmente se li tinge, anche se non è mai caduta nella tentazione di voler essere bionda come Hanna. Neppure zia Liz e mia madre si sono mai considerate donne bionde. Neppure io ho mai provato quella sensazione dorata che devono provare le bionde. Le dico che posso offrirle del whisky.

Sebbene siamo sole, non mi sembra il caso di versarmene uno anch'io e mi dedico a osservare come beve lei. Mi chiede cosa mi ha detto la tedesca mentre aspettava. Niente di particolare, le rispondo.

«È una vera strega», dice.

Non posso fare altro che dirle che sia con me che con il resto del personale si dimostra molto, molto amabile. I suoi occhioni neri sostengono il mio sguardo.

«Non le piacciono gli spagnoli. Non si è mai abituata alle usanze spagnole e non si è abituata a Emilio. Si è sposata con lui perché doveva allontanarsi dal suo paese. Ho insistito varie volte con lui sull'inopportunità di sposare una donna così, ma sempre senza successo, perché gli uomini vogliono credere che noi donne siamo permanentemente gelose le une delle altre e in perenne competizione tra noi e che non ci facciamo scrupoli quando si tratta di calpestare quella che consideriamo la nostra rivale.»

Quando se ne va sono le otto. Si è fatto buio e il mondo adesso è a faccia in giù: le luci brillanti a terra e l'oscurità in cielo. L'accompagno all'ascensore: mi sorprende quanto regga l'alcol e adesso sospetto che, a casa sua, nella sua tazza del tè non ci fosse il tè.

TERESA

La casa di cura si trova in un paese della provincia di Guadalajara, a una sessantina di chilometri da Madrid percorrendo la Nacional II e poi varie strade secondarie. Il viaggio è piacevole. Dal finestrino dell'autobus si succedono cose di ogni tipo, è come vedere un film dove non accade niente ma che, nonostante questo, coinvolge.

Teresa mi sta aspettando nella piazza del paese, seduta su una panchina. Indossa i sandali e a una prima occhiata non la riconosco. Mi aspettavo di trovarla imbottita di farmaci e invece pare che le abbiano tolto molti anni di dosso. Sembra molto più giovane che in ufficio, quasi una bambina. Non è truccata e porta i capelli raccolti in una semplice coda di cavallo. Mi sconcerta anche il fatto che fumi. Poiché quando mi vede non si alza, mi siedo accanto a lei, ma non so cosa dirle. La mia situazione è del tutto assurda. Mi trovo in un posto in cui non ho alcun interesse a trovarmi e dove a nessuno importa che io ci sia.

«Che strano vederti qui», esordisce facendo un tiro.

«Hai proprio una bella cera», le dico con un sorriso forzato.

Si direbbe che sono vent'anni che non ci vediamo e che si è dimenticata dei miei difetti e di tutto quello che le dava fastidio di me. Mi propone di fare una passeggiata.

«Andiamo al torrente», suggerisce come una vera autoctona.

Ci alziamo e ci mettiamo a camminare lungo una strada che dà su un campo con vari pini e un ruscello quasi in secca, ma sufficiente per una persona di città come me.

«Eccolo qui», dice fermandosi in un'ansa dopo mezz'ora che avanziamo sulla sabbia della riva.

Non noto niente nel fiumiciattolo che non abbia visto lungo il cammino, niente che lo trasformi in un obiettivo, nella destinazione della nostra passeggiata. Teresa si distende sull'erba e i fiorellini e sospira. Il cielo passa assai lentamente su di lei.

«Mi fa piacere che ormai tu stia bene», le dico senza volerlo dire perché significa insistere sul fatto che è stata male, e mi stendo sull'erba anch'io.

«Be', dicono che sto meglio, ma non bisogna cantare vittoria. Non è così facile stare bene.»

«Già», dico. «I colleghi ti mandano i loro saluti.»

È una bugia che non ho voluto dire, ma che mi è uscita da sola. In realtà nessuno mi ha chiesto di lei.

«Chissà, magari prima o poi, tra molto tempo, potrò tornare lì. Qui sto bene, si prendono cura di me tutto il giorno, non mi lasciano pensare e soprattutto non mi lasciano odiare. È meraviglioso poter smettere di odiare.»

Le chiedo se odiava me. Allora lei mi guarda fisso con grande ingenuità, come se le avessero lavato il cervello e la vista.

«No, tesoro, te no.»

«E allora...»

«Non ci voglio pensare.»

Si accende un'altra sigaretta e ne offre una anche a me. Accetto. Immettiamo boccate di fumo nell'aria pura del ruscello. Credo di cominciare a scoprire in questo posto le cose che lo personalizzano, come farebbero i mobili e anche l'odore in una casa. La curva della sabbia, la disposizione della ginestra gialla, il gelso, qualche pino, le margherite poco più là, le pietre più in qua. Teresa mi ha invitato nella sua vera casa e le sono grata per questo. Adesso so che è valsa la pena di fare questo viaggio.

«Piramo e Tisbe erano amanti», dico ad alta voce. «Si uccisero in una maniera sciocca e sfortunata in un posto simile a questo. La terra s'intrise del loro sangue e i frutti bianchi di un gelso come questo diventarono come li vedi adesso.»

«È una storia molto bella e molto triste. Me la raccontò Sebastián. Me ne raccontò anche altre simili. Adoravo ascoltarle. Adesso i medici mi raccomandano di non pensare a cose tristi.»

«Scusa», dico, sorpresa che il vicepresidente e Teresa avessero avuto rapporti così stretti. «Trenas parlava sempre con ammirazione dei grandi amori, eppure credo che quel poveretto non sia arrivato ad averne neanche uno.»

«Ti sbagli di grosso», dice con un'espressione così sincera che si direbbe le abbiano iniettato il siero della verità. «Sebastián è stato il grande amore della mia vita.»

Siccome resto muta per la sorpresa, aggiunge: «L'amore è sempre strano, soprattutto per il resto del mondo».

Fino a dodici anni fa Teresa si guadagnava da vivere come poteva. Un giorno non riuscì più a sopportare il brutto carattere di suo padre, un attaccabrighe dalla voce di tuono, che era sempre di cattivo umore e che per un nulla alzava le braccia per farsi uscire dal petto un suono terrorizzante, e abbandonò quell'appartamento piccolo e misero sommerso tra altri appartamenti simili, retaggio degli anni Sessanta, in una strada sperduta nel quartiere più brutto di Madrid. Niente di ciò che sarebbe successo da lì in poi sarebbe stato peggio che entrare in quel portone, salire le scale, impregnarsi dei loro odori e aprire la porta di casa sua, che era l'estremo avamposto, l'ultima stazione della vita. Perciò, trasportata da un impulso che veniva da più lontano degli orribili condomini dai terrazzi coperti di alluminio, aprì una sacca, ci infilò i vestiti che ci entrarono, prese la metropolitana fino a plaza de España e lì cercò una pensione dove alloggiare. Il giorno dopo chiamò la madre per dirle che stava bene, che stava facendo quello che voleva, e che avrebbe fatto in modo che, di lì a breve, anche lei potesse chiudere con quello schifo di vita, con quello schifo di casa e quello schifo di marito. Al che sua madre replicò che le dispiaceva enormemente che tutto quello che lei aveva messo insieme con tanti sforzi e tante lacrime a sua figlia sembrasse uno schifo.

Teresa voleva lavorare di mattina e studiare lingue di pomeriggio o viceversa, e iniziò a cercare lavoro. Trovò impieghi in paninoteche, pizzerie, bar, supermercati, finché approdò a un pub dove per servire da bere praticamente nuda guadagnava quattro volte di più. Fu lì che capì di avere delle gambe fuori dal normale. L'atmosfera, però, le risultava sgradevole quanto o addirittura di più rispetto a quella di casa sua e le provocava scoramento e depressione. Talvolta approdavano in quel locale Sebastián Trenas e il direttore delle Risorse Umane e, di tanto in tanto, anche Emilio Ríos. La maggior parte degli uomini che vedeva in quel posto la disgustava, tranne Sebastián Trenas. Era evidente che ce lo trascinavano gli altri e non si faceva coinvolgere nel gioco di trattare le ragazze come esseri inferiori. Se in un posto del genere si impara qualcosa è la psicologia, senza studiare, e a dire tesoro, amore e gioia a chiunque. Perciò Teresa capì subito che quell'uomo dagli occhi grandi, dalle mani grandi e probabilmente dal cuore grande era un romantico, una persona che provava ribrezzo per quell'ambiente. Di solito si concentrava sul proprio whisky e guardava a stento le ragazze per pudore.

Dopo averlo molto osservato, un giorno Teresa gli chiese perché andasse al pub se non vi si trovava a suo agio. E lui le rispose che sua moglie non sentiva la sua mancanza e che pertanto quello o un altro posto per lui era lo stesso. Le disse che amava profondamente sua moglie e che non sapeva cosa fare per non perderla. Le raccontò che aveva una figlia, ma che non era sua, bensì di un altro uomo, e che non sopportava di vedere la bambina, perciò in parte si fermava al pub per rincasare tardi e trovarla già a letto. Faceva uno sforzo per volerle bene come a suo figlio, ma era impossibile. Questo fu l'inizio della loro amicizia.

Teresa aspettava sempre di vederlo entrare dalla porta e, se non arrivava, si intristiva. E ci fu un giorno in cui non arrivò e a quel giorno ne seguì un altro e poi un altro ancora; Teresa non poté sopportarlo e dovettero darle un permesso per malattia perché era depressa. Stava davvero male e non pensava che avrebbe mai ritrovato le forze per passeggiare nuda tra uomini vestiti. Passava le giornate in pigiama guardando la televisione e dormendo, proprio come temeva di finire a casa dei suoi genitori. Finché un giorno, intorno alle otto, suonò il citofono e una voce maschile si presentò come Sebastián Trenas, un cliente del pub.

«Spero che ti ricordi di me», disse. «Ho avuto l'indirizzo da una delle tue colleghe.»

Teresa gli aprì e mentre Sebastián saliva le scale provò una grande angoscia. Si spazzolò i capelli. Era orribile. Si mise una vestaglia sul pigiama.

«Scusa se mi sono permesso di venire a casa tua, ma ero preoccupato. Mi hanno detto che sei molto malata.»

«Be', vedi che brutta cera che ho... Vuoi un caffè?»

«Sì, fammi un caffè e raccontami tutto.»

Teresa glielo raccontò e, mentre lo faceva, sentiva gli occhi buoni di Sebastián su di lei.

«Negli affari ripetiamo spesso una frase: tutto può cambiare. Ci credi anche tu?»

Teresa fece cenno di assenso con la testa.

«Benissimo, e allora cambierà», disse lui.

Dopo otto giorni Teresa iniziò a lavorare alla Torre di Vetro come receptionist e dopo sei mesi era la segretaria di Emilio Ríos. Lei avrebbe preferito lavorare con Sebastián, ma lui insistette che quella era la cosa migliore. Si vedevano fuori di lì, passeggiavano, chiacchieravano, qualche volta provarono a fare l'amore, ma fu un disastro. A Teresa non importava, lo amava a prescindere da tutto e da tutti. Odiava Emilio Ríos quando la obbligava ad accompagnarlo nei suoi viaggi. Perché a quel punto Nieves restava libera e si dedicava a Sebastián e perché quando Sebastián iniziò a stare male lui lo mise da parte senza alcuno scrupolo e il resto dei reparti si permise di togliergli tutto, le competenze e persino la sua segretaria personale.

Fu un'idea di Teresa che la nuova receptionist, cioè io, salisse da Sebastián Trenas, perché non si era mai visto che un vicepresidente non avesse una persona di fiducia. Teresa dal suo posto favoriva e proteggeva il rapporto di Emilio Ríos con Nieves perché per lei era l'unico modo per avere Sebastián. Fin quando Ríos non si stancò di Nieves e smisero di vedersi così spesso. Quando la demenza senile precoce di Sebastián si aggravò e i sintomi iniziarono a essere sempre più evidenti, Trenas e Teresa giunsero alla conclusione che ciò che stava arrivando sarebbe stato terribile e che non valeva la pena di aspettare che succedesse.

«Lo ha fatto con una dose massiccia di vasodilatatore. Normalmente lo prendeva a piccole dosi», dice.

La sigaretta mi trema nella mano e il cielo sta diventando rosa. La verità ha sempre un che di insopportabile. Teresa, invece, sta contemplando il tramonto con uno sguardo infantile che sopporta tutto.

«Lo ha danneggiato la faccenda dei verbali. Siete arrivati a prenderla sul serio?» le chiedo.

«All'inizio non sapevamo cosa pensare. Io stessa chiesi a Sebastián cosa volesse dimostrare in quel modo, ma lui mi rispose in maniera evasiva. Poi io ed Emilio Ríos giungemmo alla conclusione che era un comportamento motivato dalla sua malattia. Forse ha accelerato un po' l'inevitabile.»

«Anabel non è figlia di Emilio Ríos e neppure di Sebastián. È figlia di un pilota con cui Nieves ebbe una relazione prima di innamorarsi di Emilio Ríos. Me lo ha raccontato lei stessa», dico un po' emozionata, perché Trenas non mi ha tradito neppure con la sua più intima confidente.

«Fa lo stesso», replica Teresa. «Se non è sua, avrebbe potuto esserlo. Non conta niente.»

Penso ad Anabel, la povera vittima di questa storia, e che c'è un tempo morto nella vita delle vittime in cui non sanno neppure di esserlo, come quegli spazi ciechi che restano sempre fuori dallo specchietto retrovisore. La cosa peggiore delle vittime è che non piacciono perché fanno pena. Sebastián dovrebbe riparare a questa sofferenza dall'aldilà.

Io però non credo più alla bontà di Trenas, non credo più al suo sguardo benevolo né alle sue mani pacificatrici. Non credo più alle sciocchezze.

Ci alziamo e rifacciamo la strada a passo rapido per arrivare in tempo all'autobus.

«Viene molta gente qui al ruscello?»

«Di passaggio. Solo io mi ci fermo, per gli altri è un posto qualunque.»

Quando l'autobus parte, Teresa si è già voltata e cammina piano. Per la fretta non sono riuscita neanche a salutarla.

Le tragedie si scatenano di lunedì. Questo lunedì Emilio Ríos, dopo il suo viaggio di tre giorni, entra in ufficio con la faccia alterata. Mi chiede di chiamare con urgenza Lorena. Improvvisamente, con il suo atteggiamento, ha fatto sì che tutto quello che era importante il pomeriggio in cui è andato via ormai non conti più, che la frase «quando tornerò, parleremo» non significhi niente.

Lorena arriva con gli occhi gonfi di chi ha passato la notte a piangere. Entrambi mi chiedono di chiamare Xavier Climent.

Xavier si prende il suo tempo, almeno mezz'ora. Intanto Ríos parla con vari avvocati e consiglieri. Lorena entra ed esce dal suo ufficio con grande agitazione. Sembra che il suo corpo minuto non la smetta di correre da una parte all'altra. Porta un tailleur con giacca e pantaloni neri, probabilmente in tono con le circostanze.

«Chiamalo di nuovo», dice.

Chiederei che succede, ma l'ombra di Teresa mi spinge a non domandare, a non essere curiosa. Fra l'altro non colgo in Lorena alcun indizio del fatto che voglia mettermi a parte della situazione. Svolgere il mio lavoro in modo responsabile implica molte sfumature psicologiche.

«Credo che stia per arrivare», dico per tranquillizzarla.

L'atmosfera è così tesa che mi fa male un braccio. Quando le cose vanno male, ho sempre la sensazione di aver contribuito a farle andare male. Al direttore delle Risorse Umane gli occhi ballano più che mai. Mi chiede di chiamare gli architetti perché blocchino i lavori di costruzione della Torre di Vetro II e non capisco perché questa telefonata non la faccia la sua segretaria. Sembra che in momenti del genere alcuni di noi debbano lavorare il doppio o il triplo. Per fortuna porta il suo nervosismo da un'altra parte.

A poco a poco inizio a rendermi conto di quello che succede e a capire lo stato d'animo di Lorena. Perciò non mi sorprende la sua reazione nel veder entrare Xavier. Indossa una camicia grigia che gli copre lo sguardo di un irresistibile grigioverde. Porta anche una falda della camicia fuori dai pantaloni come se avesse dimenticato di risistemarsela, e i lacci delle scarpe mezzi sciolti. Questi particolari ormai non fanno alcuna pena a Lorena, ma neppure a me.

«Traditore!» gli sputa in faccia Lorena.

Xavier la guarda con i suoi begli occhi spalancati. Non capisce che a Lorena abbia dato fastidio scoprire che lavora per i fratelli Dorado e che, senza dubbio, abusando della sua fiducia e del suo amore, ha usato gli studi di Lorena sulle energie rinnovabili e i motori verdi per conquistare Jano e Alexandro.

«Sei una sanguisuga, lo sapevi?» dice Lorena, che non avevo mai sentito insultare né imprecare.

«Non ti sembra di esagerare?» chiede a sua volta lui, togliendosi e mettendosi l'orologio, cosa che sta innervosendo Lorena e anche me.

«Per te l'etica è una faccenda di poco conto. Quando penso che sei stato l'unico uomo con cui... con cui...»

Xavier le si avvicina e lei si ritrae, spaventata probabilmente dallo scoprire di essere ancora attratta da lui. Che ti stiano pugnalando e che ti piaccia colui che lo sta facendo è il punto più basso che si può toccare. Lorena non vuole guardarlo negli occhi e si volta verso la finestra. Immagino che ormai non si aspetti più niente dal mondo di laggiù né tantomeno da quello di quassù.

«Fai male a prenderla come una faccenda personale. Pensavo che fossi una donna d'affari.»

Lorena si gira e gli rifila un ceffone che scaraventa i suoi occhiali in un angolo dell'ufficio e questo mi dà un grande sollievo. Non può più succedere niente di peggio. In ogni caso, ciò che più svilisce l'immagine di Xavier non è il ceffone, ma che si chini a prendere gli occhiali: il gesto di raccogliere qualcosa da terra in una circostanza del genere non risulta esattamente una mossa vincente. Se li mette e dice a Lorena con un certo disprezzo: «Sei nevrotica. Credo sinceramente che tu abbia bisogno d'aiuto».

Per non prolungare ulteriormente una situazione così spiacevole, chiamo Emilio Ríos e gli comunico che Xavier Climent è qui. Lui e Lorena entrano nell'ufficio del presidente.

La cosa che scopro subito dopo è che la Torre di Vetro, proprio come mi ha anticipato Vicky, è in rovina e che i fratelli Dorado vogliono comprarla. Xavier Climent fa da intermediario nei negoziati. Il presidente convoca un consiglio d'amministrazione urgente, a cui naturalmente Xavier non partecipa. Io, in assenza di Teresa, predispongo tutto come mi ha insegnato lei. Ordino i cartellini con i nomi sul grande tavolo delle riunioni e i dossier e le matite di materiale riciclato. Prendo i bicchieri. Il consiglio dura tre ore solo per l'abitudine dei consiglieri di allungarlo il più possibile, visto che di fronte all'evidenza della situazione finanziaria dell'azienda l'unica via d'uscita è vendere. Resta solo da accordarsi con i compratori, i fratelli Dorado, sulle condizioni di vendita.

I negoziati proseguono per un mese, durante il quale Alexandro e Jano entrano ed escono nuovamente dalla Torre di Vetro. Si mostrano come ai loro tempi d'oro: uniti e imbattibili, veloci come fulmini, creativi nelle loro proposte. Devo dissimulare una certa allegria nel vederli, non so se per loro, se per me, se perché formiamo il passato più recente che ho in testa. Il primo giorno, quando entrano nel mio ufficio, non ci salutiamo, ma Jano mi fa l'occhiolino, gesto che interpreto come un modo per dirmi che pensano di contare su di me. Magari Jano non ha dimenticato che gli ho dato una mano in un momento molto delicato della sua vita. Un gesto fatto da qualcuno che può togliere o dare qualcosa si colloca in prima fila tra tutti i gesti fatti o che stanno per essere fatti, si imprime nella mente. Xavier suole camminare qualche passo dietro di loro, come un bambino che deve correre per rimanere nel gruppo. Lui e Lorena non si parlano e non si guardano. Emilio Ríos non ha mai rimproverato niente a nessuno, sa che queste cose vanno così e nei momenti liberi dai negoziati sta studiando con Lorena il modo di mettere su una nuova attività. Lorena non si è seduta mai più sulla poltroncina di velluto, credo che voglia dimenticare ciò che so di lei.

Ormai gli impiegati sanno cosa li aspetta e vanno e vengono con un atteggiamento così indolente che se fossero coperti da un lenzuolo potrebbero passare per anime in pena e, anche se siamo ancora tutti qui, a volte l'edificio sembra deserto, un palazzo di uffici abbandonato in mezzo al mondo. E tutti noi sembriamo abbandonati nelle stanze di questo palazzo.

Mi sembra un bene che almeno Jorge si sia risparmiato questo finale e chiamo a casa sua per dirglielo.

Dall'aldilà di Jorge risponde una voce di donna che deve essere quella di Luisa, ma più impersonale e automatica. Quando chiedo di lui mi risponde che non c'è, senza ulteriori spiegazioni. Allora mi faccio riconoscere.

«Ah!» dice. «Jorge non vive più qui.»

«Non vive lì?» chiedo sinceramente sorpresa.

«No, e non so dove potresti trovarlo. Penso che adesso sia in Grecia o in qualche posto del genere. Di tanto in tanto torna per venire a trovare i bambini. Mi segno che hai chiamato per dirglielo, mi piacevi molto.»

«Grazie. Volevo solo dirgli... be', non importa. A dire la verità, non mi aspettavo questo.»

«Senti, devo lasciarti, ho aperto un salone di bellezza e stanno arrivando le clienti. Spero che verrai prima o poi, ti troverai benissimo.»

Le assicuro che lo farò e, prima di riagganciare, lei sta già parlando con una cliente.

Ormai dobbiamo passare tutti in amministrazione per firmare le liquidazioni e cominciamo a portarci a casa le piccole cose che abbiamo accumulato nel tempo, e incomprensibilmente allo scoccare delle due nessuno esce più a mangiare. È come se si aspettasse qualcosa, un miracolo o essere portati fuori a spalla dalla porta girevole, qualcosa che non sia andarsene come qualsiasi altro giorno ma per sempre.

Anch'io aspettavo il miracolo che Jano e Alexandro contassero su di me, ma il loro silenzio è assoluto, non hanno chiesto a nessuno di noi di rimanere al proprio posto, perciò mi applico lavorando di buona lena ai progetti di Ríos e Lorena. Vicky mi dice che è una sciocchezza che mi strapazzi così, perché quei due pensano solo a sé stessi.

Il bagno continua a essere il nostro rifugio, l'unica cosa della Torre di Vetro che rimane intatta. Lì ci confrontiamo sul tipo di attività che ci andrebbe meglio. Vicky punta su un piccolo negozio di informatica.

Non raduno solo le mie cose ma anche quelle di Teresa, quelle che ha conservato nei cassetti della sua scrivania extrapiatta. Le metto in una scatola di cartone, come a suo tempo ho fatto con quelle di Sebastián Trenas, poi la chiamo al telefono nel paesino sperduto della provincia di Guadalajara per raccontarle ciò che è successo e per dirle che deve venire a firmare. Ma non riesco a parlare con lei, devo raccontare tutto al suo medico perché Teresa ha avuto una piccola crisi. Il dottore mi dice che si occuperà lui di tutto, cosa che mi inquieta abbastanza. Perciò parlo con il direttore delle Risorse Umane, gli dico che la povera Teresa attualmente non sa neppure di non avere più un lavoro. Allora il direttore delle Risorse Umane mi guarda con un *tic-tac* più serio delle altre volte e mi dice che, sebbene io creda il contrario, non è affatto un mostro e che posso lasciare che sia lui a occuparsene.

Emilio Ríos, il receptionist dalla pelle di seta e io siamo gli ultimi ad abbandonare la nave. Facciamo notte raccogliendo gli effetti personali e i documenti che il presidente vuole conservare.

«È tutta una vita», sospira.

L'autista ha trasportato parecchi scatoloni, ma ne mancano ancora due piuttosto grandi. Quando sto per chiedergli se vuole che lo aiuti, il receptionist annuncia la visita di Nieves e Anabel. Ammiro la professionalità del receptionist e mi dispiace che resti senza lavoro e, allo stesso tempo, mi chiedo perché Hanna non venga a prendere suo marito in una giornata tanto particolare. Nieves entra quasi di corsa e abbraccia Ríos, e restano così, abbracciati, per qualche secondo. Non è un abbraccio erotico, non è presente né carnale, è un abbraccio del passato, dei ricordi, dei momenti condivisi. Anabel li sta osservando con uno sguardo da tontolona. Porta un camicione su un paio di jeans fatti apposta per le taglie forti. Gli occhi le sono diventati più piccoli. Provo più dispiacere per lei che per me. Si avvicina a Ríos, che le dà due baci sulle guance.

«Stasera vieni a casa e domani vedremo», dice Nieves a Ríos.

E aggiunge osservando gli scatoloni: «È questo che bisogna portare via?».

Subito dopo guarda Anabel e lei scioglie le braccia conserte, solleva i due scatoloni e intraprende la marcia verso la porta come una facchina seguita da Nieves e Ríos. Prima di uscire, Ríos si gira verso di me e dice: «Grazie di tutto e in bocca a lupo».

«Anche a lei», rispondo, mentre immagino Hanna e Jorge in Grecia, che si immergono in acque azzurre e brillanti.

Azzurre e brillanti, penso ammirando la luna e le stelle. Forse questa è l'ultima volta che vedo la vita dalla Torre di Vetro. Molto probabilmente non incontrerò mai più la maggior parte delle persone che ho conosciuto qui. E se un giorno, camminando per strada, m'imbatterò in qualcuno di loro, sarà strano perché avrò in comune con loro cose che non avrò in comune con nessun altro, neppure con quelli a cui vorrò bene davvero, figli, un marito o più d'uno, nipoti, amici, forse amanti, chissà. Mi ritrovo a pensare a J. Codes, l'uomo che contribuì a mettere in piedi tutto questo. Quello che è capitato qui è successo senza di lui, perciò forse merita di sapere che adesso finisce e che il tradimento di Ríos e Trenas non gli sopravvivrà. Mi viene in mente che il fatto che lo sappia è un buon modo per chiudere questa storia, che è il modo migliore per dire addio a un periodo della mia vita. Perciò cerco l'ormai millenario numero di telefono di J. Codes nella mia agenda professionale e lo compongo come se componessi un codice che possa aprire la porta segreta del tempo.

Questa volta risponde una donna. Deve avere più di quarant'anni. Si direbbe che il tempo passi per le corde vocali lasciando il suo particolare sedimento e che per discernere l'età di una persona sia meglio ascoltarla che guardarla in faccia. Chiedo del signor Codes.

Lei, com'è naturale, vuole sapere chi sono.

Le dico che chiamo in relazione a Sebastián Trenas ed Emilio Ríos, due suoi vecchi conoscenti. Resta in silenzio per qualche secondo. È un silenzio molto lontano, come se venisse da più in là del sistema solare. E quando finalmente parla, sembra che la sua voce abbia dovuto percorrere distanze siderali.

«Lei lo ha chiamato più o meno due anni fa, vero?»

«Sì», rispondo.

«Sono la figlia di José Codes.» E quindi si chiama José.

«Mio padre ha aspettato per mesi che lei lo richiamasse. Lo aveva incuriosito molto e non c'era modo di sapere dove trovarla.»

«Forse possiamo parlare adesso», dico.

«Ormai è tardi. È morto due mesi fa.»

«Mi dispiace», replico, pensando che la vita, come una volta ho sentito dire a Conrado, è una sorpresa dietro l'altra.

«Cosa voleva dirgli?»

«Ormai non ha più importanza.»

«Mio padre non ha avuto molta fortuna nella vita, per un motivo o per l'altro tutti i suoi progetti fallivano. Per questo non gli piaceva pensare al passato, ma, in fondo, non pensava ad altro. Quei due che ha menzionato prima non si comportarono bene con lui. Uno di loro è morto, non è così?»

«Sì, è l'altro è in rovina. L'azienda è fallita. Credo che gli avrebbe fatto piacere saperlo», dico.

«Può essere. In ogni caso grazie.»

Sicuramente dopo aver riagganciato resta qualche secondo a pensare che non sa niente di me, si chiede perché mi sia interessata a suo padre, cosa può importarmene di questa faccenda, si pente di non aver indagato un po' di più, eppure la vita continua quanto basta, diciamo un'ora, perché si dimentichi di me.

Nessuno di quelli che ho conosciuto, neppure Trenas nei suoi momenti peggiori, mi ha fatto così tanta pena come questo sconosciuto J. Codes, che ha passato decenni a sentirsi disgraziato per quello che gli avevano fatto i suoi vecchi soci. Credo che una persona così fosse predestinata a che gli facessero del male. E se non lo avessero fatto Trenas e Ríos, sarebbero stati altri. E se non fosse stato nessuno, sarebbe stato lui stesso.

Mi chiedo se veramente intervenendo nella vita degli altri le cose cambiano tanto come sembra.

Quando scendo, il receptionist mi sta aspettando. Ha la stessa espressione attonita che ho io.

«Il presidente mi ha fatto un in bocca al lupo, ma non ha parlato di richiamarmi. E neanche gli altri due.» Si riferisce ad Alexandro e a Jano.

Fuori dalla reception, il receptionist non mi sembra tanto maestoso. Adesso sembra un ballerino di ballo da sala. Gli dico che sono nella sua stessa situazione e che c'è poco da fare. E appena posso mi congedo per farmi tranquillamente una passeggiata fino all'autobus pensando che Raúl ormai non sa niente di quello che mi sta succedendo. Almeno domani mattina non dovrò alzarmi presto.

Chiamo Vicky al cellulare. È passato un mese da quando abbiamo abbandonato la Torre di Vetro senza neppure salutarci. Come guidate da un antico istinto, ci diamo appuntamento accanto alla porta girevole. Arrivo con mezz'ora di anticipo, perciò mi siedo su una panchina di fronte, accanto a una donna con vari pacchetti e a un uomo ubriaco. La donna, giustamente, frappone i pacchetti tra lei e l'ubriaco e tra lei e me. Di tanto in tanto tutti e tre giriamo la faccia verso il sole e gli uccelli minacciano di scendere verso di noi. Cosa vedranno di noi gli uccelli? Sapranno che siamo umani, che non siamo gorilla né mucche? Mentre questa domanda avanza verso la pattumiera infinita, vedo avvicinarsi Vicky, come un riflesso scappato da una delle facciate che ci circondano.

Accanto a lei cammina un bambino con una corporatura più massiccia della sua. Come Vicky, ha i capelli rossicci e gli occhi grigi così brillanti che sembrano guardarmi dalla vetrina di una gioielleria. Mi scopre subito sulla panchina, sa che sto aspettando sua madre, ma non vuole dovermi salutare e preferisce fermarsi a una distanza di sicurezza e mettersi a osservare un gruppo di piccioni che beccano a terra. È vestito come Conrado, Alexandro e Jano, anche se in taglie piccole.

Vicky si siede e tira fuori una sigaretta. Anch'io ne prendo una, e ne dà un'altra al tizio ubriaco.

«È mio figlio», dice. «È molto sveglio.»

«Si vede dalla faccia», rispondo meravigliandomi che dal corpo devastato di Vicky sia uscito qualcosa del genere.

Poi ci mettiamo a osservare la Torre di Vetro. È uno scheletro senza vita. I vetri sono sporchi. Lungo la loro sporcizia sfilano le nuvole e, più in basso, le finestre di altri palazzi e, più in basso ancora, figure umane allungate come ombre di extraterrestri. Vicky mi dice che sa che i fratelli Dorado hanno comprato la Torre di Vetro perché interessa a Conrado Trenas e si limitano ad aspettare che faccia loro un'offerta. Dice che c'è una guerra in corso tra di loro e che noi ne siamo le vittime.

«Io stavo lì», dice indicando il punto più alto dell'edificio vuoto.

«Come va con la storia dell'attività?» le chiedo.

«Quale attività?»

«L'attività che avremmo dovuto mettere in piedi con i soldi della casa.»

«Sai benissimo che i soldi della casa me li hanno rubati.»

«Sì, e poi li hai recuperati non so come.»

«Già, ma poi li ho persi di nuovo.»

Vicky ride. Ha la bocca piena di fumo di sigaretta, perciò sembra un genio dal quale stia per uscire un desiderio realizzato.

«Non ci credo», ribatto io. «Hai sempre avuto quei soldi, ma ci hai ripensato e non vuoi coinvolgermi nei tuoi piani.»

«E va bene», sbotta. «Ho deciso che la casa e l'attività possono andarsene a fanculo. Quei soldi sono per lui, per farlo studiare in una buona scuola. Voglio che diventi una persona importante.»

«E tu cosa farai?»

«Questo non mi preoccupa, prima o poi troverò qualcosa.»

Resto in attesa che mi chieda cosa penso di fare io, ma non lo fa. Sta contemplando suo figlio come se fosse già una stella del calcio. La donna raccoglie i pacchetti, si alza e si mette a camminare a passo stanco, lasciando così via libera allo sguardo del tizio ubriaco, che mi fissa con insistenza. Probabilmente è l'unica persona al mondo a cui in questo momento interesso. Gli offro una delle sigarette di Vicky. Ha un naso piuttosto bello e in altri tempi doveva essere affascinante.

È risaputo che nel mondo reale non si può avere tutto.

Clara Sánchez

LE COSE CHE SAI DI ME

Il piccolo pezzo di cielo che si intravede dal finestrino è di un azzurro intenso. Patricia è sull'aereo che la sta riportando a casa, a Madrid. All'improvviso la sconosciuta che le è seduta accanto le dice una cosa che la sconvolge: «Qualcuno vuole la tua morte». Patricia è colpita da quella rivelazione, ma poi ripensa alla sua vita e si tranquillizza: a ventisei anni è realizzata, felicemente sposata e con un lavoro che la porta a girare il mondo. Eppure iniziano a succederle banali imprevisti che pian piano si trasformano in piccoli incidenti. Incidenti che stravolgono le sue abitudini, il suo lavoro. Non può fare a meno di ripensare alla donna dell'aereo e alle sue parole. Parole che a poco a poco minano le sue certezze. Vuole sapere se è davvero in pericolo. Vuole scoprire chi desidera farle del male, e quando il sospetto cresce dentro di lei, inizia a guardarsi intorno con occhi diversi, dubitando delle persone che ha vicino. Il suo mondo sta crollando: la minaccia è più vicina di quanto pensasse. Ma per smascherarla deve essere pronta a mettere in discussione tutto, a leggere dentro sé stessa. Perché anche la felicità ha le sue ombre. Anche un cielo senza nuvole può portare in un attimo una terribile tempesta. Clara Sánchez esplora esplora la realtà nel profondo, lì dove la sicurezza vacilla e gli inganni si svelano, nel suo romanzo vincitore del premio Planeta.

Dal catalogo
Garzanti

Clara Sánchez

ENTRA NELLA MIA VITA

Madrid. Il sole estivo illumina la casa piena di fiori. È pomeriggio e la piccola Verónica approfitta di un breve momento di solitudine per sfogare la curiosità di bambina spiando tra le cose dei genitori. Apre una cartella piena di documenti, intorno a lei il silenzio, e spunta una foto. Verónica la estrae con la punta delle dita, come se scottasse. Non l'ha mai vista prima. Ritrae una bambina poco più grande di lei, con un caschetto biondo e un pallone tra le mani. Verónica è confusa, ma il suo intuito le suggerisce che è meglio non fare domande, non adesso che la mamma è sempre triste. Anno dopo anno, Veronica si convince sempre più che le discussioni e i malumori in casa sua nascondano qualcosa di cui nessuno vuole parlare. E che l'enigma di quella foto, di quella bambina sconosciuta, c'entri in qualche modo. Ma quando diventa una giovane donna decisa e tenace, Verónica non può più fare finta di niente. La malattia della madre la costringe a fare i conti con un passato di cui non sa nulla, un passato rubato che la avvicina sempre di più alla bambina misteriosa della fotografia. Ritrovarla è l'unica strada per raggiungere la verità. Una verità che, forse, ha un prezzo troppo alto.

Nel catalogo

Garzanti

Clara Sánchez

LA VOCE INVISIBILE DEL VENTO

Il buio della notte avvolge le viuzze di Las Marinas e il mare è nero come la pece. Julia ha perso la strada di casa: è circondata dal silenzio e sente solo la voce del vento che soffia dal mare, e profuma di sale e di fiori. Non ricorda cosa sia successo: era uscita a prendere del latte per suo figlio, ma sulla strada del ritorno si è trovata in macchina senza soldi, documenti e cellulare. In pochi minuti quella che doveva essere una vacanza da sogno si è trasformata in un incubo.

Prova a contattare il marito Félix da un telefono pubblico, ma la linea è sempre occupata. Tutto, intorno a lei, è così familiare eppure così stranamente irreale. Tra le vie oscure e labirintiche c'è solo una luce, quella di un locale notturno. A Julia non resta altro che raggiungerlo, nella speranza di trovare aiuto. Qui, quasi ad aspettarla, c'è un uomo, un tipo affascinante, con la barba incolta e l'accento dell'Est Europa, che sembra sapere molte cose su di lei. Si chiama Marcus: Julia ha la sensazione di averlo già incontrato da qualche parte.

Fidarsi di lui è facile. Eppure Marcus nasconde qualcosa, come ha appena scoperto anche Félix, che sta cercando in tutti i modi di riavere Julia con sé. Ma la donna può contare solo su sé stessa. Deve ascoltare il vento che continua a soffiare intorno a lei. Deve capire cosa sta accadendo. Perché è lì, nel suo istinto di sopravvivenza, che può trovare la strada di casa.